KB180374

가
시
의

집

가시의 집

棘の家

나카야마 시치리 장편소설

민현주 옮김

블룸6

차례

1장

부드러운
새싹

1

✳

"도리고에가 힘들어한다는 건 선생님도 알고 있었어."

호카리 신이치가 이렇게 말하자 눈앞에 있던 사나다 도모코는 놀란 듯이 눈을 동그랗게 떴다.

"선생님은 담임 흉내만 내고 있는 게 아니야. 봐야 할 건 제대로 보고 있단다."

"그럼 알고 계시면서 왜 내버려두시는 거예요? 어제도 누가 도리고에의 책상 위에 낙서했던데요. 수위 아저씨한테 벤진 빌려서 겨우 닦았어요."

책상 위 낙서라는 말에 불길한 예감이 들었다.

"제대로 지웠니?"

"네. 그래도 집단 괴롭힘 증거는 남아 있어요."

도모코는 그렇게 말하며 주머니에서 스마트폰을 꺼내 조작한 뒤 화면을 이쪽으로 내밀었다. 화면 속 책상 사진에는 '꼬맹이'라는 낙서가 갈겨 쓰여 있다.

"도모코가 찍은 거니?"

"네. 이거 증거로 쓸 수 있죠? 필체도 모리야마 필체고요. ㅁ을 이런 식으로 쓰는 사람은 그 녀석뿐이에요."

모리야마의 이름이 나온 순간 호카리는 흠칫해 반사적으로 주변을 둘러보았다. 여름 방학인 지금, 교무실에는 교사도 절반 정도만 있을 뿐이고 교장이나 교감, 하물며 학생의 모습은 어디서도 보이지 않아 안도의 한숨을 내쉬었다. 교사들도 못 본 척하는 건지 이쪽에 전혀 관심이 없는 듯했다.

2학년 C반에서 집단 괴롭힘이 있다는 사실을 보고한다고 해도 학년 주임이나 교장, 교감은 바로 인정하려고 하지 않을 것이다. 평소에도 교장은 '우리 학교에는 집단 괴롭힘이 존재하지 않는다'라는 식의 발언을 대내외적으로 하고 다녔기 때문에 분명히 이런 보고를 몹시 싫어할 것이다. 아니, 괴롭힘이 있다는 사실을 알아도 못 본 척할 것이다. 교장은 그런 여자다.

"도모코가 아는 건 책상에 있던 낙서뿐이니?"

"네."

"그것 말고는 없고?"

끄덕이는 도모코를 보고 호카리는 머리를 짜냈다.

같은 반 친구가 괴롭힘당하는 것을 못 본 척할 수 없는 도모코의 정의감은 칭찬하고 싶다. 이런 경우 고발자가 집단 괴롭힘의 다음 타자가 되는 경우가 꽤 있다. 도모코가 그런 걸 모를 리도 없기 때문에 호카리에게 이 사실을 알리는 데는 큰 용기가 필요했을 것이다.

하지만 용기와 정의감은 때때로 폭주할 위험을 품고 있다. 당사자들이 중학생이라면 더욱 자제력을 발휘하기 어렵다.

"그 영상, 어떡할 거니?"

"이걸 증거로 모리야마를 추궁하려고요"

"삭제해주겠니?"

그 순간 도모코는 경계하는 듯했다.

"증거를 은폐하시려는 건가요?"

아니야, 라고 호카리는 대답했다.

"책상 낙서 하나로 집단 괴롭힘이라고 결론 짓는 것은 성급한 판단이지 않을까? 게다가 네 입장도 조금은 일방적이고. 한번 모리야마 입장을 생각해보는 건 어떨까?"

"왜 괴롭히는 쪽 입장을 생각해야 하죠?"

"아직 확정된 게 아니잖아. 게다가 모리야마 가정에 문제가 있는 건 도모코도 잘 알 텐데."

도모코는 정곡을 찔린 것처럼 얼굴을 찡그렸다.

모리야마는 부자 가정으로 어머니는 모리야마가 초등학교 5학년 때 이혼 후 집을 떠났다. 아무래도 그 무렵부터 아버지에게 학대를 당한 것 같고 모리야마의 집단 괴롭힘은 거기서부터 발단이 된 것 같다. 같다, 라고 하는 이유는 어디까지나 다른 학생에게서 들은 정보를 기반으로 추측한 것뿐이지 본인에게 직접 확인한 것은 아니기 때문이다.

물론 담임으로서 모리야마에게 물었던 적도 있는데 본인은 완강히 학대를 부정했다. 본인이 부정하는 사실을 계속 추궁할 수도 없어 이야기는 흐지부지 끝났다. 그런 사정은 도모코도 소문으로 들었을 것이다.

호카리는 약자가 자기보다 더욱 약한 사람을 괴롭히는 것이 집단 괴롭힘이라고 생각한다. 이번에 도리고에를 괴롭혔다는 모리야마도 약자라는 사실에는 변함이 없다. 따라서 일방적으로 모리야마를 비난해서 좋을 것은 없다. 오히려 그것이 또 다른 형태의 폭력이 될 수도 있다.

"피해자라고 해서 다른 사람을 괴롭혀도 되는 건 아니라고 생각해요."

"음. 그건 정론이지. 도모코의 말이 맞아. 그런데 인간이 정론만으로 깔끔히 선인이나 악인을 구별할 수 있다면 그것만큼 간단한 이야기도 없을 거야. 도모코는 도리고에를 피해자로, 모리야마를 가해자라고 말하지만 그건 언제 어디서나 그런 걸까? 지금까지 도리고에는 누구도 괴롭힌 적이 없을까? 반대로 모리야마는 늘 가해자일까?"

호카리가 다그치자 도모코는 분한 듯이 입술을 깨물었다. 호카리는 죄책감을 느껴 마음속으로 합장했다.

호카리의 논리는 간단히 말해 상대화다. 이 세상에는 완전한 선인이 없듯이 완전한 악인도 없다. 즉 누구든 어떤 상황에서는 선인의 얼굴을 하면서도 또 다른 상황에서는 악인의 얼굴을 할 뿐이다. 이렇게 생각하면 결국 성서의 한 구절인 '너희 중에 누구든지 죄 없는 자가 돌을 던져라'라는 말에 다다르게 된다.

상대화는 책임 소재를 애매하게 하는 데 가장 효과적인 논법이다. 어른의 비겁한 방식이지만 어리숙한 정의감에 주의를 주는 데는 제격이다. 도모코에게는 미안하지만 지금은 이것이 최선의 방법이다.

"자, 대답할 수 있겠어?"

추궁당하자 도모코는 침묵했다. 호카리의 논리에 반박할 말을 찾지 못했을 것이다. 학생들 한 명 한 명을 돌보기 위해서는 비겁한 수단도 정당화된다고 스스로를 설득했다.

"도리고에는 폭력을 당했거나 돈을 뜯긴 것이 아니잖아. 그런데도 가해자를 특정하는 건 거꾸로 가해자를 피해자로 만드는 것일 수도 있어. 무슨 말인지 알겠어?"

도모코는 느릿느릿 고개를 저었다. 이 부분은 친절히 설명하는 편이 좋을 것이다.

"가해자를 특정하면 정의로운 척하는 녀석들이 이번에는 그 가해자를 괴롭힐 거야. 한번 가해자라고 지목당한 인간은 지탄받아야 마땅하다는 분위기가 형성될 테니까. 나쁜 인간은 응징해도 된다, 이런 건 대의명분만 있을 뿐이지 단순한 집단 괴롭힘보다도 훨씬 질이 안 좋아. 지탄하는 것이 올바른 게 되니까. 지금 하는 말, 이해 가니?"

"네."

"새로운 피해자를 만들고 싶은 건 아니겠지?"

"그런 거 아니에요."

"물론 모리야마가 집단 괴롭힘을 주동하는 게 사실이라면 멈추게 해야겠지. 하지만 중요한 건 주동자를 처벌하는 게 아니라 새로운 피해자로도 만들지 않는 거야."

"그럼 어떻게 하면 되나요?"

"선생님께 맡기렴."

호카리는 몸을 쭉 내밀고 도모코를 똑바로 쳐다봤다. 도모코는 시선을 피하지도 못하고 궁지에 몰린 셈이 되었다. 호카리 본인도 바란 건 아니지만 도모코를 설득하기 위해서 이 정도 억지는 필요했다.

"선생님은 그 누구도 악인으로 만들고 싶지 않단다."

"선생님께 맡기면 이제 도리고에는 괴롭힘당하지 않는 건가요?"

약속하마, 라고는 말할 수 없었다. 이 또래 아이들에게는 여전히 결벽증이 남아 있다. 약속을 지키지 못하면 그 이유 하나만으로 호카리를 배신자 취급할 것이다.

"그렇게 되도록 노력하마. 그게 선생이 할 일이니까."

호카리는 동의를 구하는 것처럼 도모코의 어깨를 가볍게 두드렸다. 하지만 예상과 다르게 도모코가 눈살을 찌푸려 당황해서 손을 뗐다.

아무리 담임이라고 해도 중년 남자가 손을 대는 건 불쾌하다는 건가.

"남이 지우는 건 싫겠지? 영상은 스스로 삭제하렴."

도모코는 마지못한 듯 화면을 조작해 영상을 지웠다. 호카리는 책상 위 낙서 영상이 삭제된 것을 확인하고 나서 스마트폰을 돌려줬다.

아무리 말해도 도모코가 호카리에게 불신을 품는 것은 피할 수 없다. 중학교 2학년 여학생이 그리 단순하지 않다는 것은 아주 잘 알고 있다. 도모코의 신뢰를 되찾는 건 모리야마와 도리고에가 악수를 하는 장면을 보여주지 않는 이상 불가능할 것이다.

"이제 가봐도 돼."

도모코는 마지막까지 호카리를 향한 불신을 드러내고 있었다.

모리야마와 도리고에를 둘러싼 갈등은 그 후에도 계속되었다. 6교시가 끝나자마자 호카리가 교장실로 불려간 것이다.

"오늘 신경 쓰이는 소문을 들었습니다. 2학년 C반에서 집단 괴롭힘이 있다던데요."

교장인 나카무라 히토미는 입을 열자마자 그렇게 말했다. 차분한 말투이지만 일절 인사도 없이 단도직입적으로 물었다는 것은 그만큼 신경이 쓰인다는 말이다. 하지만 나카무라는 교내에서의 집단 괴롭힘에 관해 거부반응을 보일 것이다. 일부러 담임인 호카리를 불러 집단 괴롭힘이 있는지 확인하려고 한 것을 보면 분명 누군가가 보고했을 것이다. 아까 교무실에 있던 다른 교사가 그랬을까. 아니면 도모코 본인이 그랬을까.

"어떻습니까, 호카리 선생? 저도 교내에서 일어나는 일에는 신경을 곤두세우고 있는데, 그런 일은 본 적도 들은 적도 없습니다. 그런데도 집단 괴롭힘이 있다고 한다면 제 위기 관리 능력에 문제가 있다는 말인데……아니, 신경 쓰지 마세요."

나카무라는 입을 열려는 호카리를 손으로 저지했다. 나카무라가 언제나 사용하는 방식으로 상대를 배려하는 척하면서 발언을 봉쇄한다.

"제가 부임한 이후로 교내에서 집단 괴롭힘이 한 번도 일어나지 않았다는 것이 우리 학교의 자부심 중 하나입니다. 은폐하거나 호도하는 게 아니라 진정으로 격차 없는 교육 성과를 내고 있다고 자부하고 있었죠. 그런데 이게 전부 제 오해였다면 저야말로 엄청난 바보가 되겠군요. 책임도 크고요."

자신을 책망하는 것 같지만 실제로는 해당 학급의 담임인 호카리를 나무라고 있었다.

"아시다시피 집단 괴롭힘이 발생하면 교육청에 실태를 보고하고 대책을 강구해야 합니다. 당사자 가족이나 학부모회에 설명도 해야겠죠. 그런 여러 가지 일정을 소화하다 보면 당연히 수업이나 학교 행사 일정에도 영향을 주고 다른 담임 교사나 학생주임에게도 큰 폐를 끼치게 되겠죠. 정말 곤란한 상황이 될 것입니다."

구구절절 고민을 말하는 것 같지만 실제로는 호카리에게 압력을 넣는 것이나 마찬가지다. 말꼬리를 잡지 못하도록 단어를 고르는 것이 교활하고 간사했다.

"사실 확인을 하고 싶어서 호카리 선생을 부른 겁니다. 2학년 C반에 정말 집단 괴롭힘이 있습니까?"

모릅니다, 라고 말하는 것이 최선이었다.

"무슨 의미인가요?"

"일부 학생에게서 그런 일이 있다고 전해 들었습니다만 그게 집단 괴롭힘인지 아닌지는 조사 중입니다."

"구체적으로 어떤 일이 있었죠?"

"학생이 말한 건 책상의 낙서입니다."

"그것뿐입니까?"

"네. 학생에게 들은 것은 그게 전부입니다."

실제로는 호카리의 귀에 책상 낙서 말고도 여러 가지가 들어왔다. 무시당했다, 화장실에 갇혔다, 집단 괴롭힘의 단골이라고 할 수 있는 행위가 죽 들려 왔다. 그러나 전부 소문 수준에 머물러 있으며 호카리에게 목격 정보가 들어오지는 않았다. 나카무라의 눈은, 확인할 수 없는 정보는 헛소문일 수도 있으니 비밀로 해라, 라고 말하고 있었다.

"낙서뿐이라면 단순한 장난일 수도 있겠네요."

나카무라는 장난이라는 단어를 강조했다.

"당사자에게서 이야기는 들었나요?"

"장난을 친 학생은 면담했습니다. 책상에 낙서가 있기 전이지만 그 학생에게는 나름대로 가정에 문제가 있어서……."

이야기 도중에 나카무라가 또 손을 저었다.

"아직 집단 괴롭힘이라고 확정된 건 아니니 그 이상의 정보는 필요 없어요. 괜히 편견만 가질 수도 있으니까요."

신중하게 말하고 있지만 간단히 말하자면 현시점에서는 깊이 얽히고 싶지 않다는 것이다. 아무 일도 없다. 호카리 외의 누군가가 집단 괴롭힘을 보고해도 결국은 큰일로 번지기 전에 잠잠해지거나 사라지기를 바라고 있다.

최근 집단 괴롭힘이 사회문제가 되어 문부과학성은 집단 괴롭힘을 정면에서 해결하겠다는 입장을 밝혔다. 하지만 그것은 어디까지나 감독관청의 소신 표명일 뿐, 실상은 집단 괴롭힘이 발각된 학교에는 알게 모르게 패널티가 존재한다. 각 학교의 인사권을 장악하는 교육청의 면면을 쇄신하지 않고 대책을 바꾸는 것은 분명히 무리일 수밖에 없다.

"그래도 대략적인 상황을 파악할 수 있었습니다. 즉 집단 괴롭힘은 막 시작된 참이고 그 싹은 이제 막 틔웠을 뿐이라는 걸요."

동의를 구하는 듯한 말투에 호카리는 어쩔 수 없이 고개를 끄덕였다. 이렇게라도 하지 않으면 나카무라는 이야기를 계속하려고 하지 않을 것이다.

불현듯 떠올랐다.

이 방법은 자신이 낮에 도모코에게 썼던 것과 완전히 똑같다.

어안이 벙벙한 호카리를 무시하고 나카무라는 계속 말했다.

"그럼 호카리 선생은 계속 집단 괴롭힘 방지와 학생 케어에 전력을 다해주세요. 신속하고 확실하게요. 학교도 사람도 얼마나 신속하고 확실하냐에 문제 해결 여부가 달려 있습니다."

해야 할 말을 다 했다는 안도감 때문인지 나카무라는 한결 편안한 표정을 지었다.

"그건 그렇고 이런 문제가 발생할 때마다 몇 년 전 여당 간사장이 한 발언이 떠오르네요. 집단 괴롭힘 때문에 자살한 학생까지 나왔는데도 학생, 교사, 교육청과 학부모의 책임 추궁에 황당한 반응을 보였죠. 간사장이 교직원 노조 출신인 것을 고려하면 납득할 만한 발언이긴 하지만 실상은 제 식구 감싸기일 뿐이었습니다. 그 발언 때문에 얼마나 교육 현장이 역경에 처했는지. 가정에서 보내는 시간보다 학교에서 보내는 시간이 많은 이상, 집단 괴롭힘의 책임은 명백히 학교와 교사에게 있다는 발언이었죠. 그 형편없는 발언은 말도 안 되는 책임회피입니다."

호카리는 나카무라의 말을 들으면서 속으로 욕했다. 나카무라는 호카리가 교직원 노조원인 것을 알고 일부러 불평불만 하는 것이다. 그저 잡담하는 듯하지만 막상 문제가 발각되면 책임을 지라고 넌지시 암시하고 있다. 물론 그때는 교장인 자신도 진흙탕에 빠지게 되겠지만 반드시 담임도 끌고 들어가겠다는 선언이기도 하다. 집단 괴롭힘을 예방하기 위한 경고라고는 해도 이러한 말을 웃으면서 하다니 역시 나카무라는 노련했다.

교과 담당인 현대국어는 다음 주부터 새로운 단원에 들어간다. 수업을 준비하고 모의고사를 채점하고 있자니 창밖이 점점 어두워졌다. 호카리만 교무실에 남은 것은 아니었다. 아니, 대부분의 교사가 잔업을 처리하느라 정신이 없었다.

호카리의 경우는 남자 농구부 부고문이라 아직 부담은 적은 편이다. 고문이 되면 여름에는 저녁 7시까지 연습을 하고 잔업은 그 후에 하게 되어 퇴근 시간은 더욱 늦어진다. 그래서 교정이 어두워져도 교무실에만 번쩍번쩍 불이 켜져 있다. 모든 업무가 끝날 무렵에는 돌이라도 짊어진 것처럼 몸이 무겁게 느껴진다.

호카리가 귀가한 것은 밤 11시가 지나서였다.

"다녀왔습니다."

주방 쪽에서 사토미의 대답이 들렸다. 고기 감자조림 냄새가 코끝에 퍼지는 순간 기분이 편안해졌다. 다이닝룸에 들어가니 사토미가 테이블에 앉아 한창 TV를 보고 있었다.

"밥부터 먹을 거야? 아니면 먼저 씻을 거야?"

TV를 보면서 호카리가 오기를 기다렸을 것이다. 설거지가 늦어질 것을 생각하니 왠지 미안해서 먼저 식사를 하기로 했다.

"잘 먹겠습니다."

오늘 저녁은 고기 감자조림에 시금치 무침과 조개탕, 밥은 오곡밥으로 건강에 신경을 쓴 식단이었다. 오곡밥은 아이들에게 인기가 없어서 최근에는 격일로 먹고 있다. 젓가락질을 하는데 갑자기 사토미가 물었다.

"무슨 일 있었어?"

"딱히."

"거짓말. 내 눈을 속일 수 있을 거라고 생각한다면 아주 큰 오산이야. 몇 년이나 당신이 먹는 모습을 봐서 하는 말이야."

사토미에게는 숨길 수 없는 듯했다. 입을 다물고 있으면 더욱 집요하게 물고 늘어질 것이고 다행히 그녀도 전직 교사다. 예상하지 못했던 조언을 들을 수 있을지도 모른다.

식사를 하면서 조금씩 이야기을 꺼냈다. 도모코에게서 들은 이야기, 모리야마의 가정사, 그리고 교장의 대응.

"그래서 당신은 어떻게 생각하는데?"

"어떻게, 라니?"

"교장 선생님은 어떻게든 집단 괴롭힘을 인정하려는 분위기는 아닌 것 같고."

"집단 괴롭힘이라고 단정 지을 단계도 아니야."

"신중하네. 지난번 스터디에서 집단 괴롭힘의 특효약은 조기 발견과 초기 대처라고 들었을 텐데."

"그건 그렇지만 그렇다고 학생들 사이의 트러블을 전부 없애려고 하는 건 지나친 것 같아서. 그 낙서도 어쩌면 SOS 사인일지도 모르고."

"모리야마라는 학생이 도움을 요청한다는 말이야?"

"담임인 나에게도 가정폭력을 당한다는 사실을 털어놓지 못했어. 아이의 입으로 학대를 당한다고 호소하기 어려운 건 당신도 잘 알잖아."

"그래서 입 밖으로 내지는 못하고 행동으로 암시한다는 건가?"

사토미도 고기 감자조림을 먹기 시작했다. 옆에는 그녀가 좋아하는 화이트 와인. 이럴 때면 학교 동료와 이야기하는 기분이 들지만 전혀 불쾌하지 않았다.

"그렇다면 도리고에 군에 모리야마 군까지 돌봐야겠네. 당신 혼자서는 역부족이야?"

"아무래도. 그래도 해야지. 학생 주임이나 교장은 집단 괴롭힘을 인정하고 싶지 않으니까 이 건은 덮고 가려고 해. 집단 괴롭힘이 아니라면 학생의 생활 관리는 담임의 직권 사항이라는 둥 그렇게 말할 게 뻔하지."

"……뭐랄까, 학교의 대응은 매년 점점 나빠지는 느낌이네."

"그런 느낌이 아니라 실제로 그래. 집단 괴롭힘이 사회문제가 되는 바람에 교사, 교장, 교무부장, 교무위원회에 교육청까지 잔뜩 긴장하고 있어. 한번 뉴스에라도 나오면 관계자 전부 집중포화. 이런 사례를 이렇게나 보여주면 학교 측 대응이 양극화되는 것도 당연해."

"철저히 관리할 것인가, 철저히 무시할 것인가."

"어느 쪽이든 학생들은 위축되거나 절망하지."

그렇게 되지 않으려면 오늘처럼 해결 방법을 모색해야만 한다. 수고로움과 시간이 들지만 그만큼 부작용도 적을 것이다.

"균형이 중요하겠네. 학생들이 받는 압박을 줄이려고 할수록 당신의 마음고생이 커질 테니까."

고기 감자조림이 바닥을 드러내는 타이밍에 사토미가 캔을 흔들어 보였다.

"맥주, 시원한데."

"그럼 한 캔만."

딱 알맞게 시원한 맥주를 삼키니 혀가 스르르 녹는 것 같았다.

"교사로서 당연한 말 같지만 아무도 불행하게 만들고 싶지 않아."

"그건 욕심이야."

사토미가 빈 잔을 내밀길래 잔을 채워주자 그녀가 한 모금 마시면서 말했다.

"욕심이려나."

"한 반에 서른 명이나 있는데 그중 누군가는 불행한 게 당연하지. 그러니까 누군가의 행복은 다른 누군가의 불행이라는 말이야. 성적이나 외모, 생활환경에 경제사정. 불행의 씨앗은 여기저기 널려 있고 교사가 그걸 전부 골라내는 건 불가능해. 학생 서른다섯 명을 맡았을 때 난 항상 식욕이 없었어."

사토미는 예전에 초등학교 교사였다. 결혼하고 나서 얼마간 계속 일했지만 출산을 계기로 퇴직. 작은아이가 초등학교에 올라갈 무렵 의류매장의 파트타임으로 취직했다. 파트타임이라고 해도 그럭저럭 월급이 나와서 호카리도 굳이 반대하지 않았다. 출산휴가를 마치고도 사토미가 교사를 계속하는 데 한계를 느꼈기 때문이었다.

"그때 내가 학교에 돌아가지 않는 거, 반대 안 했잖아. 이제 와서 말하는 건데 그때 정말 고마웠어. 교사로 계속 일할 자신이 전혀 없었거든."

"역시 계기는 유카를 가졌던 거였나."

"맞아. 학교에서는 학생 서른다섯 명, 집으로 돌아오면 또 두명. 양쪽 다 돌볼 수는 없겠다고 확신했거든. 한쪽을 선택해야 한다면 당연히 자기 자식을 택하지. 수입이 줄어서 당신한테는 미안하지만."

"지금 파트타임 월급도 수입 괜찮잖아."

"그래도 공무원하고는 차원이 다르지. 복지만 해도 확연히 차이가 나고."

"정시에 퇴근할 수 있잖아. 당신이 교대 근무하면서 집안일까지 해주니까 나도 집 걱정 덜해도 되고. 당신이 신경 쓸 필요는 없어."

"그렇게 말해주니까 고맙네. 당신은 정말 괜찮은 남편이야."

"바보."

"그러니 괜찮은 남편이 괜찮은 교사까지 목표로 할 필요는 없어."

사토미의 목소리가 한결 부드러워졌다.

"좋은 남편, 좋은 아빠, 좋은 교사. 전부 해낼 생각은 금물이야. 생각만으로 우울증 걸릴걸."

"그런가."

"그렇지. 나도 한번 우울증 걸렸었잖아. 교사 그만둔 것도 더 이상 안 되겠다 싶어서 그랬던 거였어. 난 당신이 우울증 걸리는 거 싫어."

"걱정해주는 거야?"

"우리 집안에 그런 환자가 있으면 나까지 우울해질 거 아냐."

"뭐야, 그런 뜻인가."

"당신은 완벽주의 기질이 있잖아. 그런 사람이 우울증에 걸리기 쉽다고."

완벽주의인가.

자각한 적은 없지만 듣고 보니 확실히 그런 경향이 있다. 반 학생을 한 명도 불행하게 만들고 싶지 않다는 것이 그 증거일지도 모른다. 신체나 정신을 고려하면 지나치게 힘을 쏟는 것은 자살 행위일 것이다.

하지만 호카리는 모리야마도 도리고에도 포기할 생각이 없다. 포기하는 순간은 편하겠지만 그 후 극심한 자기혐오에 시달릴 것이 뻔하다.

결국 자신은 겁쟁이에 우유부단하다. 겁쟁이라서 그런 실패를 두려워하는 것이다. 우유부단해서 모두를 구제하려고 한다. 가령 자신이 힘에 겨워도 어떻게든 될 거라고 쉽게 생각해버린다.

"버린다는 건 용기가 필요한 일 같아."

"무슨 말이야?"

"선택한다는 건 다른 무언가를 버리는 거잖아."

"아, 그건 남자들이 많이 그러지. 여자들은 남자보다 쉽게 냉정해질 수 있잖아. 불필요한 물건을 싹 끊고 정리하는 것도 남자보다 여자가 더 잘하는 것 같고."

"물건이랑 똑같이 취급하지 마. 상대는 사람이야."

"사람도 마찬가지야. 감당할 수 없는 걸 감당했다가 넘어져

봐. 결국은 전부 내팽개치는 꼴이 될 수도 있어."

비슷한 경험이라도 있었는지 사토미는 생각을 떨쳐내려는 듯 잔에 남은 술을 단숨에 비웠다.

2

✳

다음 주 토요일은 오랜만에 맞는 휴일이었다. 호카리가 근무하는 곳은 공립 중학교여서 주말에는 온전히 쉬지만 동아리 고문이나 부고문을 맡으면 당연히 휴일은 반납이다. 더욱이 평일에 못한 잔업을 처리해야 해 제대로 쉴 수 있는 날은 한 달에 한두 번뿐이다.

사토미도 호카리가 일에 많이 시달린다는 것을 알고 있기 때문에 이런 휴일에는 늦게까지 자게 내버려둔다. 오늘도 9시가 지나서야 깨웠다.

"슬슬 일어나서 밥 먹어. 나도 나갈 일 있어."

퉁명스러우면서도 어딘가 부드러운 목소리에 호카리가 이불에서 기어 나왔다. 일어나자마자 건조한 공기가 느껴졌다.

"오늘은 날씨 좋은가?"

"맞아. 구름 한 점 없이 쾌청. 꽃가루 알레르기에는 최악의 날이네."

굳이 말하지 않아도 눈과 코가 비명을 지르기 시작했다. 기침을 두 번 하고 나서 호카리는 화장실로 급히 달려갔다. 한시라도 빨리 세수하고 안약을 넣고 싶었다. 꽃가루 알레르기가 생기고 나서 벌써 3년. 여러 약과 요법을 시도했지만 어느 것도 효과가 없었고 최근에는 평생 이렇게 살 수밖에 없겠다며 포기할 뻔했다. 그래도 사토미는 기침이 신경 쓰인다며 작년부터 마당에 쐐기풀을 심었다. 풀을 말려 달여 마시면 꽃가루 알레르기를 근본적으로 개선할 수 있다고 들었기 때문이다.

"이런 건 꾸준히 마시는 게 중요해."

식단이 일식이든 양식이든 사토미는 쐐기풀을 달인 차를 빼놓지 않고 호카리의 식탁에 올려뒀다. 어느새 호카리의 꽃가루 알레르기 때문이라기보다도 이왕 재배했으니 의무감 때문에 마시게 된 느낌도 있지만 남편을 위해서라는 대의명분에는 거스를 수 없었다. 호카리는 꾸물꾸물 햄에그를 입에 물고 달인 차를 단숨에 들이켰다. 매일 마셔도 맛이 없는 건 여전했다.

"그래도 1년 정도 쭉 마셨으니 조금은 효과가 있겠지?"

"글쎄, 별로 체질은 개선된 느낌은 아닌데."

"나빠지지 않는 게 효과가 있다는 증거 아닌가?"

"증상을 억제하고 있다고 해석할 순 있겠지만 그것도 플라시보 효과일지도 모르지."

"누가 그러던데. 암과 감기, 무좀 특효약을 개발하면 무조건

노벨상을 탈 텐데, 요즘엔 거기에 꽃가루 알레르기가 추가됐다
고.”

“과장이 심하네.”

“아니야. 발병 계기나 악화 원인도 완전히 밝혀지지 않았어.
어딘가 연구기관이 연간 예산을 쏟아부을 만한 가치가 있단 말
이지.”

다만 호카리는 자신에게 꽃가루 알레르기가 생기고 악화된 이
유를 대강 짐작했다.

피로다. 일주일 내내 거의 쉬지 않고 근무한 데다가 어제 같은
잔걱정이 있다. 학생 한 명 한 명이 문제를 품고 있는데, 교장까
지 저러면 교장이 의지가 되기는커녕 적이 되기 쉽다. 주말 출근
은 완벽한 서비스 잔업이다. 이래서는 심신에 문제가 생기지 않
는 것이 이상할 정도다.

“당신 말이야.”

갑자기 사토미에게 묻고 싶어졌다.

“예전 일과 비교하면 어때?”

“뭐가 더 힘드냐고? 음, 기본급만 비교하면 지금이 더 편하지
않을까. 파트타임에도 책임이 있긴 하지만 사람에 대한 책임은
아니기도 하고. 아, 설마 당신도 이직할 생각은 아니겠지?”

“그럼 안 돼?”

“당연하잖아. 썩어도 공무원이야. 아직 애들한테도 계속 돈이

들어가고 주택 대출도 남아 있어. 이제 와서 하는 얘기지만 집안일과 교직을 병행하는 건 무리고. 나만 전선에서 이탈한 것 같아서 미안하지만, 당신은 계속 힘내줘."

"어젯밤에는 힘내지 않아도 된다고 하지 않았어?"

"그건 모든 방면을 전부 힘쓸 필요는 없다는 말이었고. 괜찮아. 너무 피곤하면 내가 영양을 보충해줄게."

"완전 영양제 드링크 CM이네."

"이런 쏘리. 하지만 정말 힘들면 그땐 신경 쓰지 말고 꼭 백기를 들어. 무너지면 그거야말로 전부 잃는 거니까."

그렇게 말하는데 딸 유카가 졸린 눈을 비비며 다가왔다.

"안녕히 주무셨어요."

"초등학생이 어른보다 늦게 일어나면 안 되지."

"초등학생에게는 초등학생만의 사정이 있어요."

"슌은 아직도 자니?"

"그런 것 같아요."

"슬슬 깨워줘. 아침 먹으라고. 때려서 깨워도 괜찮아."

"네에."

유카가 어쩔 수 없다는 듯이 방금 온 복도로 돌아갔다. 중학교 2학년이 된 슌은 슬슬 다루기 어려운 나이가 되어 호카리나 사토미가 말도 없이 방에 들어오는 것을 싫어하게 되었다. 그래도 여동생은 상관없는 듯, 유카가 들어가면 불평하지 않았다.

곧 유카가 슌을 데리고 왔다. 슌은 부모님의 얼굴을 보자마자 불만을 터뜨렸다.

"좀 더 자면 안 돼요? 쉬는 날이잖아요."

"아침을 차린 사람의 입장도 생각해봐. 너희들이 안 먹으면 치울 수도 없어. 아니면 혼자서 차려 먹을 수라도 있어?"

"그렇게 귀찮게 차려 먹느니 그냥 한 끼 패스해도 돼요."

"거짓말. 하루에 세 끼도 모자라면서. 자, 빨리 먹어 얼른."

사토미의 재촉에 슌과 유카가 식탁에 앉았다. 두 사람 모두 아직 반쯤 잠든 상태이지만 그래도 두 손 모아 합장하는 것은 잊지 않았다. 호카리가 가르친 몇 안 되는 예절 가운데 하나였다. 슌과 유카는 햄에그를 열심히 씹어 먹었다. 이렇게 관찰하고 있으니 먹는 모습이 자신과 닮아서 웃음이 나왔다. 가족 네 명이 식탁에 모여 앉은 것이 거의 한 달만임을 깨달았다. 교사라는 직업병 때문인지, 아니면 아버지로서인지 갑자기 무언가 말을 해야겠다는 생각이 들었다. 모처럼 단란한 자리이니 호카리가 해야 할 말이 있을 것이다.

하지만 학생을 대하는 것과는 달라서 막상 말을 하려고 해도 무슨 말을 해야 할지 좀처럼 화제가 떠오르지 않았다. 유행가나 게임 이야기에는 자신이 따라갈 수 없다. 그렇다고 시사 문제를 꺼낼 상황도 아니다. 옛날이야기를 할 분위기도 아니다. 결국 떠오른 건 지극히 평범한 것이었다.

"너희들 요즘 학교생활은 어떠니?"

막상 말을 하고 나니 너무나 평범해서 스스로 놀랄 정도였다. 순도 유카도 허를 찔렸다는 듯이 이쪽을 보았다.

"어떠냐니……뭐, 보통이에요."

"유카도 보통이요."

"수업 땡땡이치지도 않고요."

"숙제도 제대로 하고요."

"이상한 애랑 사귀지도 않고요."

"동아리 활동 끝나고 돌아오는 길에 딴 데로 샐 여유도 없고요."

"쓸데없는 걱정이라니까요, 아빠."

순과 유카는 번갈아 대답하며 얼굴을 마주 봤다. 옛날부터 이런 건 호흡이 척척 맞는다.

"그럼 다행이구나."

이야기는 이어지지 않고 여기서 끊겼다. 사토미를 보니 호카리의 심정을 아는지 모르는지 말없이 젓가락질만 하고 있었다.

대화가 잘 통하는 건 아니었지만 그래도 낙담할 정도는 아니다. 평소 얼굴을 맞대는 시간이 적으니 친구처럼 친하게 지내는 건 무리일 것이다.

이 세상 아버지들은 어쩌면 다 이럴지도 모른다. 호카리는 감히 그렇게 생각하려고 했다.

부모가 둘 다 교사라서 양육방침이 다소 엄격해지는 건 어쩔수 없다. 그래도 아이들이 강하게 반발하진 않는 걸 보면 적어도 실패는 아닐 것이다.

가장 먼저 식사를 마친 건 유카였다.

"잘 먹었습니다."

아직 잠이 덜 깬 듯한 목소리로 식기를 싱크대로 가져갔다. 호카리가 슬쩍 보니 접시에 여전히 햄에그 조각이 남아 있었다.

"남긴 거니?"

자신도 모르게 말이 나왔다.

이것은 아버지로서 잔소리인가, 교사로서의 지도인가.

"죄송. 배가 별로 안 고파서요."

그 말만 남기고 유카는 자기 방으로 돌아갔다. 유카의 모습이 보이지 않자 호카리는 사토미를 바라보았다.

"한창 먹을 나이에, 게다가 저 녀석 배턴*부잖아. 운동하면 배가 안 고플 리가 없을 텐데."

"응? 몰랐어?"

"뭐를?"

"유카 이제 배턴부 아니야. 학년 올라가고 나서는 체조부야.

✱ 정식 명칭은 배턴 트월링(Baton Twirling)이다. 지휘봉처럼 생긴 금속 배턴을 공중에 돌리거나 던지며 동작을 연출하는 퍼포먼스로 스포츠의 일종이다.

배턴부는 인원이 줄어서 없어졌어."

"그런 말 못 들었는데."

"안 물어봤잖아."

받아칠 말이 없었다. 분명 유카와 동아리 활동에 대해 이야기를 나눈 적은 단 한 번도 없었다.

"이상할 것도 없어요."

옆에서 식사하고 있던 슌이 끼어들었다.

"아빠는 학기 말 통신부나 시험 성적에 대해서 설교만 하시잖아요. 뭔가 말하면 바로 받아치고요. 그러는데 동아리 바뀌었다고 말할 기분이 나겠어요?"

"설교한 게 아니야. 어디를 어떻게 개선하면 좋을지 설명한 것뿐이지."

"그게 유카에게는 설교로밖에 안 들린다니까요. 저도 초등학교 5학년쯤까지 계속 그렇다고 생각했고요."

처음 듣는 말이라 자신도 모르게 젓가락질을 멈췄다.

"너도 그랬다고?"

"저한테도 성적 이야기밖에 안 하셨잖아요."

슌, 이라고 말하며 사토미가 제지했지만 본인은 조금도 신경 쓰는 기색이 아니었다.

"뭐, 저는 그걸로 충분했어요. 학교 성적은 그렇다 치고 젓가락질이나 친구관계까지 간섭당하면 그건 못 참을 테니. 별로 얼굴을 마주할 기회도 없고, 어떻게든 말해야 할 것이 있으면 엄마한테 전해 달라고 하면 되고요."

사토미는 알 수 없는 표정을 짓고 있었다. 남자들끼리 이야기하라는 것 같았다.

"성적 말고 다른 걸 묻는 게 그렇게 싫어?"

"교실에서 학교와 관계없는 것을 물으면 학생들도 표정이 안 좋잖아요. 그거랑 똑같은 거예요."

"여긴 집이잖아. 아빠가 아이들의 생활 태도를 지도하는 건 당연해."

"봐봐. 자기 아이한테 지도라니 뭐예요, 그게."

슌은 젓가락 끝을 호카리에게 향했다.

"말이 잘못 나왔어."

"그러니까 보통은 교사라고 하다가 상황이 불리해지면 아빠라고 하니까 저도 혼란스럽다고요. 저는 다행히 우리 아빠는 원래 그런 사람이라고 일찍 포기했으니 괜찮지만. 뭐, 다른 아빠들도 비슷하다고 들었어요. 아빠들은 대개 아이들보다 귀가 시간이 늦으니까 대화할 기회도 역시 없고요. 그건 우리 집도 마찬가지. 다른 건 우리는 집까지 교사가 있다는 것 정도? 아, 이건 그렇게 싫지 않아요."

슌은 당황한 몸짓으로 손을 저었다. 쭉 반항만 하는 것이 아니라 그런지 호카리는 꾸짖을 타이밍도 놓쳤다.

"아빠가 일도 안 하고 온종일 집에 있는 게 더 최악이기도 하고요."

"같은 반에 있니? 그런 가정환경에 있는 친구가?"

"있어요. 가끔 수다 떠는 친구인데, 정말 심각해요."

심각하다는 말에 이내 모리야마가 떠올랐다.

"그 친구, 폭력이라도 당하고 있니? 그렇다면 바로 담임이나 학생 주임한테 상담하렴."

"아, 아니에요, 그게 아니라 폭력은 폭력인데 언어폭력. 아침부터 밤까지 자신이 옛날에 무슨 일을 했는지 허풍만 떤대요. 이미 가족들은 지겨울 정도로 들었는데 말이죠. 그리고 경력이 어떻고 자존심이 어떻고 하면서 재취업할 기미는 전혀 안 보인다네요. 날마다 아들에게 옛날이야기나 하면서 허세나 부리고. 이거 완전 폭력이죠? 그 증거로 그 녀석 몸 상태가 안 좋아졌어요."

"그건 그 아빠 문제네."

"그렇죠? 그러니 우리 집은 아직 건강하다는 말이에요."

"그런데 아까 혼란스럽다고 했잖아. 그럼 유카가 그렇다는 말이니?"

"저한테 묻지 말고 본인한테 직접 물어보세요."

그럴 기회가 별로 없다고 방금 스스로 말하지 않았나.

호카리가 대답을 못 하는 동안 슌은 이쪽도 보지 않고 젓가락질을 계속했다. 그때 마침내 사토미가 도움의 손길을 내밀어주었다.

"있잖아, 슌. 아빠와 딸 사이에는 심연이 있어."

"그게 뭐예요."

"그런 건 남자라서 모를 텐데, 유카 정도의 나이가 되면 아빠를 이유 없이 싫어하게 된단다."

"어이, 잠깐만. 유카가 그렇게 나를 싫어한다니 이제껏 한 번도."

"일반론이야, 일반론. 하지만 어느 집이든 아빠가 왠지 모르게 어려운 존재가 되는 건 맞아. 나도 그랬는데 뭘."

이런 이야기를 들으면 점점 유카 본인에게 직접 말할 수 없게 되는 거 아닌가.

호카리가 잠자코 있자 안타까웠는지 슌이 이야기를 원점으로 되돌렸다.

"아빠가 유카를 업어주거나 유카와 놀아주거나 한 걸 제가 본 기억이, 그 녀석이 초등학교에 입학하기 전이니까 본인은 잊어버렸을 수도 있겠네요. 그 와중에 가끔 아빠한테서 듣는 말이 라고는 설교뿐이라고 해봐요, 그럼 우리 아빠, 어디 있어? 이렇게 되는 거죠."

"그럼 도대체 나더러 무슨 얘기를 하라는 거니?"

"좋아하는 아이돌이나 연예인이라든지, 어려우려나, 아빠한텐."

"단정 짓지 마."

"담당 학생들하고 그런 이야기, 하세요?"

"……음. 별로 안 해. 학교에서 학생들에게 할 이야기는 아니야."

"그러니까요. 하루에 저나 유카랑 이야기하는 것보다 학생들과 더 많이 이야기하시잖아요. 그런데 그 학생들에게조차 하지 않는 이야기를 우리에게 할 수 있을 리가 없고요."

의외로 논리적이라 기분이 가라앉는 동시에 감탄했다. 말투는 약간 건방지지만 논리적인 면은 칭찬하고 싶었다.

"아빠가 학생들이랑 이야기하는 걸 질투하는 거니?"

별 생각 없이 한 질문에 슌이 박장대소를 했다.

"어째서 제가 질투해야 하죠? 교사가 학생과 이야기하는 건 업무 아니에요?"

업무라고 단정 짓는 것에는 거부감이 들었다.

"업무라니, 할 말이 없구나."

"실제로 그걸로 월급 받으시잖아요."

"말 좀 예쁘게 해라. 어떻게 그런 말을 할 수 있니."

"수업 진행이나 교육 방식 외의 케어가 가점이 되니까요."

슌은 지극히 당연한 것처럼 말했다.

"우리 중학교도 그런걸요. 인기 많은 선생님과 인기 없는 선생님이 있고, 인기 많은 선생님은 역시 우리랑 자주 이야기해요. 수업만 하거나 설교만 하는 선생님은 우리도 이야기하기 힘드니까 신뢰할 수도 없고요."

학생에게 인기가 많다고 월급이 오르지도 않는다. 이것은 슌의 성급한 판단이지만 그렇다고 그냥 웃어넘길 이야기도 아니다. 학생들과 교류를 많이 하면 소문이나 유언비어 등 정보를 얻기 쉬워서 학급의 문제를 조기에 발견할 수 있다. 사전에 문제를 파악할 수 있으면 대처도 할 수 있으므로 결과적으로는 담임으로서의 평가와도 연결된다.

"괜찮아요. 우리 집에서 아빠가 신경 쓸 건 아무것도 없으니까요. 아들은 사춘기고, 딸은 적당히 아빠를 멀리하고 있고."

"말투가 참 거슬리네."

"딱히 사춘기도 아니에요. 사춘기에는 말도 안 건데요. 저는 그래도 아빠랑 사이좋게 지내는 편이래요."

"아까 재취업할 생각도 없다는 집 아빠랑 비교하니까 그렇지."

"세상은 전부 비교잖아요. 행복이라든지 불행이라든지, 다 상대적이죠. 그러니 비교 대상은 최악일수록 좋고요."

호카리가 받아치려는데 선수를 치는 것처럼 슌이 자리에서 일어났다.

"잘 먹었습니다."

그리고 서둘러 식당을 빠져나갔다.

"저 녀석 언제부터 저렇게 논리정연해진 거야?"

"오래전부터 논리적이었어."

사토미가 재미있다는 듯 말했다. 호카리는 슌이 자신에게 건

방지게 구는 것이 엄마의 영향을 받아서 그런 걸지도 모른다고 생각했다.

"좋지 않아? 아들이 저렇게 성장했다는 걸 확인할 수 있잖아. 우리 집은 부자간의 대화가 많은 편이야. 이웃집 아주머니들한테 물어봐. 한 지붕 아래 살면서 서로 인사도 안 하는 아버지와 아들도 있으니까."

"그런가."

"어느 집이든 아빠란 존재는 처치 곤란한 것 같다는 느낌이네."

"사람을 쓰레기 취급하듯 말하지 마."

"아무렇지 않게 쓰레기 취급하는 집도 있어."

"한 가정을 지키기 위해 일하는 아빠를 왜 그런 식으로 보는 걸까."

"아빠가 일하는 걸 눈앞에서 보는 게 아니니."

사토미의 지적은 타당할지도 모른다. 아빠가 자영업을 하지 않는 이상 아이는 집에서 편하게 있는 아빠의 모습만 볼 뿐이다. 이에 비해 밥을 차리고 빨래와 청소에 애를 쓰는 엄마의 모습은 일상적으로 눈에 들어온다. 이 차이는 매우 크다.

"아빠라는 건 의외로 손해네."

"그건 또 그냥 흘려듣기 어렵네."

사토미가 도발하듯 웃어 보였다.

"일하는 주부가 득인지 손인지는 한 번이라도 좋으니 바꿔 볼

래?"

"……그건 사양할게. 아무도 엄마가 편하다고 말한 적 없어."

"농담이야. 그래도 정말로 주부의 고충을 이해해주면 당신한
테도 도움이 될 거야."

"왜?"

"몰이해와 무관심이 중년 이혼 사유의 넘버 원인 거 알아?"

식사를 마치고 조간신문을 보는데 사토미가 청소기를 들고 한
소리했다.

"모처럼 날씨도 좋은데 정원에 나가 보면 어때?"

"꽃가루 날리는 지옥으로 남편을 내쫓을 셈이야?"

"엄살은. 햇볕을 안 쬐면 몸에 이끼가 자란다고."

요약하자면 청소가 끝날 때까지 집에서 나가 있으라는 의미였
다. 호카리는 어쩔 수 없이 마스크를 쓰고 정원으로 나갔다.

10여 년쯤에 산 분양주택. 크기는 40평 정도로 정원도 비슷한
크기다. 교사를 그만둔 사토미가 파트타임 일을 구하기 전까지
가드닝에 빠졌던 시기가 있지만 오래가지는 못했다. 막 조성한
화단에 수없이 늘어놓은 화분은 이미 말라비틀어져 있었다.

다만 체질 개선용으로 심은 쐐기풀만 무성하게 자라고 있었
다. 다년생 식물, 후쿠시마 이남과 시코쿠, 규슈에서 자생하는 서
양 쐐기풀은 약용 허브나 요리에도 사용된다. 호카리 집에는 달
여서만 먹는데, 가까이 다가가면 확실히 약 냄새가 난다.

원래 야생초여서 관상용으로는 적합하지 않지만 식물을 보고 있으면 무엇이든 눈이 즐거워진다. 푸르른 녹색을 바라보면 나름대로 기분이 평화로워진다.

생각해보니 한 번도 제대로 관찰해본 적이 없었다. 단면이 네모난 줄기와 부채꼴 잎, 양쪽 전부 미세하게 가시털이 나 있었다. 어떤 감촉일지 가시털을 만져봤다.

그러자 가시털을 만진 부위에서 따끔하게 통증이 느껴졌다. 놀라서 손가락을 보니 아픈 부분에 반투명한 잎즙이 남아 있었다. 문지르려고 하자 잎즙이 남은 부분과 함께 통증이 퍼졌다.

"앗, 이거 뭐야."

처음에는 따끔했다가 결국 욱씬거리는 통증으로 바뀌었다. 마치 독이 오른 것 같은 통증이었다.

집으로 들어가 사토미에게 묻자 바로 대답이 돌아왔다.

"아, 그거. 작은 가시 밑에 주머니 같은 게 있어서 가시를 만지면 그 주머니가 터져서 독액이 나와."

"독이라니."

"정말 엄살 심하다니까. 물로 간단히 씻으면 돼."

시키는 대로 화장실에서 환부를 씻으니, 정말이지 통증도 싹 사라졌다. 손을 닦으면서 이건 초식동물이 몸을 지키기 위한 수단일 거라고 추측했다. 식물에 독소가 있는 것은 대부분 그런 이유다.

평범한 야생초도 의외로 그 안에 독액을 품고 있다.

무언가 배울 점을 느끼며 호카리는 따끔따끔한 통증을 반추하면서 손가락 끝을 바라보았다.

∃

✳

호카리가 이 소식을 들은 것은 수업 중이었다.

쪽지 시험 도중, 고요한 교실에서 호카리의 스마트폰으로 전화가 왔다. 연필 소리와 학생들의 숨소리만 들릴 정도로 조용한 교실에서는 진동음도 몹시 크게 들렸다.

"선생님, 잠깐 나갔다 올 테니 신경 쓰지 말고 계속해."

복도에 나와 스마트폰을 확인하니 사토미에게 온 전화였다. 수업 중에는 문자도 하지 않기로 약속했었다. 사토미도 교사였기 때문에 사정을 잘 안다. 그런 사토미가 굳이 전화를 걸었다는 것이 이상했다.

말로 할 수 없는 불안에 휩싸여 통화 버튼을 눌렀다.

"도대체 무슨 일이야? 지금 수업 중인 거 알잖아."

— 유카가.

몹시 당황한 목소리였다.

"유카가 왜?"

— 초등학교 창문에서 뛰어내려서.

그 순간 귀를 의심했다.

"다시 한번 말해줘. 뭐라고?"

— 유카가 3층 창문에서 뛰어내려서……

너무 갑작스러운 이야기에 머리가 따라가지 못했다. 머릿속이 새하얘진다는 것이 이런 걸 두고 하는 말일까.

— 자기, 듣고 있어?

"그래서 어떻게 됐어. 유카는?"

— 바로 밑에 화단이 있었는데 운 좋게 거기 떨어졌대. 그래도 온몸을 심하게 다쳐서 병원으로 이송됐어.

"어느 병원이야?"

— 미타조노 병원. 초등학교에서 가장 가까운 긴급병원. 지금 가는 중이야.

"나도 바로 그쪽으로 갈게."

전화를 끊고 호카리는 서둘러 교무실로 향했다. 교장이든 학년 주임이든 누구든 상관없다. 사정을 전하고 퇴근한다. 지금 자신이 할 수 있는 것은 그것밖에 없다.

3층 창문에서.

뛰어내리다.

화단.

도무지 정리되지 않는 머릿속을 단어의 조각들이 빠르게 스쳐

지나갔다.

뛰어내렸다는 말은. 그렇다면 사고가 아니라는 말인가.

설마 유카 스스로.

뛰어내릴 이유 따위 전혀 짐작 가지 않았다.

유카가 다니는 센주 초등학교의 3층. 꽤 높다. 운 좋게 화단 위로 떨어졌다고는 하지만 그래도 상당한 충격일 것이다.

젠장, 아직 열두 살밖에 안 됐잖아.

왜 이런 일이 일어난 걸까.

도대체 누구 때문인가.

혼란스러워서 정신을 차리지 못한 채, 호카리는 교무실에 남아 있던 동료에게 메시지를 남기고 학교 밖으로 나갔다. 큰길로 달려가 차도까지 뛰쳐나와 겨우 택시를 잡았다.

"미나미센주의 미타조노 병원. 급하니까 빨리 가주세요."

호카리가 차를 멈춰 세웠을 때 화가 나 있던 운전기사도 그의 표정을 보자마자 항의의 기색을 누그러뜨렸다.

"제발 빨리. 제한속도 따위 안 지켜도 좋아요."

"손님. 말도 안 되는 소리 하지 마세요."

"딸이 높은 곳에서 떨어졌다고요."

운전기사에게 자식이 있는지 알 수 없었다. 그래도 그는 호카리의 말에 입술을 한일자로 꽉 물고 정면을 바라보았다.

"일단 법규는 준수할 테니 안전벨트 매세요."

병원까지 가는 길, 1초가 10초 같았다.

빨리 도착하기를.

더 빨리.

호카리는 도로의 제한속도가 몇 킬로미터인지 몰랐지만 몇 번이나 추월을 한 덕분에 예상보다 빨리 병원에 도착했다. 거스름돈도 받지 않고 병원 접수처로 달려갔다.

접수처 앞에는 사토미, 그리고 처음 보는 남자 두 명이 서 있었다.

당신, 이라고 하면서 사토미가 이쪽으로 뛰어왔다. 무슨 일인지 모르겠다고 얼굴에 써 있었다.

"도대체 무슨 일이야?"

사토미는 고개를 저을 뿐 말문이 막힌 듯했다. 상황을 확인하려고 접수처에 한 발짝 다가가자 남자 한 명이 눈앞을 막아섰다.

"호카리 유카 양의 아버지시군요. 센주 경찰서 형사과 사카토라고 합니다. 조금만 시간을 내주시겠습니까?"

"하지만, 지금 유카는."

"유카 양은 긴급 이송된 후 수술실로 들어갔습니다. 방금 막수술을 시작했습니다."

돌아보니 사토미가 고개를 끄덕였다.

"예단하기는 이르지만 불행 중 다행으로 치명적인 외상은 없는 것 같다고 합니다. 냉정하게 들릴지 모르겠지만 지금 호카리 씨가 할 수 있는 건 기다리는 것뿐입니다. 그동안 몇 가지 묻고 싶은 게 있는데요."

기다리는 것밖에 할 수 없다. 그 말에 호카리는 더욱 어찌할 바를 몰랐다. 묻고 싶은 게 있다니 그건 또 무슨 말인가. 이쪽은 빨리 자세한 상황을 알고 싶은데.

사카토는 자신을 형사라고 소개했는데 겉보기에는 드라마에 나오는 형사처럼 강인하지도 않고 냉철하지도 않았다. 어디에나 있는 평범하고 선량한 직장인으로만 보였다.

마지못해 호카리는 초조함을 무릅쓰고 청취에 응하기로 했다. 하지만 교환조건을 붙였다.

"아는 건 뭐든지 말씀드리죠. 하지만 그전에 유카가 학교 창문에서 뛰어내린 상황을 설명해주세요. 저도 아내한테 막 들은 참이라 도저히 갈피를 못 잡겠습니다. 부탁입니다."

"그럼 여기서 말씀드리기엔 좀 그러니 별실로 가시겠습니까?"

사카토의 제안에 호카리와 사토미는 다른 병동으로 이동했다. 그곳은 수술실이 있는 층의 대기실로 유카의 수술이 진행되고 있는 곳과 같은 층인 듯했다.

"경찰은 초등학교에서 신고를 받고 현장으로 출동했습니다. 도착하니 유카 양은 이미 구급차에 실려 이송된 후로, 저희는 학교 관계자에게 당시 목격 정보를 수집했고요."

사카토의 설명에 따르면 목격 정보는 다음과 같다.

1교시가 끝난 오전 9시 50분경, 유카의 학급은 2교시 도화공작* 수업을 위해 특별교실로 이동하려던 참이었다. 그런데 반 학생들이 대부분 특별교실로 왔는데도 유카의 모습은 보이지 않았다고 한다.

오전 10시, 담임이 와서 출석 체크를 했지만 역시 유카는 없었다. 이상하게 생각한 담임이 교실에 남아 있는지 확인하기 위해 특별교실을 나왔다.

같은 시각, 유카의 교실 바로 밑에서는 4학년 1반이 산수 수업 중이었는데, 이때 아이들 몇 명이 유카가 위에서 떨어지는 것을 목격했다.

게다가 운동장에서는 2학년 2반이 체육 수업으로 집합해 있어 교정을 향해 정렬 중이었다. 그때 마찬가지로 몇몇 아이들이 교실 창문에서 뛰어내리는 여자아이를 목격했다.

그들의 증언에 따르면 교실 창문에서 보인 건 그 여자아이뿐이었다고 한다.

여자아이는 창문을 활짝 연 창틀에 서서 무릎을 구부린 후 하반신을 아래로 해 뛰어내렸다. 화단 위로 추락하자 동시에 아이들 속에서 비명이 터져 나왔다. 그 비명을 교실로 향하던 담임이

＊ 図画工作, 도화와 공작을 배우는 일본 초등학교 과목.

들은 것이다.

증언을 종합하면 유카의 자살 시도설이 농후해졌다. 여기서 사카토 일행이 그 원인에 관해 물었다.

"확인하고 싶습니다만 요새 유카 양이 괴로워한 일이 있었습니까. 아니면 가정에서 고민할 만한 일이 혹시 있었습니까?"

그 질문에 호카리는 생각에 잠겼다. 유카와는 제대로 대화도 할 수 없었던 자신이 짐작할 수 있을 리 없다. 하지만 토요일 아침에 본 유카에게서는 비참함이나 절망감 등은 털끝만큼도 느껴지지 않았다. 그게 착각이었다고 한다면 아빠로서 실격이다.

사토미에게 짐작 가는 것이 있느냐고 시선을 보냈지만 그녀도 기억이 나지 않는지 애처롭게 고개를 저었다.

"아직 사정 청취는 끝나지 않았습니다만 현시점에서 일부 신경이 쓰이는 증언이 나왔습니다. 유카 양이 어떤 무리한테 집단 괴롭힘을 당하고 있었다는 증언입니다."

설마.

목소리를 낸 건 사토미였다.

"그런 말도 안 되는. 집에서도 유카는 괴롭힘을 당한다는 말은 한마디도 없었는데……."

"학교 내에서의 증언만으로는 불충분한 측면이 있어서 부모님께 사정을 듣고 싶었습니다. 흠, 집에서는 전혀 몰랐다는 말씀이시군요."

"도대체 누가 유카를 괴롭혔답니까?"

사토미는 표정이 싹 변해 사카토를 몰아세웠다.

"아니, 사토미 씨. 어떤 무리라는 것뿐이지 멤버가 특정된 건 아닙니다. 집단 괴롭힘도 아직은 소문일 뿐이고요."

하지만, 이라고 사카토는 거듭 강조했다.

"현재 그것 외에 유카 양이 자살을 시도할 이유가 없는 것은 확실합니다. 저희는 사정 청취를 계속하겠습니다만 어쨌든 유카 양이 회복하기를 기다렸다가 본인한테서도 사정 청취를 해야 하겠죠. 그때 또 협조를 부탁드리겠습니다."

사카토는 그렇게 말하고는 다른 한 형사와 함께 대기실을 나갔다. 인기척이 없는 대기실과 복도에 사토미의 비명이 길게 꼬리를 물고 이어졌다.

그 후 한 시간이 지났을까.

대기실에 여자 간호사가 들어왔다. 호카리는 자기도 모르게 자리에서 일어났다.

"호카리 유카 양의 부모님이신가요?"

답을 할 수 있는 건 호카리뿐이었다.

"방금 수술을 마쳤습니다. 안심하세요. 생명에 지장은 없습니다.

그러자 사토미는 간호사의 허리를 끌어안고 울먹이며 감사의 말을 꺼냈다.

"정, 정말 감사합니다. 감사합니다……."

그 순간 호카리는 허리를 숙였다. 털썩 주저앉아 무릎을 꿇고 바닥에 양손을 찧었다.

다행이다.

정말 다행이다.

"지금 만날 수 있나요?"

"죄송합니다. 수술이 막 끝난 참이라 아직 마취도 풀리지 않았습니다. 일단 중환자실로 옮길 것이고 면회는 일반 병실에서부터 하실 수 있습니다."

지금 묻고 싶은 것이 산더미다. 확인해야 할 것도 싫을 정도로 많다. 그래도 지금은 유카의 안정이 최우선이다.

호카리는 무언가 생각난 듯 깊고 깊은 한숨을 내쉬었다.

사토미는 여전히 울고 있었다.

여자 간호사를 따라 두 사람은 집도의를 찾았다. 30대로 보이는 젊은 의사로 말투도 정중했다.

유카는 다리부터 떨어졌다. 게다가 화단이 쿠션 역할을 해서 머리에 외상은 거의 없었다. 다만 내장 일부가 파열되고 오른 손목과 오른 발목이 분쇄 골절되었다. 생명에 지장은 없지만 재활에 실패하면 후유증이 남을 가능성도 있다고 한다.

"그렇게 높은 곳에서 뛰어내리지 않아 다행이었습니다. 여러 조건이 운 좋게 맞아떨어져 생긴 우연이라고도 말할 수 있겠네요."

호카리에게는 마치 복음처럼 들렸지만 의사는 마지막으로 하나 덧붙이는 걸 잊지 않았다.

"이런 행운은 두 번 다시 오지 않습니다."

원인 중 일부는 당신들에게 있지 않은가. 의사의 눈빛은 은근히 그렇게 암시했다.

사카토를 비롯한 센주 경찰서의 사정 청취는 당일부터 본격적으로 시작되었다. 호카리는 처음 알았지만 같은 증언자에게 사건 발생 직후에 했던 질문과 똑같은 질문을 했다고 한다. 그렇게 함으로써 본인도 모르고 있던 새로운 정보가 발굴되거나 어긋난 내용이 맞춰지거나 한다는 것이다.

사정 청취 대상은 70명이 넘었다. 경찰은 유카의 학급 친구들과 담임은 말할 것도 없이 소속 동아리, 위원회, 아동회관계자까지 범위를 넓혀 크고 작은 증언을 수집했다. 그 꼼꼼함과 집요함에 이 일은 확실히 범죄 수사 전문가가 전문성을 가지고 임하는 업무임을 알 수 있었다.

문제는 그 모든 결과가 호카리에게 보고되지 않는다는 사실이었다.

"역시 집단 괴롭힘은 있었던 듯합니다."

호카리의 집을 방문한 사카토는 입을 열자마자 그렇게 말했다.

"반 학생들 전원과 담임 선생님은 집단 괴롭힘이 있었다는 사실을 알고 있었습니다. 다만 선생님은 집단 괴롭힘이 아니라 단지 사이가 안 좋은 것쯤이라 생각했다고 말했지만요."

증언에 따르면 집단 괴롭힘이 시작된 계기는 유카의 정의감에 있었다고 한다.

반에 기초생활수급자로 생계급여를 받는 가정의 여자아이가 있었다. 처음으로 기초생활수급자가 무엇인지 다른 사람에게 전해 들은 아이들이 그 여자아이를 따돌렸다. 본인도 어쩔 수 없는 경제적 사정을 빌미로 괴롭히는, 어린이다운 잔인한 처사다. 이에 반발한 것이 유카였다. 유카가 아이들의 행동을 담임에게 보고하고 그 여자아이의 방패막이가 되어주었다고 한다.

그 순간부터 괴롭힘 대상은 유카로 그 방향을 전환했다. 고발한 인간을 공격한다는 명확한 기준에 따른 것이었다.

유카를 향한 집단 괴롭힘은 몹시 교묘했다. 물건을 숨기거나 부순다. 청소 양동이 물을 끼얹는다. 바닥에 무릎을 꿇고 엎드리게 해 그 모습을 스마트폰으로 촬영한다. 옷으로 가려진 부위를 내출혈이 날 때까지 꼬집는다. 당연히 언어폭력도 행사한다.

"도대체 누가 가담했습니까?"

보고를 듣고 있던 사토미가 격분했다. 이상할 것도 없었다. 호카리조차 평정심을 유지하기 어려웠다.

그런 일을 당하면서도 부모한테 한마디도 하지 않았다는 사토미의 말에 호카리는 망연자실했다. 집에서의 모습과는 완전히 딴판이지 않은가. 자신의 몸을 바쳐서라도 약한 입장에 있는 다른 사람을 보호한다. 기특한 마음도 컸지만 그런 딸의 모습을 전혀 몰랐던 자신이 한심했다.

다만 침묵을 지키던 유카의 강한 자존심은 이해할 수 있었다. 집에서도 발휘하던 성격이다. 자신이 집단 괴롭힘을 당한다는 사실을 부끄럽게 여겼을 것이다. 자신만 계속 참으면 다른 누구에게도 해가 되지 않는다고 생각했을 것이다.

딸의 심정을 생각하자 가슴이 찢어지는 것 같았다. 반 친구에게 집단 괴롭힘을 당하는 모습을 상상하는 것만으로 저주를 퍼부을 것 같았다. 간신히 참고 있는 것은 교사로서의 직업윤리 때문이었다.

"사토미 씨. 누가 집단 괴롭힘에 가담했는지는 말씀드릴 수 없습니다."

"왜죠? 유카는 그 때문에 죽을 뻔했는데요."

"잔인하게 들릴지 모르겠지만 유서도 없는 이상 집단 괴롭힘과 자살 시도 사이에 인과관계가 있다고는 바로 단정 지을 수 없습니다. 게다가 가해 학생한테서 진술을 얻은 것도 아니라서요. 현재 저희가 할 수 있는 건 여기까지입니다."

참을 수가 없어서 호카리 자신도 모르게 말이 나왔다.

"저희가 피해를 신고하면 수사에 착수해주실 수 있습니까?"

기분 탓인지 사카토의 표정이 당황스러움에 일그러진 것처럼 보였다.

"물론 신고를 받으면 저희는 철저하게 조사합니다. 가해 학생
도 꼼꼼히 사정 청취하고요. 하지만 그렇게 하면 새로운 분쟁이
생길 수도 있다는 걸 호카리 씨는 쉽게 상상할 수 있으시겠죠."

설명할 것도 없었다.

고등학생이라면 몰라도 당사자들이 초등학생인 경우, 가해자
의식이 희박하거나 집단 괴롭힘이라는 인식 자체가 모호한 경우
가 많다. 또 가해자에게 책임을 추궁하는 과정에서 이번에는 가
해자가 피해자로 전환되어 상대 부모에게서 역으로 소송을 당할
수도 있다. 그렇게 되면 학급 내에서 소송전이 시작되고 부모들
끼리도 진흙탕 싸움이 된다.

어느 편에 서든 학교에 있을 수 없게 되는 것은 자명한 이치
로, 결국 전학이라는 설움을 겪게 된다. 요컨대 원한을 풀려는 시
도가 서로에게 깊은 상처를 남기는 경우가 대부분이다. 그러니
아이가 사망하는 것과 같은 심각한 피해를 입지 않은 이상, 괴롭
힘 사건은 대개 피해자 측의 울며 겨자 먹기로 끝난다. 이번 사건
이 바로 그런 경우다.

"아이러니하게도 호카리 씨 부부는 교사이시니 제 말이 무슨
말인지 더욱 깊이 이해하실 수 있겠죠. 반복하는 것 같지만 피해
신고를 하시면 저희는 진지하게 직무를 수행합니다. 하지만 수
사로 인해 생기는 분쟁이나 피해에는 책임은 없고요. 그 사정을

충분히 고려한 다음에 행동해주세요."

마지막으로 위로의 말을 전한 후 사카토는 자리를 떴다.

한편 유카는 사흘째 낮에 의식을 회복했다. 수술 후 경과도 양
호했으며 골절 부분이 치유되기를 기다리며 재활을 시작하게 되
었다.

회복 자체는 기뻤지만 문제는 유카의 태도였다. 주뼛주뼛 사
토미가 은근슬쩍 떠봐도 유카는 결코 집단 괴롭힘에 대해서는
입을 열려고 하지 않았다. 억지로 물어보면 이불을 머리까지 뒤
집어쓰고 부모의 접촉을 거부했다.

피해자라는 사실이 수치스러운지, 아니면 가해 학생의 이름을
말하면 자신이 보호해준 아이에게 또 피해가 생길까 봐 걱정하
는 건지. 어쨌든 유카의 입에서 자세한 이야기를 듣지 않고서는
호카리도 움직일 수 없었다.

이런 일련의 흐름에 눈에 띄는 반응을 보인 것은 슌이었다.

"제가 직접 유카에게 물어볼게요. 그리고 주동자에게 복수할
게요."

여동생을 너무 생각하는 나머지, 슌이 돌발 행동을 할 수도 있
다. 아빠로서 못을 박아두어야겠다 싶어 엄격하게 꾸짖자 화살
이 호카리를 향했다.

"왜 아빠는 화를 안 내요? 유카가 죽을 뻔했잖아요."

"아빠도 화가 나."

"그럼 신고를 하든 뭐든 하면 되잖아요. 교사이시니 그 학교에 쳐들어갈 수도 있고요."

"그런 걸 두고 공사 구분을 못 한다고 하는 거다."

"자식이 죽을 뻔했어요. 이럴 때는 공사가 뒤섞여도 되는 거예요."

말투가 직설적인 만큼 슌의 분노는 아주 올곧았다. 지켜야 할 직업윤리도 세워야 할 체면도 없이 그저 떠오르는 대로 내뱉고 있었다.

하마터면 너는 편해서 좋겠다고 말할 뻔했다. 이쪽은 화가 나도 교사라는 입장 때문에 말하고 싶은 것도 말하지 못하는데.

"세상은 네 생각처럼 단순하지 않아. 조금은 머리를 식혀."

"아빠는 아빠야, 선생이야, 어느 쪽이에요?"

정곡을 찌르는 질문이었다.

"아까부터 쭉 체면 이야기만 하잖아요. 질리지도 않고 집에서까지 교사 얼굴로 일관할 생각이에요?"

"닥쳐."

"그런 말은 유카를 욕한 녀석들에게나 하세요. 아니면 그쪽 교장이나 선생, 학부모와 다투는 게 무서운가?"

자신도 모르게 손이 올라갔다.

왼쪽 뺨을 맞은 슌이 뒤로 날아갔다.

너무 힘을 많이 넣었나. 하지만 슌은 당황하는 호카리를 향해 반항적인 시선을 계속 보냈다.

"아빠는 자기 자식한테만 손을 올리는구나."

"방금 손을 올린 건 교육한 게 아니야."

"누가 교육해달라고 했어요? 부모라면 자식의 원수를 갚는 게 당연한 거 아니에요?"

말을 내뱉고 슌은 자기 방으로 들어갔다. 보기 드문 부모 자식 간의 다툼이었지만 사토미는 호카리의 편을 들지 않았다. 두 사람의 대화에 당황하지도 않고 호카리가 슌을 때리는 것을 물끄러미 보고 있었다.

"무슨 하고 싶은 말이라도 있어?"

물어도 사토미는 힘없이 탄식만 할 뿐 아무런 의사 표현도 하려고 하지 않았다.

아니야, 아니다.

굳이 말하지 않아도 사토미의 눈빛은 남편을 비난하고 있었다. 슌이 보여준 눈빛과 매우 비슷했다. 아버지이기 전에 교사이고자 하는 호카리를 경멸하는 눈빛이었다.

"병원에 유카 갈아입을 옷 좀 가져갈게."

그렇게 말하며 사토미도 거실을 나갔다.

호카리는 혼자 남아 우두커니 서 있었다.

슌과 사토미가 자신에게 바라는 것이 무엇인지는 뼈저리게 잘 알고 있다. 교사의 옷을 벗어던지고 순수하게 아버지로서 행동하기를 원하는 것일 테다.

생각해보면 그것만큼 어리석은 이야기도 없다. 집단 괴롭힘 예방과 근절을 외치면서 발밑에서 일어난 피해는 눈치채지 못했다. 이런데도 자신이 교사라니 어처구니가 없다. 도대체 무얼 보고 있던 걸까. 슌과 사토미가 등을 돌리는 것도 이상하지 않다.

부정당한 교육이론.

경멸당한 직업윤리.

두 가지 전부 호카리가 자신의 지침으로 삼았던 것들이다.

이번 사건이 발생하기 전에는 대체할 수 없는 자산이기도 했다. 그 자산이 지금 초라하고 쓸모없는 것으로 변하고 있었다.

나는 어디서 길을 잘못 들었을까.

무엇을 잘못 본 것일까.

계속 자문해도 답은 어디서도 돌아오지 않았다.

어느새, 해 질 녘이 되었다.

4

유카의 투신 사건은 당일 뉴스에 보도되어 널리 알려졌다. 학교 이름과 유카의 이름은 공개되지 않았지만 자녀를 센주 초등학교에 보내는 학부모나 관계자들은 알 수 있을 것이다.

그리고 또 학교 관계자들의 네트워크도 농밀했다. 다른 학군이라도 일단 사건이 발생하면 학교 이름과 관련된 아이의 이름이 공유된다.

호카리의 가족 구성은 프로필표를 통해 나카무라가 파악하고 있었기 때문에 직장에 유카 사건이 알려지는 건 시간문제였다.

다른 학교에서 집단 괴롭힘이 사건화되었을 때 정보를 공유하는 이유는 타산지석으로 삼기 위해서지만 설마 내 가족이 그렇게 될 줄은 상상도 못 했다.

유카를 주제로 세미나를 여는 짓은 하지 않는다고 해도 솔직히 나카무라나 동료들에게 사건이 알려지는 것은 괴롭다.

하지만 나쁜 예감은 빗나가지 않았다.

간병 휴가가 끝난 다음 날 아침, 호카리는 교무실에 들어서자마자 달라진 분위기를 감지했다.

"좋은 아침이요."

"좋은 아침입니다."

주고받는 아침 인사가 어딘가 쎄했다.

마치 호카리와 마주 보는 것을 피하는 것처럼 다들 시선을 외면했다.

전부 소문난 것이 분명했다.

호카리는 수치심에 어쩔 줄 몰랐다. 원래라면 유카를 걱정해야 하는 입장인데도 자신의 안위가 더욱 걱정되었다. 그러다 또 자기혐오에 빠졌다.

전 교직원에게 알려졌다면 조만간 학생들에게도 정보가 새어 나갈 것이다. 소문이 퍼지는 속도는 몹시 빠르다.

만약 호카리의 반 학생들이 유카의 사건을 알게 된다면 무슨 생각을 할까. 가령 집단 괴롭힘을 고발한 도모코는 어제까지와는 다른 눈빛으로 호카리를 보지 않을까.

자신을 경멸하는 학생들의 모습이 보인다. 조롱하는 소리가 들린다. 그래도 직장을 포기할 수는 없다. 호카리는 모래를 씹는 심정으로 1교시 교과서를 정리하기 시작했다.

그때 탁상전화가 울렸다. 표시를 보니 내선전화다. 수화기를 들자 나카무라의 목소리가 흘러나왔다.

— 10분 정도, 시간 괜찮나요?

수업 예비종이 울리기까지 20분 정도 남았다. 용건은 대강 짐작이 가지만 거절할 수도 없었다. 호카리는 무거운 발걸음을 질질 끌고 교장실로 향했다.

"이번 일은 참 안타깝네요."

입을 열자마자 나카무라가 위로하듯 말을 꺼냈다.

"벌써 제 이름이 알려졌군요."

"집단 괴롭힘에서 번진 사건에는 민감하니까요. 다들 자기 일처럼 생각하는 거죠. 따님의 상태는 어떻습니까? 간병 휴가를 연장해야 하시면 바로 처리하도록 하죠."

"아뇨. 생명에는 지장이 없고 순조롭게 회복 중입니다."

순조롭게 회복 중이라는 말은 센 척일 뿐이다. 실제로는 아직 재활로 넘어갈 기미도 보이지 않고 무엇보다 정신적 트라우마가 걱정된다. 하지만 이는 나카무라에게 말해도 소용없다.

나카무라 쪽도 마찬가지인 듯, 더 깊이 파고들려고 하지 않았다. 하지만 어느 쪽이든 유쾌한 이야기는 아니었다.

"뭐랄까, 집단 괴롭힘당하는 아이의 방패막이가 되어주려고 자신을 희생하다니…… 정말이지 호카리 선생의 딸답네요. 순진무구한 정의감과 용기. 이야기를 듣고 감격했습니다. 아니, 저뿐만 아니라 학교 관계자 전부 감격했을 거예요."

들으면서 조금 놀랐다. 아무리 네트워크가 강하다고 해도 그렇게까지 구체적인 정보가 새어나가고 있는 걸까.

아차 싶었다.

그렇다면 당사자의 가족인 자신도 모르는 정보까지 입수했을 가능성이 크다.

"아이가 겪었을 일들을 생각하면 안타까울 뿐이에요. 그런 상황인데도 센주 초등학교에서는 구체적인 지도를 하거나 해결방안을 모색하지도 않았으니까요. 현장의 부주의가 비극을 초래한 좋은 사례입니다. 아니, 좋은 사례라는 표현은 어폐가 있네요. 죄송합니다."

죄송한 척을 하는 것 같진 않았지만 그렇다고 나카무라는 크게 신경 쓰는 것 같지도 않았다.

"다시 한번 생각해보게 되네요. 이러한 비극을 미연에 방지하기 위해서는 역시 평소의 지도와 관리체제가 필요하다는 걸요. 공적으로나 사적으로나 힘드시겠지만 앞으로 호카리 선생님이 학생들의 동향을 잘 살펴주셨으면."

"알려주세요."

호카리는 이어지는 말을 잘랐다. 이 정도로 세게 나가지 않으면 주도권을 뺏지 못할 것 같았다.

"그 정도 정보를 알고 있으시면 딸을 괴롭힌 학생들이 누구인지도 아시겠군요. 도대체 누가 그런 겁니까?"

의표를 찔린 듯 놀란 나카무라는 입을 반쯤 벌렸다.

"지금까지 그랬던 것처럼 학생들 사이에서 집단 괴롭힘이 생기지 않도록 주의하겠습니다. 하지만 가장 가까운 곳에서 발생한 사건을 그대로 방치할 수는 없습니다."

"······따님에게 가해 학생에 대해 물어보지 않으셨나요?"

"생명에 지장은 없어도 아직 안정을 취해야 하는 상태라서요. 정신적 쇼크를 생각하면 직접 물을 수 없습니다."

나카무라는 잠시 호카리의 안색을 살폈다가 이내 얼굴을 찌푸렸다.

"알려드릴 수 없어요."

말투가 다소 딱딱했다.

"센주 초등학교는 집단 괴롭힘 사건이 실제로 있었는지 또 호카리 선생 따님의 투신 사건이 집단 괴롭힘 때문인지 아직 결론을 내리지 못했습니다. 저에게 들어온 정보도 미확인된 것이고요. 아마 호카리 선생의 요청으로 관할서 형사가 사정 청취를 하러 왔을 텐데, 그들이 이 자살 미수 사건의 원인이 집단 괴롭힘이었다고 단정이라도 지었나요?"

"아뇨."

"호카리 선생도 아직 피해 신고를 하지 않은 것 같네요. 아마 가해 학생을 추궁하기 시작하면 현장뿐만 아니라 많은 관계자를 끌어들일 수 있다는 것을 잘 알고 계시니 그렇겠죠. 다른 사람도 아니고 집단 괴롭힘 문제를 겪어본 호카리 선생이니까 함부로 움직이면 돌이킬 수 없는 결과를 초래한다는 것도 잘 아실 테고요. 제 말이 틀렸습니까?"

아버지 입장에서는 불합리해 보이는 논리이지만 교사 입장에서 보면 반론할 수 없다. 나카무라의 말은 유카 사건이 발생하기 전까지는 호카리 자신도 신념으로 삼고 있던 것이기 때문이다. 피해 학생의 증언뿐만 아니라 가해 학생의 증언, 그리고 집단 괴롭힘 사실을 가리키는 물증. 최소 이 세 가지 조건이 갖춰지지 않으면 바로 집단 괴롭힘이라고 인정하기 어렵다. 사카토의 말처럼 피해를 신고하면 경찰도 움직이지만, 교육기관은 예외 없이 경찰의 개입을 꺼린다. 수사가 성과를 거두든, 실패로 끝나든 현장에는 뿌리 깊은 화근이 남는다. 단적으로 경찰의 개입은 어떤 형태로든 불미스러운 일이며, 교육청은 이를 가차 없이 마이너스 요인으로 평가한다.

다시 말해 교육 현장에서 집단 괴롭힘 문제는 지뢰나 마찬가지다. 함부로 밟기보다는 신중하게 제거해야 한다. 그럴 수 없다면 못 본 척하는 것은 바로 이런 이유 때문이다.

"어쨌든 학생 한 명이 자살을 시도해 뉴스에도 크게 보도되었습니다. 센주 초등학교도 이대로 방치하지는 않을 겁니다."

믿을 수 없었다. 학교의 은폐하려는 성향은 교사인 자신이 가장 잘 안다. 덤불을 들춰 뱀을 꺼내느니 그냥 지나치는 쪽을 선택할 것이다.

"이성적인 태도로 임하면 상황도 반드시 이성적으로 해결될 겁니다. 호카리 선생에게는 공자 앞에서 문자 쓰는 격이겠지만 부디 자중해주세요."

그 마지막 말에 호카리는 자신이 불려온 이유를 비로소 이해했다.

호카리와 그 가족을 걱정하는 것이 아니었다. 호카리의 폭주를 견제하기 위해서였다.

"그럼 다시 일상 업무로 복귀해주세요."

교장실을 나오자 위 주변이 전보다 한층 묵직하게 느껴졌다.

아버지와 교사 사이의 간격은 여전히 벌어지고만 있었다.

수업은 예상보다 평온하게 진행되었다. 도모코와 도리고에, 그리고 모리야마의 태도는 평소와 조금도 다르지 않았다. 무심코 반 아이들의 반응을 살폈지만 호카리를 조롱한다거나 프라이버시를 침해하려는 등의 기색은 전혀 없었다.

아마도 유카의 신원은 교사들한테만 알려졌을 것이다. 하지만 둑에 구멍 하나가 뚫리면 다음은 눈사태처럼 소문이 터져 나온다. 그런 날은 오늘이 될 수도 있고 내일이 될 수도 있다.

도저히 집중할 수 없는 수업이었다. 학생이 문제가 아니라 호카리가 문제였다. 새로운 단원의 글을 낭독할 뿐이라 무사히 넘어갔지만 작품 내용으로 들어갔다면 분명히 중간에 엉망이 되었을 것이다.

나카무라의 엄명은 교사로서 수긍하지 않을 수 없었다. 센주 초등학교와 이 중학교의 안위를 위해서는 사건을 키워서는 안 된다.

하지만 한편으로 아버지로서 또 다른 호카리가 큰 소리로 이의를 제기하고 있었다. 슌에게 면박당하고 사토미를 한숨 짓게 한 자신이 몸부림쳤다.

이대로는 안 된다.

내버려두면 자신은 아버지가 아니게 된다.

학생들의 낭독을 들으며 호카리는 자문자답했다.

나카무라는 자중하라고 했다.

그렇다면 피해 학생의 가족으로서 상식 범주 안에서 행동하면 상관없다.

교사로서의 입장을 끊어낼 수 없는 현실에 스스로도 맥이 빠졌지만 지금은 이렇게 하는 것이 가장 최선일 테다.

유카의 병문안을 이유로 그날은 정시 퇴근을 했다. 사토미와는 사전에 연락해 만날 장소를 정했다. 지금부터 호카리와 사토미는 센주 초등학교에 갈 계획이었다.

유카 건으로 담임 교사와 상담하고 싶다.

센주 초등학교의 학년 주임이라는 사람에게 전달하자 상대는 흔쾌히 승낙했다. 호카리가 같은 교사인 것이 좋게 작용했을지도 모른다. 오후 6시. 대부분의 학생이 하교한 후라는 시간대도 분명 고려했을 것이다.

특별한 사정이 없는 한 학교는 어디든 비슷한 구조로 비슷한 냄새가 난다. 센주 초등학교의 정문을 지나는 순간 호카리는 처음으로 그렇게 생각했다. 자신의 직장과 전혀 다르지 않은 분위기에서 오히려 기묘한 위화감이 느껴졌다.

응접실에서 기다리자 얼마 지나지 않아 유카의 담임이라는 남자가 나타났다.

"스기하라 다쿠미입니다."

마른 체격에 단발머리, 초롱초롱한 눈이 인상적인 남자였다.

"이번 일로 호카리 씨에게 걱정을 끼쳐서 담임으로서 정말 죄송한 마음뿐입니다."

깊숙이 숙인 정수리의 일부가 원형으로 비어 있었다. 본인이 그 사실을 아는지 모르는지를 차치하고 호카리는 그 모습에 친근감을 느꼈다.

"아이들의 행동에 만전을 기하고 있다고 생각했는데, 특별교실로 이동하는 시간에 이런 일이 생기고 말았습니다. 정말 뭐라고 말씀드려야 좋을지."

말투는 간절했지만 트집을 잡아보자면 사죄하는 것은 아니었다. 같은 교사라서 그런지 짐작이 갔다. 언뜻 사죄하는 것처럼 보이지만 실은 학교의 관리 책임에 대해서는 미묘하게 회피하듯 말했다.

이는 담임이라는 입장에서는 어쩔 수 없는 부분이므로 깊이 추궁할 생각은 없다. 지금 묻고 싶은 것은 다른 이야기다.

"병원에서 무사하다는 소식을 들었을 때 정말 안도했습니다. 그 높이에서 떨어졌는데도 살았다는 것은 기적이니까요. 이것도 유카의 평소 행실이 좋아서 그런 거겠죠. 유카는 정말 정의감이 강하고 착했거든요."

"유카가 집단 괴롭힘을 당하던 친구의 방패막이가 되었다고 들었습니다."

"집단 괴롭힘을 당했다고 해야 하나, 어쨌든 그렇게 보이던 아이를 필사적으로 보호하려고 했던 것 같아요."

완곡한 표현이 마음에 걸렸다.

"유카는 불똥이라도 튄 것처럼 똑같은 아이에게 괴롭힘을 당했다고 들었는데요."

"그런 소문은 저도 압니다. 지금은 학교도 청취 조사를 생각 중이니 결론이 나올 때까지 조금만 기다려주십시오."

"좀 이상하지 않나요?"

호카리보다 더 빨리 사토미가 끼어들었다.

"병원에서 만난 형사님이 유카가 집단 괴롭힘을 당했다고 증언한 학생이 있다고 했어요. 처음 온 형사님께도 들은 이야기를 담임 교사가 모를 리가 없을 텐데요. 게다가 아직 조사도 하고 있지 않다니, 무슨."

순간 스기하라가 당황하며 호카리에게 도움의 눈빛을 보냈다.

"아니, 일부 학생이 그런 말을 했다는 것만으로……저기, 호카리 씨는 리쓰세이 중학교에서 근무하고 계시죠?"

"네."

"그렇다면 이해해주실 거라고 생각합니다만, 한마디로 같은 반이라고 해도 다양한 학생들이 있습니다. 신중한 학생도 있고 이리저리 잘 휩쓸리는 학생, 또 시끄럽게 떠드는 것을 좋아하는 학생도 있고요. 이런 사건이 발생했을 땐 시끄럽게 떠드는 학생들의 목소리가 커지는 경향이 있습니다. 성급하게 결론을 내리는 것은 여러 오해를 불러일으킬 수도 있죠."

"집단 괴롭힘이 없었다고 말씀하시는 건가요?"

사토미의 말은 어느 때보다 날카로웠다.

"그럼 유카는 왜 뛰어내린 건가요? 학교 말고 다른 원인은 없을 거예요."

"집단 괴롭힘이 없었다고 단언하지는 않습니다. 다만 현시점에서는 소문만 무성하고 실체가 전혀 없는 상황입니다."

"스기하라 선생님은 담임이시잖아요. 매일 반을 보고 계시다면 집단 괴롭힘이 있었는지 어땠는지 정도는 잘 아실 테죠."

"그렇게 말씀하신다면 할 말이 없습니다만……아무리 담임이라도 학생들의 교우관계나 부모와의 관계 등을 전부 파악할 수 없다는 걸 호카리 씨도 아시겠죠. 담임 업무 말고도 동아리 활동 고문이나 교외 활동 지도를 비롯한 각종 교무 업무도 해야 하니까요."

힐끔힐끔 호카리를 훔쳐보는 것은 동의를 구하기 위해서일 것이다.

"말할 필요도 없지만 집단 괴롭힘을 인정하는 데는 신중에 신중을 기해야 합니다. 특정 학생을 가해자 취급하는 건 또 다른 집단 괴롭힘을 발생시킬 우려가 있습니다. 만약 제가 그런 사태를 파악하고 있었다고 해도 학생들의 증언이나 집단 괴롭힘의 객관

적 증거가 없으면."

"사정 청취, 해주세요."

무엇에 불이 붙었는지 사토미는 전혀 겁먹은 것 같지 않았다. 아니 엄마라면 그게 당연할 것이다.

"학생 전원에게 익명으로 설문해주세요. 그것만 해도 바로 알 수 있습니다."

"그런데 정작 유카는 집단 괴롭힘 이야기를 했습니까?"

"그건."

"안타까운 말이지만 유카는 뛰어내릴 때 유서도 남기지 않았습니다. 즉 피해 학생이라고 추정되는 유카 자신이 피해를 호소하고 있지 않아요."

"자존심이 세서 그런 겁니다. 괴롭힘을 당한 것이 한심하고 수치스러워서 말하지 않는 거예요. 아이의 성격을 아는 선생님이라면 짐작하실 수 있을 텐데요."

"짐작만으로 범인 찾기를 할 수는 없습니다. 부주의한 말 한마디나 이유 없는 의심 때문에 아무 관계도 없는 학생이 상처를 받기라도 하면 그건 누가 책임을 집니까? 그거야말로 집단 괴롭힘의 구도 그 자체입니다."

"스기하라 선생님은 회피하고만 계신 거 아닌가요?"

전직 교사인 사토미는 가차 없었다. 호카리는 놀라움 반 칭찬 반으로 그 모습을 지켜보았다. 이렇게나 투명하게 자신의 아이를 최우선 할 수 있는 것이 바로 엄마라는 존재다. 사토미는 배제당하고 비난받을 각오로 권리를 주장했다. 하지만 호카리에게는 아직 그 각오가 부족했다.

"집단 괴롭힘을 인정하면 문제가 표면화되고, 혹여나 재판으로까지 가면 학교와 스기하라 선생님의 평판은 떨어지겠죠. 신중에 신중을 기한다고 말씀하셨지만 사실은 그런 상황이 두려우신 거 아닌가요?"

"말씀이 좀 심하시네요."

스기하라는 미간에 주름을 잡았다.

"제 안위를 위해 집단 괴롭힘을 은폐할 생각은 조금도 없습니다. 단지 다른 학생에게 불필요한 고통을 주고 싶지 않을 뿐입니다."

듣고 있는 동안 마음속 깊은 곳에 있던 불이 활활 타올랐다.

"그럼 유카가 그런 짓을 당한 건 당연하다고 말씀하시는 건가요?"

"아뇨, 호카리 씨. 그런 뜻이 아닙니다. 호카리 씨도 교사이시니 이해하실 텐데요."

말투에 간절함이 묻어났다.

"매우 민감한 문제입니다. 집단 괴롭힘에 가담한 학생과 그 가족뿐만 아니라 많은 관계자의 인생에 영향을 끼칠 수도 있습니다."

"그러니 우리 딸은 소홀히 취급한다는 말이에요?"

스기하라의 목소리에서 자신 없음이 느껴졌는지 사토미의 목소리가 점점 날카로워졌다.

"무슨, 소홀히 하다니요. 실제로 학생들에 대한 청취 조사는 교무회의 안건으로 올라와 있어요. 이 문제를 결코 보류하고만 있지 않을 겁니다."

"안건에 올라와 있다고요? 그 말은 아직 실시하지도 않았다는 뜻이잖아요. 사건이 발생한 지 벌써 나흘이 지났어요. 그런데도 기본적인 조사마저 하지 않았다니 업무 태만에도 정도가 있습니다."

"태만이라니 너무하네요. 청취 조사든 설문이든 담임 교사 한 명이 경솔하게 할 수 있는 게 아닙니다. 교무회의에서 논의해 의사를 수렴하고 학교 측 판단으로 실시하지 않으면 의미가 없어요."

도망치고 있을 뿐이다, 라고 호카리는 판단했다. 그럴듯한 논리를 나열하고 있지만 스기하라의 말에서는 분노도 실망도 느껴지지 않았다. 그저 고개를 숙이고 폭풍이 지나가기를 기다리고 있는 듯한 인상만 느껴질 뿐이었다.

분노가 가슴까지 치밀어올랐다. 지금 입을 열면 자신도 심한 말을 내뱉을 것 같은 예감이 들었다.

그때 불현듯 스기하라의 왼손을 보았다.

약지에 끼워진 반지.

이 남자도 가족을 짊어지고 있다.

그런 생각을 하는 순간, 약간 풀이 죽었다.

"담임이면서 학생 한 명의 괴로움도 막아줄 수 없으신가요?"

"담임이라 그런 겁니다. 담임이라서 반 아이들 모두의 기분이나 영향을 생각해야 하죠. 어느 한 명만을 더 눈여겨보는 건 무리입니다."

"알겠습니다. 더 이상 스기하라 선생님께는 의지하지 않겠습니다."

사토미는 상대를 노려보았다. 오랫동안 함께 산 호카리도 본적 없는 눈빛이었다.

"경찰에 신고하겠습니다."

"그건 다시 한번 생각해주시지 않겠습니까? 아까 말씀드렸다시피 일이 커지면 여러 가지로 피해를 입는 사람이 나올 겁니다. 제 학급에서도 의심에 빠지는 학생들이 나오겠죠. 또 설령 경찰 수사가 시작된다 해도 학교 측의 의견이 통일되지 않는 상태에서는 수사에 협력도 할 수 없고요. 결과적으로 집단 괴롭힘을 입증하든 말든 유카는 학교에 다니기 어렵게 되겠죠. 그래도 괜찮으신가요?"

마지막 말은 거의 협박 수준이었다.

교직에 있는 사람이 협박해야 할 정도로 수세에 몰린 것이다.

스기하라의 말은 전혀 거짓이 아니다. 이대로 호카리가 피해를 신고하면 학교 측도 결코 수사에 협력하지 않을 것이다. 사망 사건이면 몰라도 현재로서는 자살 미수이기 때문에 경찰 수사도 더디다.

상대의 태도를 견고하게 만들면 안 된다. 나중을 생각해서라도 최대한 정보를 수집하려고 애써야 한다.

호카리는 상체를 내밀고 있는 사토미를 한손으로 제지했다.

"스기하라 선생님. 선생님 말씀은 이해했습니다. 하지만 도저히 납득이 안 가네요. 납득할 수 있도록 최소한 이것만은 알려주셔야죠."

"그게 뭔가요?"

"소문이라도 상관없습니다. 유카를 괴롭혔던 학생이 누구누구인지 알려주세요."

스기하라는 대답을 기다릴 겨를도 없이 고개를 저었다.

"아직 조사 중입니다. 아무 근거도 없는 소문을 말씀드릴 수는 없습니다."

"한 명만이라도 이름을."

"제발, 이제 그만."

스기하라는 테이블에 이마가 닿을 정도로 고개를 숙였다. 그 모습은 몹시 불쌍해서 호카리는 자신이 가해자가 된 것 같은 착각에 빠졌다.

피해자와 가해자가 번갈아 바뀐다. 그때마다 호카리의 위치도 변한다. 그 어지러움에 현기증이 날 것 같다.

스기하라는 고개를 숙인 채 미동도 하지 않았다.

사토미는 말을 잃은 것처럼 원형탈모증인 머리에 시선을 떨구고 있었다.

결국 학교 측으로부터 어떤 정보도 얻지 못했다. 호카리와 사토미는 패배감에 휩싸인 채 정문 현관으로 돌아왔다. 낙담한 만큼 왔을 때보다 발걸음이 무거웠다. 속이 부글부글 끓는데 사고만 깨어 있었다.

불쾌했다. 악감정에 격앙되어 있는 한편으로 계산이 작동한다. 이럴 때 인간은 대부분 제대로 된 생각을 하지 못한다.

억울해, 라고 옆에서 사토미가 말했다.

"이러나저러나 학교는 진흙탕을 뒤집어쓰지 않겠다는 말 아니야?"

사토미도 전직 교사다. 그렇다면 학교라는 조직의 성향을 잘 알고 있을 것이다. 아니, 잘 알기 때문에 고개를 계속 숙이고 있는 스기하라를 보고, 아무 말도 할 수 없게 됐을 것이다.

"저기……."

등 뒤에서 가느다란 목소리가 들렸다.

돌아보니 한 여자아이가 서 있었다. 키가 작은 아이였다.

"유카의 부모님이신가요?"

아이가 겁에 질린 목소리로 물어왔다.

"넌 누구니?"

"유카랑 같은 2반, 시라이시 나쓰나라고 합니다."

그렇게 이름을 말하며 이쪽으로 다가왔다. 쭈뼛쭈뼛한 태도에 감이 왔다.

"혹시 유카가 지켜주려던."

"네, 저예요."

나쓰나는 두 사람 앞까지 와 갑자기 머리를 숙였다.

"죄송해요. 저 때문에 유카가 그렇게 돼서. 죄송합니다. 죄송합니다."

똑같이 고개를 숙였지만 선생보다 이쪽이 몇 배는 더 가슴에 와닿았다. 이제 그만, 이라고 말하려는 순간 사토미의 손이 작은 어깨에 닿았다.

"나쓰나가 사죄할 일은 아니야."

"그래도 제가 힘이 없어서 유카가."

"네가 강한 아이여서 집단 괴롭힘을 안 당했어도 유카는 괴롭힘을 당하는 다른 아이를 도와주려고 했을 거야. 그러니까 네 탓이 아니야."

"유카는…… 괜찮은가요?"

"아직 침대에서 일어나는 건 무리지만 괜찮아. 분명 다 나아서 학교로 돌아갈 거니 그때 또 친하게 지내주렴."

"유카가 저랑 친하게 지내주는 거예요."

나쓰나의 눈에 눈물이 맺혀 있었다. 고개를 숙이면 흘러내릴 것만 같았다.

"전에는 그렇게까지 말을 많이 하는 사이는 아니었어요. 그런데 집단 괴롭힘이 시작되고 나서는 유카가 언제나 제 앞에 서서…… 몇 번이나 도와줬어요. 평소에는 상냥한데 그때만큼은 무서울 정도로 맞서 싸워줬어요."

눈이 번쩍 뜨이는 느낌이었다.

도대체 자신은 유카에 대해 무엇을 안다고 생각했던 것일까.

호카리가 아는 유카는 언제나 태평한 얼굴의 평범한 딸이었다. 이 세상에는 정의도 악도 존재하지 않고, 그러니 자신은 다툼과는 관계가 없다고 생각하는 것처럼 보였다.

하지만 현실은 전혀 달랐다.

세상이 아닌, 더욱 가까이 있는 악의에 맞서고 자신보다 약한 인간에게 손을 내미는 강인한 인간이었다.

아직 초등학생인데도.

아직 열두 살인데도.

"말해줘서 고맙구나, 나쓰나."

사토미는 상대와 눈높이를 맞추기 위해 허리를 굽혔다. 아이와 친해지기 위해서는 기본이다.

하지만 호카리는 사토미의 시선에서 사악한 빛을 엿봤다.

"유카를 아껴주는구나."

"네."

"그럼 알려줄래? 유카를 괴롭힌 아이가 누구인지."

나쓰나의 표정이 불안에 잠겼다. 하지만 사토미는 추격을 멈추려 하지 않았다.

"담임 선생님한테 물었는데도 안 알려주시더라. 절대 나쓰나한테 들었다고 안 할 테니 알려줄래? 부탁이야."

사토미의 절박함에 떠밀려서인지, 아니면 죄책감에 시달려서인지, 잠시 나쓰나는 망설이는 듯했다.

하지만 이내 씁쓸함을 삼키는 듯한 표정으로 입을 열었다.

"몇몇 애들이 있었는데…… 주동자는 같은 반의 오오와 아야라는 아이예요."

1

✳

호카리와 사토미는 나쓰나를 데리고 카페에 가 다시 한번 집단 괴롭힘에 관해 물었다. 만약 나쓰나가 지어낸 이야기라면 또 새로운 불씨가 될 수도 있다. 호카리는 신중에 신중을 기하고 싶은 심정이었다.

"아야도, 아야의 친구들도 다 평범한 학생들로 어딘가 특별한 점이 있는 건 아니에요."

나쓰나는 딸기 파르페를 한번 찔러보더니 어눌하게 말을 꺼내기 시작했다.

"지금 반이 되고 처음에는 아무 일도 없었어요. 저희 집이 한부모 가정에 기초생활수급자라는 것이 엄마들 사이에 소문이 나서…… 그때부터 괴롭힘이 시작됐어요. 급식비를 제대로 내고 있냐는 둥, 너네는 우리 부모님이 낸 세금으로 사는 거라는 둥…….”

당시 상황이 떠올랐는지 나쓰나의 입이 갑자기 무거워졌다. 듣고 있는 호카리도 마음이 무거워졌지만 여기서 그만둘 수는 없었다. 계속 이야기를 해달라고 재촉하자 나쓰나는 다시 입을 열었다.

“그때 유카가 저를 감싸줘서……아야 일행이 유카를 괴롭히게 되었어요. 그래서, 그게, 저는…….”

나쓰나는 일단 말을 끊고 용서를 구하는 듯한 눈빛으로 두 사람을 바라보았다. 다음 말을 꺼낼지 말지 망설이고 있었다.

호카리는 살짝 끄덕이며 다음 말을 재촉했다.

“사실 이번에는 제가 유카를 보호해줘야 맞는 건데, 이제 제가 괴롭힘을 당하지 않는다고 생각하니 유카를 돕는 게 무서워졌어요.”

다음 말은 듣지 않아도 알았다. 나쓰나는 유카의 그림자에 숨은 채 얼굴을 내밀려고 하지 않았다. 한번 집단 괴롭힘을 당한 아이의 기분은 아플 정도로 이해할 수 있었다. 그 방패막이가 된 것이 자신의 딸이라는 필터를 끼고 봐도, 호카리는 나쓰나를 비난할 마음이 없었다.

“그래서 유카가 나쓰나를 원망하는 말을 한 번이라도 했니?”

“아뇨.”

“그럼 신경 쓰지 않아도 돼. 유카는 나쓰나를 지키기 위해 일어섰어. 또다시 너를 궁지에 내몰리게 하고 싶지는 않았을 거야.”

“죄송해요……정말 죄송해요.”

나쓰나는 몇 번이나 작은 머리를 연신 숙였다.

“유카는 아무리 괴롭힘당해도 울거나 사과하지 않았어요. 자신이 옳은데 왜 사과해야 하는 거냐면서. 그러니 점점 괴롭힘이 심해져서.”

호카리는 현기증이 날 것 같았다. 집에서는 평온해 보였던 유카가 학교에서는 사면초가 같은 상황에 처했고 그러면서도 의연하게 있었을 줄이야. 도대체 자신은 딸의 무엇을 보고 있던 건지 한심하기만 했다.

기특한 마음과 함께 안타까움이 밀려왔다. 자신의 정의를 가슴에 품고 고군분투하는 유카에게 조금도 신경을 써주지 못했다. 교사이자 아버지인 자신이 아무런 도움의 손길도 내밀지 못했다.

“그날, 교실 창문에서 뛰어내린 날도, 유카는 평소대로였어요. 그래서 뛰어내렸다는 말을 들었을 때는 깜짝 놀라고 무섭고 스스로가 한심했어요……강해 보이는 유카도 한계에 다다랐구나 싶었어요. 저, 유카에게 도움을 받았는데도 전혀 몰랐어요. 유카는 어떤 일을 당해도 지지 않는 강한 아이라고 제멋대로 생각했나 봐요. 하지만 그게 아니었네요.”

나쓰나는 다시 목소리를 떨며 울음을 터뜨렸다.

"유카도 저와 같았어요. 괴롭힘을 당하면 아프고 심한 말을 들으면 괴로운 보통 여자아이였는데."

"이왕 이렇게 된 거 직접 그 집에 항의하러 가자."

집에 돌아오자마자 사토미가 제안했다.

"주동자 이름을 알았으니 부모 이름과 주소도 알 수 있잖아. 같이 가자."

"학생 명부는 비공개일 텐데."

호카리는 자신도 모르게 타이르는 쪽으로 돌아섰다. 상대 여자아이가 싫은 것은 사토미와 같지만 직접 항의하러 가자는 말을 듣는 순간 자제력이 생겼다.

이런 문제로 당사자 부모들이 접촉해도 좋은 결과를 얻지 못한다. 감정을 억제하고 이성적인 판단을 내리는 사람이 없기 때문이다. 아이들 싸움을 부모가 직접 협상하면서 더욱 골이 깊어진 예를 호카리는 수없이 많이 안다.

아야라는 아이에게 따져 묻고 싶었다. 그 부모를 향해 도대체 가정교육을 어떻게 하는 거냐고 따지고 싶었다. 가슴속 깊은 곳에서 뜨거운 감정이 끓어올랐지만 눈앞에서 분노에 휩싸인 사토미를 보자 분출 직전의 감정이 가라앉았다.

"학생 명부는 담임이 작성하지만 대외비에다가 보안이 철저해서 새어나갈 수 없어."

"연락망 같은 걸로 엄마 이름이나 대략적인 주소 정도는 알 수 있어. 어머니회의 정보망을 얕잡아보지 말라고."

"조금만 진정해. 그런 짓을 했다가 소란이 점점 커지면……."

"맞아. 소란이 커져서 학교 측이 가만히 있을 수 없게 되는 게 뭐가 나빠?"

사토미가 갑자기 달려들었다.

"당신은 화가 안 나? 자기 딸이 집단 괴롭힘을 당하다가 자살 시도를 했다고. 상대 아이나 부모한테 아무런 감정이 없어?"

"그건 아니야. 나도 화가 나. 하지만 지금 우리가 가진 건 나쓰나의 증언뿐이야."

"그 아이를 못 믿겠다는 말이야?"

"그런 말이 아니라, 그것만으로는 상대를 특정하기에 근거가 부족해. 설문 조사를 실시하고 여러 학생이 오오와 아야라는 아이를 지목해야 하지. 그리고 본인과 그 일행이 집단 괴롭힘 사실을 인정해야 하고. 그다음에야 겨우 양측이 대화 테이블에 앉을 수 있어."

"대화. 대화라니 그럼 어떻게 되는 건데? 그걸로 유카의 상처가 치유되기라도 한다는 거야?"

이쪽을 노려보는 눈빛이 기묘한 빛을 띠고 있었다. 곧 적의로 변할 것 같은 위험한 시선이었다.

"단지 저쪽 집에 소리를 지르는 식으로 항의해봤자 아무것도 해결되지 않아."

"왜 해결해야 하는 거냐고."

말이 점점 거칠어졌다.

"우린 피해자 측이야. 학교나 학급이 원만히 수습되느냐 마느냐에 앞서 유카가 어떻게 될지, 유카의 자살 시도에 대한 책임을 누가 어떻게 질 것인지가 우선이라고. 확실히 말하겠는데 이번 사건으로 센주 초등학교나 담임인 스기하라 선생이 세간의 비난을 받는 것은 당연하지 않아. 상대인 아야라는 여자아이도 다른 사람들이 돌을 던져주면 돼."

"그건 그냥 화풀이야."

"화풀이가 뭐가 나빠? 딸이 그런 꼴을 당했는데 화풀이도 안 하는 게 더 이상하지 않아?"

사토미는 멱살을 잡을 것처럼 얼굴을 가까이 가져댔다.

"나는 유카를 궁지에 내몬 사람에게 복수하고 싶어. 그런데 당신은 어떻게 된 거야? 아직도 교직이니 뭐니 세간의 시선이 어떻다느니 하면서 주저하는 거야? 그래서 정말 유카의 아빠라고 할 수 있어?"

갑자기 날아온 양자택일에 심장을 움켜쥐는 듯한 두려움이 느껴졌다.

적당히 해.

"어쨌든 가해자 측 주동자를 알아냈어. 이걸로 센주 초등학교도 모른 척할 수 없게 됐잖아. 우리 얘기가 먹히기 쉬워졌으니 정공법으로 학교 측에 해결을 요구하자."

"당신, 아직도 그렇게 안일하게 있을 거야?"

"집단 괴롭힘 같은 비열한 방식으로 피해를 입었으니 우린 똑같이 굴지 말고 정정당당한 방법으로 대응해야지. 그게 가장 이상적이지 않아?"

"그건 나한테 묻기 전에 먼저 유카에게 물어봐."

"유카는 아직 제대로 말도 못 하잖아."

"굳이 말을 해야 아이의 마음을 안다는 건가?"

그렇게 말하면서 사토미는 입술 끝을 일그러뜨렸다.

마치 자신의 아내가 아닌 다른 사람처럼 보였다.

다음 날 저녁, 호카리는 혼자서 센주 초등학교를 방문했다. 사토미를 집에 두고 온 것은 말할 것도 없이 어젯밤 행동을 보고 폭주할까 봐 두려웠기 때문이다.

어제저녁 나눴던 대화에서 스기하라의 대응은 예상할 수 있었다. 따라서 단도직입적으로 말을 꺼냈다. 오오와 아야의 이름을 말하자 스기하라의 표정이 갑자기 변했다. 그 모습을 보건대 나쓰나의 증언이 사실인 듯했다.

"누구한테서 그 아이의 이름을 들었습니까?"

"그렇게 말씀하시는 걸 보니 정말 함구령이라도 내려졌나 보네요?"

몹시 화가 나 조금이라도 비꼬며 반박하고 싶었다.

"함구령이라니 무슨…… 저희는 사실 확인이 되지 않은 이야기가 나돌아 평판에 피해가 되지 않도록 조심하고 있을 뿐입니다. 학교에서 확실히 하지 않은 것은 입 밖에 내서는 안 된다고요."

"어린 학생들을 자유롭게 말하지 못하게 하다니, 충분히 함구령인 것 같은데요."

스기하라는 멋쩍은 듯 시선을 피했다.

"소문만 무성해서 조사가 진행되지 않았다는 것도 결국 사실이 아닌 것 같네요. 담임 선생님은 누가 주동했는지 제대로 알고 있었군요."

호카리가 쳐다봐도 스기하라는 눈을 마주치지 않았다.

"선생님은 상황이 아직 확실하지 않은데 무리하게 사건을 진행하면 여러 관계자의 인생에 그림자가 드리운다고 말씀하셨죠. 자칫 온갖 손해를 입는 사람이 생길 수도 있다고요. 그건 도대체 누구 이야기입니까?"

"물론 학생과 그 가족입니다."

"하지만 가해자는 거의 특정할 수 있었을 겁니다. 그렇다면 이제 와서 손해를 입을 것도 없죠. 저지른 짓에 대해 배상만 하면될 일입니다. 그런 건 손해라고 하지 않죠. 그냥 벌을 받는 것 아닙니까?"

"상대는 아직 열두 살인 초등학생입니다."

"우리 유카도 열두 살 초등학생이에요. 그리고 집단 괴롭힘을 당한 피해자입니다. 스기하라 선생님, 저나 선생님이나 같은 교사예요. 그래서 선생님이 무슨 고민을 하시는지 대강 짐작이 갑니다. 선생님이 신경 쓰시는 관계자는 센주 초등학교 선생님들이고, 그중에서도 특히 교장 선생님의 거취가 가장 마음에 걸리시지 않나요?"

학교 측이 집단 괴롭힘의 존재를 은폐하려는 이유는 그것에 따라 교육청의 평가가 하락하기 때문이다. 각 지자체의 교육청은 교장 이하 교사들의 인사권을 쥐고 있다. 즉 낮은 평가를 받으면 벽지로 전임 가거나 강등되는 등 그에 상응하는 처우를 각오해야 한다. 그것이 집단 괴롭힘을 은폐하려는 원인이 되었다. 최근에서야 문부과학성은 '집단 괴롭힘 방지대책 추진법'에 기초한 기본방침으로서 '학교 내에서 정보공유를 소홀히 하는 행위는 같은 법에 위반될 수 있다'라고 명시하고 있지만 그걸로 현장의 분위기나 대처가 백팔십도 달라진 것도 아니다. 현장은 여전히 교육청의 눈치를 살피며 집단 괴롭힘을 불미스러운 일로만 취급하고 있다.

"솔직히 우리 중학교에도 집단 괴롭힘이 있다는 이야기가 있습니다. 그러니 선생님이 처한 입장도 이해할 수 있고 말하고 싶어도 말할 수 없다는 것도 알고 있어요. 학교의 체면을 지키고 싶으시겠죠. 이 학교에 집단 괴롭힘은 없다. 설령 있다 하더라도 유카의 자살 시도의 원인은 아니었다…… 그게 학교 관계자가 바라는 결론이겠고요."

"그런 식으로 말씀하시니 당황스럽지만……네. 결코 틀린 말은 아닙니다."

스기하라가 면목 없다는 듯 눈을 감았다.

"교장 선생님이나 교감 선생님에게서……그런 압력을 받으신 겁니까?"

"호카리 씨도 같은 교사이시니 잘 아시겠죠. 명백한 협박이나 강요는 없습니다. 다만 분위기라는 게 있죠."

애매한 말이지만 호카리는 이것도 이해할 수 있었다. 이익을 공유하는 집단에서 흔히 있는 전체적인 압력이다. 명확히 누군가가 말을 꺼낸 것도 아닌데 왠지 그렇게 해야만 할 것 같은 분위기. 분위기가 그런 것이니 딱히 강요받는다는 자각은 없으며 강요받지 않으니 반발심도 생기지 않는다. 그저 어렴풋한 지시에 따라 처신할 뿐이다.

"정말 심하게 들리겠지만……따님의 자살이 미수에 그쳐서 감사하게 생각하고 있습니다. 만일 목숨이라도 잃었다면 그거야말로 경찰도 가만히 있을 수 없었을 거고 학교도 태도를 명확히 해야 했을 거니까요."

미안한 마음을 표현하는 것인지 스기하라는 여전히 눈을 감은 채 말했다.

"스기하라 선생님, 선생님의 입장이나 심정은 이해 가지만 당신과 저 사이에는 결정적인 차이가 있습니다."

"그게 뭔가요?"

"전 그 아이의 아빠입니다. 교사이기 전에요."

그러자 마침내 스기하라가 이쪽을 보았다. 몹시 원망스러운 눈빛이었다.

"선생님이 저라면 이 문제를 흐지부지 내버려둘 수 있으십니까?"

"저는 아직 아이가 없어서 대답하기 어렵네요."

대답하기 어려운 게 아니라 대답하고 싶지 않을 것이다.

"저는 그럴 수 없습니다. 스기하라 선생님. 제가 경찰에 피해를 신고하기 전에 오오와 아야의 처분을 결정해주세요. 집단 괴롭힘의 원인 규명이라든지 재발 방지 대책을 논의하기 전에 이번 사태의 뒷수습을 학교가 직접 해주기 바랍니다."

호카리에게 그것은 최후통첩이었다. 요구 내용도 사토미와 마찬가지로 아야를 향한 복수와 일종의 손해배상청구이며, 이는 지극히 정당한 권리다.

하지만 말을 꺼낸 순간 호카리는 죄책감을 느끼지 않을 수 없었다. 눈앞에 있는 스기하라에게도 왠지 미안한 기분이 들었다.

스스로도 참 성가신 성격이라고 생각했다. 교사로서의 체면을 말할 때는 아버지의 얼굴을 들여다보고 아버지로서 말할 때는 교사로서의 얼굴이 자신을 자제한다. 아마도 이 어중간한 태도에 사토미가 분통을 터뜨린 것 같았다.

"제발 좀 봐주세요."

스기하라가 깊숙이 고개를 숙였다.

정수리의 원형을 보는 게 이걸로 몇 번째일까.

"현재로서 특정 학생을 지목하는 건 집단 괴롭힘을 인정하는 것이 됩니다. 그쪽 부모도 인정하지 않을 거고요."

"그럼 사실을 사실로만 받아들여 주세요. 센주 초등학교나 오오와 아야라는 아이의 부모가 없었던 일로 하고 싶다고 해도 실제로 유카는 몸과 마음을 다쳐 침대에 누워 있으니까요. 며칠간 움직임이 없으면 경찰에 신고하겠습니다."

"그런데 호카리 씨. 호카리 씨는 당연하다는 듯 피해자의 권리를 주장하고 계시는데, 문제를 크게 키울수록 화살은 따님에게도 향하게 됩니다."

스기하라는 여전히 저항했다.

"집단 괴롭힘이 인정되면 피해를 입은 아이도 대중에 노출될 거예요. 그게 또다시 집단 괴롭힘의 원인이 되고요. 슬프게도 그것이 교육 현장의 현실입니다. 유카가 그런 일을 겪어도 괜찮습니까?"

지난번 협박의 재현이었다.

각오를 다지고 왔어도 유카의 처우에 대한 이야기가 나오면 역시 결심이 무뎌졌다.

최악의 경우는 전학도 고려해야 하지만 유카 본인이 그것을 반길지 어떨지도 문제였다.

결국 이날도 스기하라에게서 명확한 답을 얻지 못하고 호카리는 괴로운 마음으로 집으로 향했다.

집으로 돌아오니 사토미의 모습이 보이지 않았다. 텅 빈 집에 누구 없냐고 부르자 슌이 방에서 나왔다.

"엄마는?"

"몰라요. 제가 돌아왔을 때는 아무도 없었어요."

"유카 병문안이라도 간 건가."

"몰라요."

벌써 오후 7시를 지나고 있었다. 가족에게 연락도 하지 않고 도대체 어디를 돌아다니고 있는 걸까.

연락해보려고 스마트폰을 꺼냈을 때였다.

거실에 있는 유선전화로 오랜만에 전화가 걸려 왔다. 호카리네 집은 가족 네 명이 전부 스마트폰을 갖고 있어서 유선전화가 울릴 일은 거의 없었다.

스팸 전화나 불길한 소식을 제외하고는.

"네, 호카리입니다."

— 늦은 시간에 죄송합니다. 센주 경찰서 오하시 파출소에서 연락드립니다.

경찰서라는 말의 울림이 불안을 증폭시켰다.

— 아내분이 호카리 사토미 씨시죠?

"네, 맞습니다만 왜 그러시죠?"

— 오하시 파출소에서 아내분을 보호하고 있습니다.

당장은 사정이 바로 이해되지 않았다.

"아내를 파출소에서 보호하고 있다고요?"

— 아, 그게요……동네 이웃집과 말다툼이 있던 것 같습니다.

불안이 천천히 명확한 형태를 갖췄다.

"누구와 시비가 붙었습니까?"

— 오오와 이쓰미 씨라는 분입니다.

그 이름을 듣고 불안의 정체를 깨달았다.

"지금 당장 가겠습니다."

— 부탁드립니다.

호카리는 슌에게 집을 봐달라고 부탁한 뒤 오하시 파출소로 서둘렀다. 슌에게 괜한 걱정을 끼치고 싶지 않아서 어디 가는지도 말하지 않고 집을 나왔다.

전화로는 자세한 사항을 듣지 못했지만 사토미가 무슨 짓을 했는지 대강 예측할 수 있었다. 분명 호카리가 센주 초등학교에서 스기하라와 면담하고 있을 때 사토미 혼자 오오와 씨네 집을 찾아갔을 것이다. 멋대로 무슨 짓인가 싶었지만 곰곰이 생각해보면 어젯밤부터 사토미의 언동이 평소와는 달랐다. 주의해야 할 것은 센주 초등학교의 태도가 아니라 사토미의 정신상태였을지도 몰랐다.

파출소에서 사토미는 딱히 구속된 것도 아니고 그저 파이프 의자에 앉아 있었다.

"기다리고 있었습니다."

이소무라라는 순경이 무뚝뚝하게 말했다. 사무적인 말투에서는 어떠한 감정도 읽을 수 없었다.

"집사람이 폐를 끼쳐서 죄송합니다."

여전히 분노가 가라앉지 않은 사토미를 뒤로하고 호카리는 이소무라 순경에게 몇 번이나 고개를 숙였다. 불현듯 고개를 숙인 사람이나 그 앞에 있는 사람이나 전부 공무원이라는 아이러니한 사실이 머리에 떠올랐다.

"아뇨. 일단 신고가 들어와서 출동은 했지만 딱히 조서를 작성할 사안도 아니라서요."

이소무라 순경은 책상 위에 있는 바인더를 들어 올려 보였다. '사안 대응 기록'이라는 제목의 A4 크기 종이가 철해 있었다. 자세한 것은 모르지만 파출소가 처리한 사건에 관한 보고서일 것이다. 다시 말해 사토미가 일으킨 소동도 A4 용지 한 장으로 처리할 수 있다는 뜻일 테다.

"도대체 무슨 짓을 한 거야?"

"피해자 가족으로서 당연한 권리를 주장했을 뿐이야."

사토미는 전혀 기죽지 않고 말했다. 그러자 불온한 공기가 감돌았고 곧 이소무라 순경이 사토미를 대신해 사건의 경위를 설명했다.

파출소에 신고가 들어온 것은 오후 6시를 조금 넘었을 무렵이니 역시 호카리가 스기하라와 면담하고 있을 때였다. 신고자는 근처에 사는 오오와 이쓰미, 가해 학생인 아야의 엄마였다.

"오오와 씨네 집은 주택가 한구석에 있는데, 아내분이 집 앞에서 큰소리를 내서 폐를 끼쳤다고 하네요. 단순한 말다툼이면 몰라도 주변에 민폐를 끼치는 걸 방치할 수는 없어서요."

현장으로 달려가니 사토미가 꾹 닫힌 문을 향해 큰소리를 지르고 있었다. '당사자를 내보내라'라든가 '집단 괴롭힘을 조장하는 건가'라며 소리를 질렀는데, 주택가 한가운데에서 이렇게 외치는 것은 확실히 민폐이며, 자칫하면 모욕죄로 발전할 수도 있다. 이소무라 순경은 그렇게 판단해 사건으로 커지기 전에 사토미의 신병을 확보했다고 한다. 따라서 사토미에게는 주의만 줬을 뿐 경고도 하지 않았다고 한다.

"이야기를 들어보니 따님이 집단 괴롭힘 때문에 자살을 시도하셨다고. 현재로서는 경찰보다 학교나 부모들끼리 해결할 문제겠네요."

말을 꺼내지는 않았지만 이소무라 순경에게서 자신을 신경 써주는 마음이 느껴졌다. 호카리는 솔직히 고마웠다.

"앞으로는 이런 일이 없도록 하겠습니다."

이소무라 순경에게 감사를 표하고 사토미와 함께 파출소를 나왔다. 집까지 걸을 수 없는 거리도 아니었지만 어떻게든 사토미를 사람들 앞에 노출시키는 것이 꺼려져 택시를 잡았다.

"나에게 말도 없이 왜 그런 거야?"

"말해봤자 어차피 찬성하지 않을 거잖아. 게다가 당신은 스기하라 선생에게 직접 협상하러 갔고. 그러니 나는 오오와 씨 집에 직접 협상하러 가기로 한 거야."

"그게 무슨 논리야."

"둘이서 한 곳을 공격하는 것보다 둘이서 두 곳을 각각 공격하는 게 효율적이잖아."

"확실한 증거도 없이 저항해도 가볍게 치부될 뿐이야. 순경 말로는 문전박대당했다던데."

"문전박대 아니었어."

분한 듯한 말투였다.

"처음에 호카리 유카의 엄마라고 하니까 문을 열어줬어."

"집 안으로 들어갔어?"

"아니. 현관에서 당신 딸이 집단 괴롭힘 주동자라고 하니까 그때부터 나가라고 하더라고. 아직 한마디 사과도 안 했어. 그러니 순순히 물러날 순 없잖아? 자꾸만 모른 척하려고 하고 결국에는 날조라고 하질 않나."

"그래서 말싸움 한 거야?"

지나치게 성급하다고 생각했다. 백 번 양보해 상대를 비난하려면 객관적인 증언을 모아서 외곽을 메워야 한다. 그렇지 않으면 상대는 쉽게 빠져나갈 수 있다.

"증언은 나쓰나가 제대로 해줬잖아."

"나쓰나 한 명만으로는 신빙성이 부족해. 그것만으로는 상대쪽에 책임을 물을 수 없어."

호카리의 말이 더 논리적이었는지 사토미는 입을 다물었다.

"그 집은 어땠어?"

"집이? 아니면 이쓰미 씨가?"

"둘 다."

"아주 평범해. 집은 2층 건물인데 꽤 낡았더라고. 부모 세대에 지은 건물이고. 엄청난 부자도 아니지만 그렇다고 가난한 것 같지도 않아. 아내인 이쓰미 씨도 보통. 평범한 외모에 나이는 내 또래 같고."

"가해 학생이 자란 가정 같았어?"

"10분인가 15분 말했을 뿐이야. 그런 건 알 수가 없지."

"전직 초등학교 교사한테도 그건 무리인가."

"아이를 학대하는 엄마로는 안 보였는데 그게 무슨 상관이야."

사토미는 멍하니 중얼거렸다. 자신의 아내인데도 호카리는 왠지 위화감이 느껴졌다.

"그쪽 집안 사정 따위 어떻든 상관없어. 아야라는 아이가 어떻게 자랐는지도 관심 없고. 어쨌든 유카를 이렇게 만든 대가를 치르게 하지 않으면 우리 유카가 너무 불쌍해."

사토미의 모습을 지긋이 바라보다가 마침내 위화감의 정체를 깨달았다.

직업윤리도 체면도 전부 버린 순수한 모성. 자신의 아이를 위해서라면 타인의 가정이나 자식 따위 아랑곳하지 않는 흉포함. 자신은 교사와 아버지 사이에서 방황하는데, 사토미는 오래전부터 엄마로서 임전태세를 취하고 있었다. 그 온도 차가 두 사람 사이에 불협화음을 생성하고 있었다.

"사토미, 당신 기분은 잘 알았으니까 앞으로는 단독 행동은 하지 말아줘. 꼭 나랑 상담하고."

"상담하면 제대로 이야기 진행시킬 수 있어?"

도발하는 듯한 말투였다.

"당신, 스기하라 선생한테 갔잖아. 설문 조사를 실시한다든가, 학교 측에서 조사해서 결론을 낸다든가 그런 이야기가 나왔냐고."

"아니."

일을 크게 만들면 결국 유카도 또 상처받는다는 것을 설명했다. 사토미는 과장된 몸짓으로 한숨을 내뱉었다.

"왜 그렇게 간단히 넘어가려는 거야. 학교 측 입장이잖아."

"유카가 지금보다 궁지에 몰릴 수 있다는 말은 사실이야."

"그렇다고 그냥 울면서 참고만 있으라는 거야?"

"그런 뜻이 아니잖아."

"유카가 내몰리지 않도록 보호해주면 되는 거잖아. 그게 가족의 역할 아니야?"

사토미의 도발은 멈추지 않았다.

"피해를 입은 건 우리야. 우리가 아무것도 하지 않으면 이거야말로 유카의 미래에 영향을 끼쳐. 피해의식에 사로잡혀서 평생이 일에 시달리게 될 거야. 그건 내가 절대 용납 못 해."

사토미는 주먹을 꽉 쥐었다.

눈빛이 번뜩이는 듯했다.

도발은 도발이었지만 호카리를 향한 것은 아니었다. 사토미는 자신을 독려한 뒤 전장을 열려고 했다.

"당신. 이제 진지하게 피해 신고, 생각해봐."

전쟁에 임할 태세인 사토미에게는 경찰 수사를 통해 철저히 조사하는 것은 지극히 당연한 일이었다. 표정에서도 말투에서도 유카와 호카리 가족이 받을 다음 피해를 각오했음을 엿볼 수 있었다.

스기하라의 태도는 여전히 도망치기 일쑤였다. 아니, 일부러

의욕 없는 모습을 보여 호카리의 분노에 찬물을 끼얹으려는 것일지도 모른다.

사토미의 분노가 몹시 강렬해서 호카리의 감정에도 불이 옮겨붙은 것 같았다.

집에 돌아오니 슌이 두 사람을 기다리고 있었다.

"도대체 어디서 뭐 하고 있었어요?"

자기 혼자 쏙 뺐다는 표정이었다. 사토미가 반응하지 않길래 호카리가 파출소에서 있었던 일을 설명했다.

"그쪽 집에 쳐들어간 거예요?"

슌은 이야기를 듣고 놀라움 반, 칭찬 반이라는 표정으로 사토미를 바라보았다.

"뭐, 집에서 훌쩍거리기만 하는 것보단 나으려나요."

"우리가 어떻게 하느냐가 아니라 유카를 어떻게 낫게 하느냐가 문제야. 슌은 어때. 경찰에 신고하는 데 찬성하니?"

잠시 생각하는 듯하더니 슌은 말을 고르듯 이야기를 꺼내기 시작했다.

"유카 일을 초등학교가 바라는 대로 그냥 내버려둘 수는 없어요. 그렇지만 경찰을 개입시키는 게 좋은지는 잘 모르겠어요."

"왜지?"

"우리 중학교도 그래서 아는데, 선생들은 같은 공무원이면서 경찰이 교내에 들어오는 것을 싫어하니까요. 작년이었나, 학교에 형사가 왔었는데, 교감도 담임도 정말 싫다는 표정이더라고요. 뭐랄까, 자기 정원에 들어오다니, 같은. 아빠, 실제로 학교는 다 그래요?"

순간 호카리는 답할 말이 궁했지만 이 지점에서는 교사의 입장을 벗어나야 할 것 같았다.

"학교라는 곳은 어디든 경찰 권력의 개입에 불안해해. 전쟁 전이나 전쟁 중에 학교 교육이 군국주의로 물든 것에 대한 반감도 있고, 학교 자치의 관점에서 봐도 학교가 경찰을 싫어하기란 쉽지……."

그러자 슌이 비아냥거리듯 말했다.

"교내에 경찰이 들어온다는 건 어쨌든 불미스러운 일이니까 학교 측이 반기지 않는 거겠죠."

"그런 말을 하는 게 아니잖아."

"어떤 식으로 말하든 똑같아요. 지금은 학교의 체면보다 유카를 보호하는 게 우선이잖아요. 그걸 생각해보면 경찰에 피해를 신고하는 게 가장 빠른데, 확실히 선생님들한테는 반감을 사겠죠. 그렇게 되면 유카가 학교로 돌아갔을 때 무슨 일이 생길지 걱정이고요."

모든 교사가 인격적인 것도 아니고 공정한 것도 아니다. 교내에 경찰을 들인 장본인인 유카를 원망하는 교사가 없을 거라고는 호카리도 단언할 수 없다.

슌이 언급한 우려에는 사토미도 관심이 가는 듯했다. 의아해하면서도 슌의 입을 주시하고 있었다.

"아빠는 너무 신중하고 엄마는 경솔해요. 두 분 다 극단적이에요."

"자, 그럼 어떻게 하면 좋을까?"

"엄마가 그쪽 집에 소리를 질렀으니 앞으로 무슨 반응이 있지 않을까요. 적어도 그쪽 집에서는 자기방어 수단으로 뭔가를 생각할 것 같기도 하고."

"그걸로 상황이 움직일 것 같니?"

"거기까지는 모르겠어요."

슌은 가볍게 손을 저었다.

"이상적인 상황은 경찰력을 빌리지 않고도 사건이 커지는 거예요. 그렇게 되면 세간에는 어쩔 수 없이 알려지게 되고 학교 측도 싫어도 범인 찾기에 나설 것이고 유카가 원한을 살 일도 없을 테니까요."

"……너, 꽤 냉철하구나."

호카리가 감탄하며 말하자 슌은 입술을 삐죽이며 답했다.

"냉철해지자고 생각했으니까요. 이럴 때는 머리에 피가 거꾸로 솟는 쪽이 불리하죠. 유카를 그렇게 만든 놈들을 벌하려면 신중해야 해요."

슌의 말을 되새기며 이 자리에 유카가 있으면 어떤 표정을 지을지 생각했다.

지나치게 신중한 아빠.

혈기가 넘치는 엄마.

냉철한 듯하지만 실은 가장 집요한 오빠.

일관성도 없이 제각각 대응하고 있지만 세 사람 모두 유카를 최우선으로 생각한다는 것만큼은 분명했다.

2
*

오오와 아야의 집에 직접 찾아간 것이 얼마나 파문을 일으킬지 안타깝게도 호카리가 알 수 있는 방법은 없었다. 어머니회에서 정보를 얻으면 좋겠지만 유카의 자살 시도 이후 모두가 거리를 두는 듯해 센주 초등학교의 상황을 파악할 수 있는 방법은 없었다.

미타조노 병원에는 사토미가 매일 다녔으며 호카리도 격일로 동행했다. 수술을 받은 유카는 순조롭게 회복 중이며 나이가 어려서 골절된 오른 손목과 왼 발목도 잘 붙고 있었다.

하지만 치유가 빠른 것은 신체만으로, 정신은 아직 사고 직후부터 지지부진한 상태가 계속되었다. 두 사람이 병문안을 갈 때도 고개를 돌리며 제대로 답도 하지 않았다.

"부끄러워하지 않아도 돼."

어떻게든 꾹 닫힌 문을 열려고 사토미는 할 수 있는 모든 말을 하려고 애쓰는 듯했다.

"언제 어디서나 강한 인간은 없어. 피해자인 유카가 그렇게 겁먹을 필요도 없고."

아무리 전직 초등학교 교사였다고 해도 긴 공백은 어쩔 수 없었다. 아이의 마음을 열기 위해서는 다그치는 듯한 말투는 금물인데도 본인은 알아차리지 못했다. 아니면 엄마로서의 조급함이 교사로서의 노하우를 잊게 한 건가.

그렇다면 자신은 아버지답게 마음을 두드려야 한다.

"아야라는 아이가 괴롭혔니?"

이불을 덮은 어깨가 크게 들썩였다.

"딸이 부조리한 일을 당했는데 부모가 가만히 있을 수는 없어. 나도 엄마도 슌도 분노하고 있단다. 절대로 이대로는 끝내진 않을 거야. 꼭 다시 유카가 웃으면서 학교에 다닐 수 있게 할 거야. 그러니 유카도 더는 위축되지 않아도 돼. 천천히 회복해서……."

말을 계속하지 못했다. 말이 끝나기도 전에 유카가 이불을 뒤집어쓰고 듣는 것마저 거부하는 태도를 보였기 때문이다.

이 정도에서 포기할까 보냐.

"지금 학교를 통해 상대 쪽에 항의하고 있어. 누가 잘못했는지, 누가 모른 척했는지 확실히 할 거야. 학교가 안 되면 경찰에 신고하는 것도 생각 중이야."

"그만 해."

좀처럼 들을 수 없는 대답. 하지만 그것은 뾰족하게 호카리의 가슴을 찔렀다.

"내버려둬."

"내버려두라니."

"둘 다 나가줘."

목소리에 힘이 없었다. 그러나 말에는 거절의 힘이 있었다.

딸이 자살 시도를 하기까지 아무것도 까마득히 몰랐던 교사이자 아버지. 자신의 그런 못난 모습도 깨닫지 못하고 지금도 또 딸에게 거절당했다.

한심함과 분함이 온몸으로 퍼졌다.

"또 올게."

그 말을 남기고 사토미와 함께 병실을 나왔다.

"오늘도 자세한 이야기는 듣지 못했네."

무력감에 물든 말이 입에서 나왔다. 병실에서 나올 때마다 늘 그렇다. 그리고 깨달았다. 사토미는 자신보다 두 배는 더 병문안을 오고 있었다. 다시 말해 자신보다 무력감을 두 배 느끼고 있다는 뜻이다.

그렇게 생각하니 사토미가 호전적으로 변한 이유도 알 것 같았다. 자신의 무력함을 깨달은 인간이 보이는 반응은 크게 두 가지로 나뉜다. 그 사실을 인정하고 자기만의 세계에 틀어박히는 유형과 더욱 강해지는 유형이 그러하다.

사토미는 분명 후자일 것이다. 엄마인데도 딸에게 힘이 되어 주지 못하는 비참함과 억울함이 가해자를 향했다.

"그거 알아?"

"뭘?"

"슌도 매일 병문안 오고 있어."

처음 듣는 말이었다.

"그 녀석, 늘 같은 시간에 집에 오는 거 아니었어?"

"학교 끝나면 바로 병원으로 가서 10분에서 15분 정도 있다가 바로 집에 돌아온대. 간호사님이 말해주더라고."

"왜 우리한테는 말 안 하는 거지?"

"안 물어봤으니까, 라고 할 것 같네."

여동생을 향한 슌의 애틋한 마음은 잘 알고 있다. 부끄러워서 그런 마음을 숨기고 있다는 것도 안다. 그러니 호카리나 사토미 가 묻지 않으면 굳이 말하지 않을 거란 것도 이해할 수 있었다.

"유카 말이야, 슌하고는 꽤 말하는 것 같아."

"지금, 유카가?"

"이것도 간호사님한테 들었는데 그 10분에서 15분 사이에 병 실에서 말소리가 들린대……."

"부모나 선생님한테는 말 못 하는 것을 남매끼리는 말할 수 있는 것 같네."

호카리 자신은 외동이라 형제가 무엇인지 모르고 자랐다. 따라서 슌과 유카의 우애가 조금은 부러웠다.

"사토미, 당신은 동생 있으니까 알겠네, 그런 거."

"게이스케? 남동생과 여동생은 다른 것 같아. 실제로 게이스케랑은 있는 듯 없는 듯한 사이라서."

"그런가."

어느새 두 사람은 병원을 나왔다. 이제부터 또 슌과 함께 우울한 저녁을 맞이할 생각을 하니 마음이 무거워졌다.

슬슬 직장에서 정상 업무로 돌아가야 한다는 압박이 느껴졌다. 유카가 입원하고 나서 계속 정시에 퇴근했더니 잡무도 쌓이고 있었다.

오늘은 예전처럼 야근을 해볼까. 그런 생각을 하고 있는데 뒤에서 호카리 씨, 라고 누가 말을 걸었다.

돌아보니 한 남자가 서 있었다. 왜인지 경박해 보이는, 그렇다고 방심해서는 안 될 것 같은 눈빛의 남자였다.

"실례합니다. 저, 이런 사람입니다."

불쑥 내민 명함에는 '데이토 TV 애프터눈 재팬 효도 신이치'라고 써 있었다.

"데이토 TV '애프터눈 재팬'…… 기자 분이십니까?"

"기자는 아니고 AD입니다만 뭐, 뭐든지 기삿거리로 만든다는 점에서 기자라고 볼 수도 있겠네요."

"무슨 용건이시죠?"

"유카 양이 자살 시도까지 하게 된 건에 관해 묻고 싶어서."

사토미의 표정이 갑자기 변했다.

"어떻게 그걸 방송국이 알죠? 아직 경찰에 신고도 안 했는데요."

"그래요. 바로 그겁니다."

효도의 눈이 번뜩였다.

"이 사건, 경찰이 아니라 학교 관계자 사이에서도 함구령이 내려진 것 같던데요. 두 분은 그래도 괜찮으십니까? 따님이 집단 괴롭힘을 당했다는 사실을 이대로 어둠 속에 묻어둬도 괜찮으신 지요?"

호카리는 효도의 눈빛에서 불온한 기운을 감지하고 무시하려고 한 발짝 내딛었다. 하지만 사토미는 그 자리에서 움직이려 하지 않았다.

"아무래도 부인께서는 제 제안에 귀 기울여주실 것 같은 느낌이네요."

"섣불리 결론짓지 마세요."

사토미는 경계심을 감추려고 하지 않았다.

"유카 사건을 오락 거리 정도로 취급할 거라면……."

"전혀요. 집단 괴롭힘은 오락 거리 같은 소재가 전혀 아니에요. 오래되었지만 또 새로운 문제이죠."

"결국 뉴스 소재로 소비하실 거잖아요."

"그건 두 분한테서 어떤 정보를 얻을 수 있느냐에 따라 달라집니다. 게다가 두 분이 저를 소재로 삼아 이용하실 수도 있고요."

효도가 의미심장하게 웃었다.

"가자."

사토미의 손을 붙잡았다.

하지만 사토미는 움직이지 않았다.

"뭐, 그럼 이야기만이라도 들어주시겠어요? 그거라면 폐를 끼치거나 피해를 볼 일도 없겠죠."

대단치 않은 이야기라면 시간을 소비하는 것 자체가 민폐다. 하지만 사토미는 그렇게 생각하지 않는 듯했다.

효도는 미소를 머금은 얼굴로 예의 바르게 손을 내밀었다.

"서서 할 얘기는 아니니 장소를 옮기는 게 어떨까요?"

효도가 안내한 곳은 대로변에서 두 골목 정도 들어간 곳에 조용히 자리한 카페였다. 저녁인데도 호카리 일행 이외에 다른 손님이라고는 까칠해 보이는 노인 한 명뿐이었다.

"먼저 스포를 하자면 우리 스태프 중에 자녀를 센주 초등학교에 보내는 사람이 있어요. 그래서 호카리 유카 양의 이름과 자살시도 사건을 알게 되어서."

그런 사정이라면 납득이 갔다. 학교 관계자에게 내려진 함구령에도 의외의 구멍이 있었다는 말이다.

"다만 학교 측 정보관리가 엄격해서 피해자인 유카 양의 이름은 나와도 가해자들의 이름은 나오지 않죠. 물론 실명을 보도할 생각은 없지만 이름도 모르면 조사를 하려고 해도 성에 차지 않고 답답한 감이 있거든요."

"그래서 우리한테 물으시는 겁니까?"

"네. 솔직히 말하면 그렇습니다."

방심하면 안 될 것 같은 상대라서 호카리는 사토미를 옆으로 밀어두고 대응했다. 조금이라도 수상한 이야기로 발전할 것 같으면 바로 자리를 뜰 생각이었다.

"제 직업을 알고 그런 말씀을 하시는 겁니까?"

"중학교 교사이시라고 들었습니다. 하지만 따님이 자살을 시도한 시점에서 이미 호카리 씨는 교사도 뭣도 아닙니다. 순전히 아버지 입장에서 주장하셔야 하는 거 아닙니까?"

제삼자라서 그런 식으로 딱 잘라 생각할 수 있는 것이다. 반론하고 싶어졌지만 옆에 앉은 사토미가 자꾸 고개를 끄덕이는 바람에 그럴 수도 없었다.

"저희 '애프터눈 재팬'에서는 이번 사건을 사회의 왜곡이라는 측면은 물론 학교의 무사안일주의라는 측면에서 추궁하려는 방침입니다."

"저희가 데이토 TV를 이용한다는 말은 무슨 뜻이시죠?"

"함구령이 내려졌다는 말은 책임 추궁이나 손해배상이 빠르게 진행되고 있지 않다는 걸 뜻하죠. 당연히 피해자 측인 호카리 씨 가족분들께서는 몹시 불만이실 테고요. 제 말이 틀렸습니까?"

효도는 반응을 즐기는 듯 두 사람의 얼굴을 번갈아 쳐다봤다.

"아무래도 민감한 사안이니 학교명이나 관련 학생들의 이름 등은 익명으로 나갈 거예요. 학교 풍경도 선명하게는 내보내지 않고요. 그래도 아이들을 학교에 보내고 있는 학부모나 근처 주민들은 그게 센주 초등학교인지 바로 알아차릴 겁니다. 그것만으로 학교 관계자에게는 충분히 압박이 될 거고요. '애프터눈 재팬'은 시청률이 높은 뉴스 프로그램입니다. 한 번 방송에서 다루면 어느 학교에서 생긴 일인지 네티즌들이 물색하기 시작하겠죠. 뭐, 학교명이 밝혀지는 건 시간문제겠네요. 그다음엔 주간지가 물고 늘어질 겁니다. 점차 함구령은 있으나 마나 한 것이 돼 호카리 씨 가족은 교섭 테이블에 앉게 된다, 이런 청사진을 그리고 있습니다."

"그렇게 착착 진행되겠습니까?"

"경험칙이죠. 호카리 씨 앞에서 말하기 좀 그렇지만 공무원만큼 외압과 비난에 약한 부류도 없습니다. 인터넷에서 불씨가 커지면 순식간에 우왕좌왕하겠죠."

효도의 말에는 수긍하지 않을 수 없었다. 보통 엄격하다거나 성스럽다고 사람들이 추어올리는 만큼 공무원은 불미스러운 일이나 추문에 취약하다. 단호한 태도로 임하기 전에 자꾸만 은폐하려고 한다. 무사안일주의인 것도 있지만 리스크 관리능력이 근본부터 결여되어 있어서 우선 도망치고 보는 것이다.

"저에게 가해 학생의 이름을 말해주셔도 방송에 내보낼 수는 없습니다. 하지만 뉴스가 기폭제가 된다면 분명 관계자 이외의 사람에게도 퍼지겠죠. 상대 부모도 언제까지 모른 척할 수만은 없게 됩니다. 해결하지 않으면 자신들이 점점 수세에 몰리게 될 테니까요."

"그게 당신들의 정의인가요?"

설마요, 효도는 고개를 저었다.

"저희의 정의는 은폐된 사실을 백일하에 드러내는 것입니다. 그 후 향방은 여론에 맡기고요."

빈말이라도 효도는 호인이라고 하기 어려웠다. 그의 말도 어디까지가 진실인지 알 수 없었다. 평소의 호카리라면 눈앞의 커피에 입도 대지 않고 자리를 떴을 것이다.

하지만 지금은 슌의 말이 떠올랐다.

— 이상적인 것은 경찰력을 빌리지 않고도 사건이 커지는 거예요. 그렇게 되면 세간에는 어쩔 수 없이 알려지게 되고 학교 측도 싫겠지만 범인 찾기에 나설 것이고 유카가 원한을 사는 일도 없을 테니까요.

이럴 수가.

저쪽에서 먼저 이상적인 전개를 제안한 게 아닌가.

"자, 알려주세요. 유카 양을 자살 시도로 내몬 가해 학생은 누구입니까?"

그래도 여전히 호카리는 망설였다. 아버지로서의 분노에 휩싸여 가해 학생의 이름을 언론에 흘리는 것은 중대한 윤리 위반이지 않은가. 아니, 그전에 부모로서 어떠한가. 상대 쪽도 같은 부모다.

그때 사토미가 팔꿈치를 잡아당겼다. 쳐다보니 심각하게 고민하는 듯한 표정이었다. 당신이 말하지 않으면 자신이 말할 거라는 듯한 표정이다. 또 책임을 떠넘길 생각이냐고.

순간 호카리의 입에서 폐부에서부터 밀려나오는 듯한 말이 나왔다.

"오오와…… 아야라는 아이입니다."

∃

✳

효도는 가해 학생의 이름이 밝혀져도 실명으로는 절대 보도하지 않기 때문에 걱정할 필요는 없다고 했다.

"BPO(방송윤리·프로그램진흥기구)와의 관계가 있어서 날카로운 보도 자세로 알려진 '애프터눈 재팬'도 이런 문제에는 신중을 기할 수밖에 없습니다. 아까 말씀드렸지만 따님은 물론 가해 학생, 그리고 학교 이름도 보도하지 않을 겁니다. 다만 학교 건물 자체에 모자이크 처리를 해도 학부모들은 한눈에 알아보겠죠. 학부모 외에도 제삼자가 주변 상황을 보고 학교를 특정해 인터넷에 올릴 테고요."

그러자 사토미가 의아하다는 표정으로 효도에게 물었다.

"주변 상황이란 게 무슨 뜻인가요? 학교를 모자이크 처리하니 알아볼 수 없을 텐데요."

"그걸 알아내는 한가한 사람들이 있습니다."

효도는 마치 악취를 쫓아내는 듯 한 손을 저었다.

"인터넷에 기혼 여성 전용 게시판이 있거든요. 거기에 게시글이 올라오면 모자이크가 되지 않은 표지판이나 가로수를 보고 장소를 알아냅니다. 최근에는 모자이크를 없애는 기술을 가진 네티즌도 있어서, 뭐, 오오와 아야 양뿐만 아니라 그 부모의 이름과 주소, 심지어 아버지 직장까지 까발려지겠죠."

"사건과 아무 관련도 없는 사람들이 왜 그렇게까지 범인을 찾으려고 하는 거죠? 정의감 때문인가요?"

"아니요, 정의감 같은 게 아니라 그냥 울분을 푸는 것 아닐까 싶습니다. 뭐니뭐니 해도 남의 불행은 꿀맛이니까요. 정의의 편에 서서 가해자와 그 가족을 공격할 수 있다는 사실에 아주 신이 나겠죠. 뭐, 현실에서는 형편이 어렵거나 학대를 당해 삐뚤어진 사람들이 인터넷에서 그런 짓을 하는 경우가 많습니다."

"그렇군요."

"부자는 싸우지 않는다는 말이 있습니다. 보통 여유 있는 사람들은 다른 사람이 행복한지 불행한지 관심이 없거든요. 흔히들 말하는 밑바닥을 전전하는 인간들이나 타인을 자기 밑으로 끌어내리려고 합니다."

어딘가 노골적인 말투였지만 결코 수긍하지 않을 수 없다. 집단 괴롭힘의 구도는 약자가 약자를 괴롭히는 것이다. 이 논리를 적용하면 네티즌이 가해자와 그 가족을 공격하는 구도는 집단 괴롭힘의 그것과 완전히 같았다.

"우리 지상파 언론은 사실만을 전하고 문제를 제기합니다. 하지만 인터넷에서는 가해자를 끝까지 쫓죠. 막말하는 사람들은 그걸 역할 분담이라고 합니다만."

효도의 말에서 위화감이 느껴졌다. TV나 신문이라는 지상파 언론은 사실만을 보도하고 문제 제기에 집중한다고 하지만 호카리가 보기에는 가해자를 향한 규탄을 두고 네티즌과 경쟁하는 것 같았다.

어쨌거나 효도에게 오오와 아야의 이름을 말한 단계에서 그 아이와 가족을 향한 추궁이 시작된다. 그것은 유카와 호카리의 분노를 대행한 사형과 마찬가지다.

교사인 자신이 그 막을 올리려 하고 있다. 공적인 입장에서는 도저히 용납할 수 없는 일이다.

하지만 아버지의 입장에서는 어떠한가.

마치 공범을 찾는 듯이 호카리는 아내의 옆모습을 살폈다.

사토미의 얼굴이 살짝 상기되어 있었다. 효도의 말을 거부하기는커녕 어렴풋한 기대감으로 물든 것이다.

호카리도 등을 떠밀렸다. 아니, 팔을 잡혀 끌려가고 있었다. 복수의 수렁으로, 증오의 진흙탕으로. 자신이 끌려가고 있는 지금, 이는 결코 불쾌한 감촉이 아닌 것은 분명하고, 오히려 따뜻한 태내로 돌아가는 듯한 편안함이 느껴지는 것은 결국 자신도 인간인지라 증오나 복수심에서 자유롭지 않음을 의미한다. 체념과 같은 감정이 가슴에서 배 속까지 내려왔다. 우리 아이는 자살 시도까지 내몰렸다.

부모로서 최소한의 권리를 행사하는 것뿐이다.

호카리는 진흙탕에 몸을 맡기기로 가만히 마음을 먹었다.

그러자 효도가 탐욕스러운 표정을 지으며 다가왔다.

"그리고요, 호카리 씨. 혹시 오오와 아야 양이 찍힌 사진이나 영상은 없으신가요? 그리고 아야 양이나 유카 양에 관한 에피소드 같은 것도요. 아, 물론 영상은 다 가공합니다."

호카리는 살짝 경계했다.

악마의 속삭임이다. 이 남자는 자신을 피해자 가족이 아니라 정보제공자로서 대하고 있다.

즉시 거절하려고 했는데 기선제압을 하듯 사토미가 먼저 입을 열었다.

"찾아보겠습니다."

"당신."

"유카와 아야의 에피소드도 아는 대로 말씀드리죠."

"감사합니다."

"다만 조건이 있습니다."

"취재비 말입니까? 그렇다면 방송국 규정이 정한 취재협력비의 범위 내에서."

"돈 얘기가 아니에요. 저희가 정보를 제공하면 데이토 TV 측에서도 정보를 주셨으면 합니다."

도대체 무슨 생각을 하는 건지, 불안에 휩싸인 호카리를 거들떠보지도 않고 사토미는 몸을 쑥 내밀었다.

"역시 정보에는 정보입니까? 상도덕이죠. 그런데 무슨 정보를 원하십니까?"

"데이토 TV에서 이 사건을 다루면 센주 초등학교도 문제를 숨길 수 없으니 결국 저희가 교섭 테이블에 앉을 수 있게 된다고 말씀하셨었죠."

"네. 어디까지나 청사진일 뿐이지만요."

"당연히 보도 한 번으로 끝낼 계획은 아니시겠네요."

"물론 후속 보도를 생각하고 있습니다. 다른 부모들이나 학교 관계자도 계속 취재할 거고요."

"저희가 원하는 정보는 데이토 TV가 조사하는 과정에서 얻은 오오와 아야 가족 관련 정보입니다. 본인이 사건에 관해 어떻게 생각하는지, 부모는 어떤 일을 하는지, 이번 사건에 어떻게 대처하려고 하는지 등이요. 언젠가 저쪽 가족과 테이블에 앉을 때 참고하고 싶어서요."

호카리는 옆에서 듣고 어안이 벙벙해졌지만 효도는 납득했다는 듯 끄덕였다.

"피해자의 부모로서 그 심정은 충분히 이해합니다. 알겠습니다. 그럼 저희 쪽 정보를 교환하도록 하죠. 다만 저희 쪽도 어디서부터 조사에 착수할지 단초를 찾기 전에 호카리 씨에게 정보를 받고 싶습니다. 이 조건은 어떻습니까?"

"좋습니다."

"그럼 다행히 이해관계가 일치한 것으로 알겠습니다. 앞으로 잘 부탁드립니다."

효도는 자리에서 일어나자마자 테이블 위에 있는 주문서를 재빨리 집어들었다.

"여기는 제가 내겠습니다."

커피값에 정보를 넘긴 것 같아서 울컥했지만 얼른 도망가는 효도의 발걸음은 말을 거는 것조차 허락하지 않았다.

호카리와 사토미의 식은 커피만이 남았다. 호카리는 꿈에서 깨어난 것처럼 입을 열었다.

"왜 그런 제안을 한 거야?"

"그거라도 안 하면 우리가 그 집 상황을 알 길이 없잖아. 학교 측도 어떻게 대처할지 우리에겐 말 못 해도 언론에는 말할지도 몰라. 그렇다면 우리는 그걸 가장 먼저 알 권리가 있어."

사토미의 눈은 반쯤 미쳐 있는 듯했다.

"그래도 방송국과 거래를 하다니."

"손가락만 빨고 있을 순 없잖아."

사토미도 마찬가지로 꿈에서 깨어난 듯한 표정이었다. 다만 사토미의 표정은 목적을 위해서라면 수단을 고르지 않겠다는 결단력 때문인 듯했다.

"내 딸 유카를 이렇게까지 몰아넣은 가해자와 그 가족이야. 무조건 복수할 거야. 내 손을 더럽혀도 좋아."

사토미의 눈빛이 다시 호카리를 재촉하고 있었다. 당신은 딸을 위해 손을 더럽히지도 않을 거냐고 칼날을 들이대고 있었다.

호카리는 아무 말도 할 수 없었다.

효도는 수상쩍어 보이지만 자신이 말한 것은 반드시 실행하는 남자였다. 호카리에게 오오와 아야의 이름을 입수한 이후 독자적으로 취재한 듯, 다음 날 '애프터눈 재팬'은 신속하게 센주 초등학교에서 발생한 여학생 자살 시도 사건을 보도했다. 효도가 말한 대로 프로그램은 '아다치구의 초등학교에서 6학년 여학생 자살 시도'라는 자막을 띄웠고 센주 초등학교 건물과 유카의 학급 단체 사진을 모자이크 너머로 비출 뿐이었다.

그러나 프로그램의 입장에서 비판적 태도는 잊지 않았다. 여성 캐스터는 눈살을 찌푸리며 코멘트했다.

— 실제로 자살 시도가 발생한 것은 일주일 전입니다. 하지만 그간 학교 측은 완전한 함구령을 내려 사건을 표면화하지 않았습니다.

이에 상대 남자 캐스터도 분통을 터뜨렸다.

— 이런 뉴스를 전할 때마다 늘 안타까운 점은 학교 측의 은폐하려는 행태입니다. 실제로 집단 괴롭힘이 있었다고 해도 인정하지 않죠. 인정하지 않으니 피해자가 생겨도 집단 괴롭힘 외의 다른 이유를 찾으며 못 본 척만 할 뿐입니다.

— 맞습니다. 그렇게 집단 괴롭힘의 원인을 방치하니 시간이 지나도 해결이 안 되는 것이고요.

— 그야말로 악순환의 반복입니다. 교육 현장이 이런 식이라면 안심하고 자녀를 학교에 보낼 수 없을 것입니다.

— 공감하는 바입니다. 이번 사건은 자살 미수로 끝나서 다행이지만 그렇다고 문제를 이대로 끝낼 수는 없겠죠.

— 연약한 여학생의 생명을 가볍게 여겼다고 해도 과언이 아닙니다. 학교 관계자들이 하루빨리 집단 괴롭힘 방지책을 마련

했으면 하는 바람입니다.

뉴스 자체는 충분하지 않았지만 인터넷에서는 곧장 현장 추적과 범인 찾기가 시작되었다.

인터넷에서 정보가 확산하는 속도와 집요함을 말로만 들었지 실제로 체감해본 적 없는 호카리는 사토미의 권유로 해당 게시판을 보고는 할 말을 잃었다. 거기서는 효도가 말한 대로 하늘의 이름을 빌린 분풀이가 시작되고 있었기 때문이다.

— '애프터눈 재팬' 봤어? 또 나왔더라고, 집단 괴롭힘을 방치한 쓰레기 학교. 그거야말로 우리가 해결해야 할 사건이지.

— 저거 아무리 봐도 5층 건물이네. 아다치구 내에 있는 5층짜리 초등학교라면 꽤 좁혀질 것 같은데.

— 여러부운, 모자이크 제거했습니다.

— 완전 빠르네.

— 여기 센주 초등학교네. 스트리트뷰 보니까 딱 알겠어.

놀랍게도 센주 초등학교가 특정되기까지 20분도 걸리지 않았다. 어두운 열정의 산물이라고 해도 탐정사무소 못지않은 조사 능력에는 호카리도 혀를 내둘렀다.

— 네에, 선명한 단체 사진은 여기 있습니다아.

— 엄청 선명해서 좋긴 한데. 이것만으로는 사람을 특정할 수 없어.

— 다른 정보는?

— 옛날에는 초등학교에서 모두 명찰을 달았었는데 지금은 아니네. 어렵겠어.

— 옛날이야기는 됐고, 새로운 정보 없어?

— 3층 창문에서 떨어졌으니 당연히 구급차랑 경찰차가 왔을 거야. 동네에 알려지지 않았을 리가 없어.

센주 초등학교 사건을 다루는 게시글은 이것 말고도 존재하며, 어느 글이든 피해자와 가해자 특정에 열을 올리고 있었다. 하지만 아직 이렇다 할 성과를 올리지 못하고 있는 듯했다.

"……5채널*이 뭔지는 들어서 알고 있었는데 막상 보니 정말 무시무시하네. 인터넷에 기생하는 여자들이란 정말."

"꼭 여자만 있다고 볼 순 없는 것 같아."

사토미는 몹시 냉정한 태도로 화면을 스크롤했다.

"신상 털기를 즐기는 남자가 여자인 척할 가능성도 있어. 그런데 그런 건 중요한 문제가 아니야. 중요한 건 그 여자들 아니면 그 남자들의 조사 능력이지. 안 그래?"

"맞아. 조사 능력이 뛰어난 건 알아줘야 해. 효도 씨가 말한 대로야. 이런 상태라면 가해 학생의 부모 이름이 밝혀지는 건 시간 문제일지도."

* 일본 인터넷 익명 사이트.

그러게, 라고 말하며 사토미는 컴퓨터 앞에서 조금도 움직이려 하지 않았다.

호카리는 무자비한 게시글도 섬뜩했지만 그것을 눈썹 하나 까딱하지 않고 쳐다보는 사토미에게도 위화감을 느꼈다.

다음 주가 되어 유카의 퇴원이 결정되었다. 파열된 내장도 무사히 회복했고 아직 걸을 때는 지팡이를 짚어야 하지만 골절된 부분도 일상생활에는 지장이 없을 정도로 회복되었다.

퇴원 날인 토요일, 호카리와 사토미, 그리고 슌이 병원에 마중 나가자 유카는 시선을 피한 채 중얼거렸다.

"……죄송해요."

"유카가 사과할 일은 아니야."

사토미는 유카에게 달려가 그 작은 머리를 껴안았다.

"걱정 끼치기 싫어서 말 못 했지? 이제 괜찮아. 우리 유카, 훌륭했어."

호카리도 다가가 한마디 건네려고 했다. 퇴원해도 앞으로 재활치료가 남아 있었다. 괴롭힘을 당한 반으로 바로 돌아가고 싶지 않을 테니 당분간은 자택에서 계속 요양할 것이다. 어쨌든 위로의 말을 건네고 싶었다.

"유카."

하지만 더 이상의 말은 할 수가 없었다. 호카리를 보는 유카의 눈빛이 죽어 있었기 때문이었다.

생기가 없고 눈앞에서 무언가 움직여도 반응이 둔했다. 안구에 층층이 막이 겹쳐 있는 것 같고 눈빛으로는 도무지 감정을 읽을 수가 없었다.

괜찮냐고 묻자 옆에 있던 슌이 쏘아보았다.

"괜찮을 리가 없잖아요."

슌은 그렇게 말하며 손을 뻗어 유카의 어깨를 두드렸다.

"유카, 또 싸우자고."

짧은 순간 유카의 눈에 빛이 깃든 것처럼 보였다.

가족들과 함께하는 동안 원래의 유카로 돌아갈 것이다. 그렇게 낙관하며 병원 현관을 나갈 때였다.

"호카리 유카 양, 퇴원 축하합니다."

사각지대에서 갑자기 두 사람이 나타났다. 한 명은 효도, 다른 한 명은 카메라를 짊어진 촬영 스태프 같은 남자였다.

"오늘 퇴원 예정일이라고 들어서 이렇게 마중 나왔습니다."

영혼이 없는 듯한 눈빛의 유카가 누구보다 빠르게 반응했다. 겁에 질린 작은 동물처럼 얼굴을 가리고 슌의 뒤로 숨었다.

"음, 가능하면 가족분들이 유카 양을 빙 둘러싸고 있는 그림이 좋겠는데요. 주변에서 보호해주는 느낌으로요."

호카리도 말보다 발이 먼저 움직였다.

"효도 씨, 찍지 말아주세요."

"네? 그래도 퇴원인데 축하해야 하지 않습니까?"

"모자이크를 해도 인터넷에 올라가면 바로 신상이 털립니다. 우리 딸을 구경거리로 만들 셈인가요?"

"훈훈한 토픽이라고 생각하는데요."

"촬영은 단호히 거부하겠습니다."

"그렇게까지 말씀하시면 중단하겠습니다만 결과는 똑같습니다."

효도가 냉정한 얼굴로 말했다.

"무슨 뜻입니까?"

"어랏, 모르고 계셨습니까? 센주 초등학교의 자살 미수, 뛰어내린 건 유카 양이고 괴롭힌 건 같은 반의 오오와 아야 양. 이미 인터넷 게시판에 실명까지 올라와 있는데요."

무슨 소리야.

호카리는 말문이 막혔다.

"몹시 놀란 표정이신데, 그렇게 놀라울 일인가요? 인터넷이란 편집증 네티즌들이 모인 집합 같은 곳이죠. 언젠가 사건 관계자의 실명이 밝혀질 거라고 제가 말하지 않았습니까."

"그렇다고 이렇게 빨리."

"이런 뉴스는 빛의 속도로 퍼집니다."

효도는 씁쓸하다는 듯 고개를 저었다.

"그래서 균형을 맞춘다는 의미에서 유카 양의 퇴원을 뉴스로 내보내고 싶던 거고요. 호카리 씨가 취재를 거부하시니 어쩔 수 없지만요. 어이, 철수하자."

효도와 카메라맨이 아무 일도 없었던 것처럼 그 자리를 떠났다. 나타날 때도 사라질 때도 재빠른 남자다.

"뭐야, 이 상황."

슌은 유카를 등 뒤에 숨긴 채 호카리에게 대들었다.

"저 기자, 아빠 지인이에요?"

"그런 거 아냐. 그냥 방송 제작자야."

"유카를 취재 대상으로 만들지 마세요. 전국에 내보내지 말라고요."

"그래서 거절했잖아."

"거절하기 전에 그런 틈도 보여주지 말라는 거예요."

슌의 독설은 그칠 줄을 몰랐다. 이전에는 깐죽거리는 말도 사춘기라 그런 거라고 생각했지만 유카가 자살 시도를 하고 나서는 분노가 그 차원을 넘어섰다.

"저런 사람들은 상대를 보고 접근할지 말지를 결정해요. 찍기 쉬울 거라고 판단되면 다가온다고요. 언제나 그런 태도니까 기자한테 발목 잡히는 거라고요."

"이제 그만 해. 슌."

사토미가 중재했지만 슌의 분노는 가라앉지 않는 듯했다. 계속 호카리를 원망하듯 노려보았다. 유카는 그 등 뒤에 계속 숨어 얼굴을 내보이려고도 하지 않았다.

모처럼의 퇴원 날인데도 어색함만 남았다. 호카리는 가슴 깊은 곳에 응어리가 쌓이는 것을 느끼며 대기하고 있는 택시 조수석에 올랐다.

차 안에서 네 사람은 한마디 말도 나누지 않았다.

호카리가 집에 돌아와 처음 한 행동은 인터넷 검색이었다. 컴퓨터 앞에 앉자마자 사토미가 즐겨찾기에 등록해둔 익명 게시판에 들어갔다.

효도가 말한 대로였다. 어느새인가 게시판에서는 호카리 유카의 이름과 오오와 아야의 이름이 특정되었고, 심지어 집단 괴롭힘의 원인이 나쓰나에 있다는 사실까지 밝혀져 있었다.

누가 정보제공자인지 의문이 들었지만 그것보다 유카의 실명이 게시판에서 언급되고 있다는 사실이 충격적이었다.

올라온 글을 위에서부터 순서대로 읽어나갔다. 다행이었던 점은 그녀들이 오로지 아야와 그 부모에게 집중 폭격을 가하고 있다는 사실이었다.

— 아빠는 오오와 다이조, 건축회사에서 근무. 엄마는 이쓰미, 전업주부. 여섯 살 터울의 오빠가 게이야.

— 자영업자가 아니라 직장인이네. 근무처 알아낼 수 없으려나.

— 건축 관련 직원 명단, 누구일까?

— 기초생활수급 대상자인 아이를 보호하려다가 집단 괴롭힘 당했다고 했지? 이건 뭐 둘 다 똑같이 처벌할 일이 아니네. 오오와 아야만 공격해야겠군. 기초생활수급 대상자라는 이유로 괴롭히다니 어린애 발상이 아니야.

— 뭐, 부모가 평소에 그렇게 무시하는 대화를 했겠네. 아이들이란 아주 순수해서 부모가 한 말을 그대로 학교 같은 데서 내뱉으니까.

— 남편 회사에 항의 전화. 자택에 무언 전화*.

— 남편 근무처는?

— 기다려. 이름을 알았으니 뭐든지 알아낼 수 있을 거야.

— 자택 전화는? 요즘엔 집에 별로 전화가 없잖아. 다들 휴대폰을 갖고 다니니까 없어도 불편하지도 않고.

— 오오와 아야도 가해자이지만 또 다른 가해자가 있어! 담임인 스기하라 다쿠미 선생. 이 녀석이 집단 괴롭힘을 못 본 척해서 일이 이렇게 된 거야. 어쩌면 저 선생이 가장 나쁜 인간 아냐?

— 학교랑 교육청에 항의 전화.

— 미온적이야. 죽어.

— 괴롭힘당하는 아이가 꿇어앉은 모습을 스마트폰으로 찍거

* 전화를 건 뒤 아무 말도 하지 않고 끊는 일종의 장난 전화.

나 내출혈이 생길 때까지 배를 꼬집었다더라. 최악.

— 그래도 멋있게 굴다가 휘말린 아이도 자업자득이지. 괜히 정의의 편에 서면 큰 대가를 치르는 법이야.

— 그건 좀 냉혹하네.

호카리는 더 이상 읽을 기운이 없어져 우울한 기분으로 사이트를 닫았다.

효도가 비웃었던 네티즌들이 특별한 인간이 아니라는 것쯤은 호카리도 잘 알고 있다. 가상 공간에서는 얼마든지 용감하게 굴고 잔인한 글을 남겨도, 현실에서는 어디에나 있는 평범한 인간일 것이다. 다시 말해 가상 공간은 세간의 의견을 반영하고 있다는 뜻이다.

호카리의 힘으로는 가닿지 않는 오오와 가족에게 지금 무수한 악의가 덮치려 하고 있었다. 이런 상황을 조금도 바라지 않았다고 하면 거짓말이겠지만 그렇다고 쾌재를 부를 기분도 아니었다. 오히려 가슴에 응어리가 쌓여 무거워지는 느낌이었다.

악의는 마치 도깨비와 같다. 어디선가 태어났다고 생각하는 순간 거대해져서 퍼져나간다. 상대를 가리지 않고 삼키고 또다시 거대해져서 사람을 공격한다.

효도가 자신을 몰아붙였을 때 호카리 안에는 분명히 악의가 존재했고 따라서 오오와 아야의 이름을 내뱉었다. 그때 호카리의 악의도 함께 분출했고 그것이 효도라는 기폭장치를 통해 더욱 커져 확산한 것이다.

악의는 먹잇감을 가리지 않는다. 지금은 아니어도 언젠가 호카리와 호카리 가족에게 송곳니를 드러낼 날이 올 것이다. 그런 예감이 들었다.

소문이라는 이름의 권총이 오오와 가족을 공격하기 시작했다. 방아쇠를 당기고 있는 것은 또 다른 큰 세력인 제삼자. 총알을 넣은 것은 아야 자신. 하지만 방아쇠를 당긴 것은 호카리다.

도대체 무엇이 문제였을까.

자신이 세간의 악의를 부추기는 입장이 될 것이라고는 상상도 해 본 적 없다. 아내도 아들도 딸도, 그리고 자신도 평범하게 일상을 보내며 조용히 나이를 먹을 거라고만 생각했는데.

후회로 마음이 무거워졌는데 사토미가 다가왔다.

"유카, 재우고 왔어. 아까 촬영 소동에 충격을 받은 것 같아."

"퇴원이 일렀나."

"몸은 회복했다고 의사 선생님도 그랬잖아. 아직 마음이 충분히 낫지 않은 거겠지. 집에서 천천히 요양할 수밖에. 그런데 뭘 보고 있었어?"

"당신이 보던 게시판. 유카 이름도 올라와 있더라고. 그게 다가 아니야. 아야 쪽은 부모 이름까지 나돌더라. 이 상태라면 남편 직장이 밝혀지는 건 시간문제. 조사 능력이 아주 무서울 정도야."

"그러게."

사토미는 몹시 침착했다.

"오오와 아야의 이름, 내가 인터넷에 올렸어."

호카리는 재차 말문이 막혔다.

"게시판에 올린 건 딱 한 문장. '집단 괴롭힘 가해자는 오오와 아야.' 이것뿐. 그다음은 네티즌들이 부모 이름 등등 뒷조사를 해 줬지. 엄청 잘하던데."

"왜 그런 짓을 한 거야? 가해자 이름을 밝히면 유카 이름도 밝혀질 게 뻔하잖아."

"유카를 비난하는 목소리도 있겠지만 상대 쪽을 비난하는 목소리는 그 두 배야. 게다가 유카에 대한 비난은 줄어도 오오와 가족을 향한 공격은 멈추지 않을걸. 상대의 뼈를 잘라내려면 우리도 조금은 살을 깎아야지."

"그래도 그렇지 너무 심한 거 아니야?"

"유카 말이야, 슌에게는 다 말했더라고. 아야 무리한테 얼마나 괴롭힘을 당했는지. 꿇어앉은 사진을 스마트폰으로 찍는다거나 내출혈이 생길 때까지 배를 꼬집었다는 건 형사님한테 들었는데, 그것 말고 더 심한 짓도 했더라고. 윗옷 안에 개구리 사체를 넣는다거나 교과서나 공책에 바퀴벌레를 끼워 넣고, 어떨 땐 그걸 억지로 먹이려고 했다거나. 그 꿇어앉은 사진, 그때 찍힌 거래."

말하는 동안 말끝이 흔들렸다.

듣고 있는 호카리의 마음도 흔들렸다. 그 장면을 떠올리면 자연스럽게 주먹이 단단해졌다.

하지만 그렇다고 해서 사토미가 한 일을 전부 긍정할 수는 없었다.

"당신이 무슨 짓을 했는지는 알아?"

"칭찬받을 짓은 아니란 것 정도는 알아. 그래도 상관없어. 다른 사람에게 칭찬받는 것보다 유카 대신 복수하고 싶어. 유카를 창문에서 뛰어내리게 한 관계자를 모두 쓰러뜨리고 싶다고."

"설마 스기하라 선생 이름도 올렸어?"

"아니. 하지만 담임 이름을 찾아내는 건 그 사람들에겐 식은 죽 먹기, 아닐까?"

호카리는 계속 비난하려다가 자신에게 그럴 자격이 없다는 것을 알아차렸다.

애초에 네티즌들이 뉴스를 접하게 된 것도 호카리가 효도에게 아야의 이름을 알려줬기 때문이었다. 말하자면 사토미의 폭주도 호카리가 씨를 뿌린 셈이다.

"유카를 자살 시도까지 몰고 간 인간은 절대 용서 못 해. 그런데 학교도 경찰도 움직이려고 하지 않잖아. 그럼 우리가 움직일 수밖에 없어. 우리가 유카의 원수를 갚아야 해."

호카리 내면에 사토미에게 동의하는 자아와 반기를 드는 자아가 공존했다. 어느 쪽이든 마음이 편할 것 같지 않았다.

그것이 자신에게 주어진 징벌일지도 몰랐다.

4

*

퇴원하고서 이삼일, 유카의 상태에 변화는 없었다. 식사 때 외에는 방에 틀어박혀 있는 바람에 병실이 그저 방으로 바뀐 것과 다름없었다.

"그래도 자기 집에 있는 것만으로 회복 속도가 완전히 달라질 거야."

사토미는 그렇게 말했지만 일 때문에 늦게 귀가하는 호카리는 유카와 마주할 일도 없고, 유카가 제대로 회복하고 있는지 알 수가 없었다. 그러니 집에 있어도 불안할 뿐이었다.

그래도 직장에서 느끼는 불쾌감에 비하면 이쪽이 훨씬 나았다.

인터넷에서 정보가 퍼지면서 당연히 2학년 C반 학생들 사이에서도 호카리를 향한 조롱이 파도처럼 퍼져나가고 있었다.

마침 그때 복도에서 도모코가 호카리를 불렀다.

"선생님. 드릴 말씀이 있어요."

복도에서 가볍게 말할 내용이 아니라는 것은 안색을 보고 알았다. 호카리는 도모코를 교무실로 데려갔다.

"아직도 모리야마가 괴롭혀요."

마주 앉자마자 도모코는 그렇게 말했다.

"그것도 전보다 더 심해졌고요. 모리야마 녀석, 도리고에한테 빵셔틀까지 시켜요."

좋지 않은 징조다. 호카리의 머릿속에 경고가 울렸다.

"그냥 심부름이 아니라?"

"네. 모리야마가 도리고에한테 돈을 주는 건 한 번도 본 적 없어요."

빵셔틀이라고 하면 가볍게 들리지만 요약하자면 공갈과 마찬가지다. 어느새 사태가 이렇게까지 나빠진 건지 호카리는 머리를 싸맸다. 내우외환이란 바로 이런 걸 두고 하는 말인가.

빵셔틀로 물건을 삥뜯는 데 재미를 본 사람은 다음에는 금전을 요구한다. 집단 괴롭힘의 전형적인 패턴이다. 그리고 명령을 받는 측은 용돈이 점점 바닥나고, 종국에는 부모의 지갑에도 손을 대게 되어 괴롭힘은 점차 범죄의 양상으로 변한다. 집단 괴롭힘을 그저 아이들 사이의 불화로만 취급하는 태도가 일을 키우는 분수령이라고 볼 수 있다.

"알겠다. 다시 한번 모리야마와 이야기해보마."

전에 모리야마 본인과 면담했을 때는 주의로 끝났다. 하지만 금품과 엮이면 태평한 이야기나 하고 있을 수 없다. 아마 심각하게 이야기하게 될 것이다. 경우에 따라서는 부모와 함께 삼자대면을 하게 될 수도 있다.

"그런다고 모리야마가 그만 괴롭힐까요?"

도모코의 말에는 날이 서 있었다.

"저번에도 같은 질문을 했었죠. 선생님께 맡기면 이제 도리고에는 괴롭힘당하지 않게 되는 거냐고요. 그때 노력한다고 하셨 잖아요. 그런데 집단 괴롭힘은 안 없어졌어요. 선생님, 정말 노력 해주신 거 맞아요?"

대답하지 못하자 도모코가 다그쳤다.

"죄송해요, 선생님. 저 이제 선생님을 못 믿겠어요."

말로는 죄송하다고 하지만 눈은 결코 미안한 기색이 아니었 다. 말 그대로 불신이 짙게 드러났다.

그것만으로 짐작이 갔다. 도모코는 호카리 가족이 유카의 자 살 시도에 동요한다는 사실을 아는 것이다.

자신의 딸이 집단 괴롭힘을 당하는 줄도 몰랐던 남자가 어떻 게 다른 학생을 구해낼 수 있을까. 도모코가 호카리를 불신하는 것도 그럴 만하며 정면으로 지적당한다 해도 호카리는 할 말이 없었다.

아버지로서의 한심함에 더해 교사로서의 무능함도 드러나는 것인가.

두 사람의 대화는 교무실 전체에 그대로 들렸다. 몇몇 교사가 힐끗 이쪽을 훔쳐보았다. 학생에게서 신뢰를 잃은 것은 동시에 동료에게도 신뢰를 상실한 것이기도 했다. 수치심에 몸이 움츠 러들었다.

"못 믿는 건 어쩔 수 없어. 다 선생님이 부족한 탓이야."

겨우 말을 짜냈다.

"하지만 모리야마의 행동이 더는 심해지지 않도록 엄중하게 주의를 줄 거야. 도모코가 선생님을 믿든 안 믿든 그게 내 일이니까."

그래도 도모코는 호카리를 의심하는 눈치였지만 이윽고 관심을 잃은 듯 자리를 떴다.

싸늘한 분위기가 감돌았다. 다른 교사들은 무사의 정을 베푼다는 듯이 부자연스러울 정도로 호카리에게서 시선을 피했다.

교사로서의 긍지를 버리고 내뱉던 말이 이제 자신에게도 돌아오고 있었다.

한편 오오와 가족을 둘러싼 보도 전쟁은 갓 막이 열린 참이었다. 전쟁의 발단을 연 것은 역시 '애프터눈 재팬'으로 효도 같은 목소리가 오오와 이쓰미를 쫓는 영상이 방송되었다. 물론 이쓰미의 목소리는 변조되었고 화면에는 목부터 아래까지만 송출됐지만 아는 사람들에게는 아무 의미도 없었다.

— 잠시만요, ○○(삐-) 씨. 지금 따님이 괴롭힘을 주동해서 같은 반 학생이 학교 창문에서 뛰어내린 사건이.

도망가는 듯한 발소리가 들렸다.

— 우리 딸하고는 아무 상관 없습니다.

— 그렇습니까. 저희가 취재한 바로는 이미 몇몇 증언이 있습니다. 기초생활수급 대상자 가정의 아이를 따돌렸고, 그걸 막아준 학생을 또 따돌렸다고 하는데요.

— 모릅니다.

— 주동자는 ○○(삐-) 씨의 자녀분이시고, 그밖에 몇몇 학생이 더 가담했다고 합니다만.

— 모른다고 했잖아요. 따라오지 마세요.

— 집에서 ○○(삐-)양은 어떤 아이입니까? ○○(삐-)양이 집단괴롭힘을 주동하게 된 것과 가정교육 사이에 어떤 관련이 있다고 생각하십니까?

— 적당히 좀 하세요!

갑자기 이쓰미로 보이는 여자가 카메라를 향해 고개를 홱 돌렸다.

— 일반시민을 쫓아다닐 시간에 정치인이나 범죄자를 쫓으세요. 딸만 쫓는 것도 모자라 아들까지 쫓아다녀서는. ○○(삐-)는 당신들이 들러붙는 바람에 학원도 제대로 못 다니게 됐어요. 만약 입시에 실패하면 당신들이 책임져줄 거예요?

— 그거랑 이거는 별개의 문제죠. 책임 운운하시면, 창문에서 뛰어내린 학생은 누가 책임집니까?

— 남의 자식 따위 알 바 아니에요. 그 아이가 자살 시도를 한게 우리 아이가 따돌려서 그랬다는 증거라도 있어요?

— 자녀분이 가해자라는 건 인정하시는가 보네요.

— 아니요. 절대 인정하지 않습니다.

— 인정하지도 않으면서 인과관계는 명확히 하시려고 하는 겁

니까?

— 시끄러워, 시끄러워, 시끄러워!

호카리는 이 인터뷰 영상을 집에서 보고 있었다. 하지만 도망치는 이쓰미의 모습을 보고 통쾌함은 느낄 수 없었고 오히려 죄책감이 가슴을 찔렀다.

옆에 있던 사토미는 만족할 줄 알았는데 왜인지 우울한 표정을 짓고 있었다.

"왜 그래? 저쪽 가족이 방송에 공격받고 있잖아. 당신이 원하던 거 아니었어?"

"용서할 수 없는 건 지금도 마찬가지야. 그런데 뭐랄까 이걸 보니까 승자도 패자도 아닌 것 같다는 생각이 들어서."

사토미는 지친 얼굴로 이쪽을 봤다.

"당신, 학교에서 무슨 일 있었어?"

사토미가 이런 식으로 물을 때는 대개 자신도 무언가 나쁜 일을 당했을 때다.

"난 괜찮아. 당신은 어때?"

"장 보러 나갔는데 이웃집 아주머니가 힘들겠다며 말을 걸더라고. 다른 엄마들은 멀리서 이쪽만 보고 있었는데 안타까워하는 눈빛은 아니었어."

가해자와 피해자라는 관계도 따지고 보면 당사자끼리의 관계일 뿐이며, 외부인이 보기에는 똑같은 사건 관계자다. 그렇게 생각하면 오오와 가족과 호카리 가족이 같은 취급을 받는 것도 이상하지 않다.

"사람의 소문도 76일이야.* TV 보도가 줄어들면 다들 잊어버릴 거야."

"지금은 한창이지."

"당분간 너무 많이 돌아다니지 않는 게 좋겠어."

"그래도 모든 걸 다 배달시킬 수도 없고. 유카도 슬슬 등교해야 하는데."

그러고 보니 매일 중학교에 다니는 슌에게는 성가신 일이 일어나지 않았을까. 그런 생각을 하고 있는데 호카리의 휴대폰이 울렸다.

상대는 효도였다. 병원 앞에서 있었던 일이 떠올라 호카리는 자연스럽게 태세를 갖추었다.

— 호카리 씨, '애프터눈 재팬'의 효도입니다. 1보 뉴스 보셨습니까?

"네, 봤습니다."

— 덕분에 시청률 잘 나왔습니다. 그래서 빨리 감사 인사를 전하고 싶어서요. 옆에 아내분 계시나요?

✱ 사람들 사이에서 퍼지는 소문도 일시적인 것으로 2, 3개월 지나면 거의 잊힌다는 일본의 속담.

사토미에게 용건을 전하자 대신 들어달라고 했다. 폭주할 것 같던 사토미도 여기까지 와서는 조금 후회하는 마음이 드는지도 몰랐다.

"아내가 저보고 대신 들어달라고 하네요."

— 흐음. 조금 형세가 바뀌었습니다.

"방금 그쪽 프로그램을 보고 있던 참이었는데요."

— 그건 감사하네요. 이쓰미 씨의 괜찮은 장면을 찍었죠.

그걸 괜찮은 장면이라고 하다니 역시 자신과 이 남자는 가치관이나 미적 감각이 다른 것 같았다.

"아주 절박해 보이더군요."

— 그거야 당연하죠. 주변 정보에 따르면 항의 전화나 무언 전화가 끊이지 않는다고 합니다. 저희가 1보를 보내고 난 직후부터 그렇다고 하니 역시 효과가 있던 것이겠죠.

효도는 자신의 공인 것처럼 말했지만 오오와 아야 가족을 특정해 전화번호를 알아낸 것은 네티즌이었다. 그런 걸 자기 공으로 돌릴 수 있을까 싶지만 어쨌든 여기서도 효도의 가치관은 자신과는 다른 듯했다.

— 다만 심각한 건 아내보다 남편 쪽이겠죠. 오오와 다이조 씨는 건축 관련 일을 하시는데, 그쪽에도 항의 전화가 쇄도한다고 하네요. 업무에 지장을 줄 정도 같으니 다이조 씨를 향한 비난도 거세질 겁니다.

갑자기 죄책감이 밀려왔다.

"설마 해고라도……."

— 비교적 큰 회사의 베테랑 직원인 듯합니다. 요즘에는 가족의 뜬소문 정도로 해고하면 소송당해요. 어깨가 움츠러들긴 하겠네요.

"센주 초등학교는 어떻습니까?"

— 물론 교내에 카메라를 들이밀 수는 없었지만 하교하는 6학년 학생들에게 이야기를 들을 수 있었습니다. 지금 학교 측은 무대응. 뭐, 교육청이나 학부모회가 문제를 제기하지 않는 한 무거운 엉덩이를 들려고 하지 않는 사람들이니까요.

다시 말해 가해자인 오오와 아야에게도 아직 정식 처분이나 대응은 없다는 의미다.

도대체 담임인 스기하라는 무엇을 하고 있는 건가. TV에 보도까지 되었는데도 침묵을 지킬 셈인가. 아니면 가해자와 피해자 어느 쪽에 서야 좋을지 몰라 꼼짝 못 하는 건가.

— 이상, 현장이었습니다.

재치 있는 말이라고 생각하는지 효도는 농담하듯 했다. 물론 공교롭게도 그런 걸로 웃을 수 있는 상황이 아니었다.

"감사합니다. 이번 사건으로 옛사람들이 참 그럴듯한 말을 남겼다는 생각이 드네요."

— 오, 무슨 말입니까?

"남 잡이가 제 잡이*라는 말이요."

이 말을 남기고 호카리는 전화를 끊었다. 하지만 속이 시원한 것은 한순간뿐이었다.

유카가 '내일부터 등교할게요'라고 말했다.

집에 돌아오고 나서 오늘로 닷새째, 갑자기인 것도 같고 적당한 때인 것 같기도 했다. 호카리가 말릴 이유도 없어서 '힘내라'라고 말할 수밖에 없었다.

그러자 바로 슌에게서 그게 뭐냐는 말이 돌아왔다.

"아빠, 그래도 교사예요? 아픈 사람한테 힘내라니, 가장 해서는 안 될 말이잖아요. 너덜너덜해진 4회전 복서의 등을 무리하게 떠미는 꼴이라고요."

"그럼 어떻게 말해야 하는데?"

"언제든 조퇴해도 돼, 이거예요."

어쨌든 슌이 처음에는 중간까지 유카를 따라가겠다고 고집을 부려서 호카리와 사토미도 동의할 수밖에 없었다. 유카도 거절하지 않았다.

"이런 일이 생겨서 그런지 모르겠는데 슌이 꽤 유카를 신경 쓰

✳ 다른 사람을 저주해 죽이려고 하면 자신도 그 대가로 죽임당하기 때문에 무덤이 두 개 필요하다는 말. 인간을 저주하면 자신에게도 재앙이 돌아온다는 것을 의미한다.

네.”

무심코 중얼거리자 새삼스럽다는 듯이 사토미가 입술을 삐죽거렸다.

“무슨 말이야. 쟤네는 원래 사이가 좋았어. 우리한테는 말하지 않는 것도 둘이서는 공유해.”

“그렇군.”

“유카가 센주 초등학교에 입학했을 때, 적응할 때까지 계속 오빠 따라서 등교했잖아.”

그런 일도 있었나, 호카리는 기억을 더듬었다. 흐릿하게 떠오르는 것은 가족 네 명이 웃고 있는 광경, 그러나 실제로 있었는지 모를 애매한 광경이었다.

그런 행복하고 평온한 날들이 또 올 수 있을까. 다른 사람의 시선을 신경 쓰지 않고 거리를 걸을 수 있는 날이 하루라도 빨리 오기를 절실히 바랐다.

새로운 사건이 발생한 것은 유카가 등교를 재개한 지 사흘째인 6월 2일이었다.

가장 먼저 사토미가 스마트폰으로 연락해왔다.

— ……큰일이야.

또 유카에게 무슨 일이 생겼는가 싶어 무심코 스마트폰을 떨어뜨릴 뻔했다.

"유카한테 무슨 일 있어?"

— 유카가 아니라 아야가 실종됐대.

남의 일이라고 해도 놀라지 않을 수 없었다.

"실종이라니 무슨 말이야?"

— 평소라면 돌아오는 시간인데도 오지 않아서 학교에 연락했나 봐. 아직도 딱히 돌아온 것 같지도 않고. 지금 학부모 연락망에서 들었어.

아야도 복도나 길을 걸으면 뒤에서 손가락질을 당하는 입장이다. 교내에 남아 있다거나 딴 데로 샜다고 보기 어렵다.

"어디 친구 집에 간 거 아닐까?"

— 그걸 확인하려고 연락망이 돌았는데 현재로서 아무 정보 없음. 그래서 담임인 스기하라 선생과 학년 주임들이 수색하러 나갔대.

그때 호카리의 머리 한쪽에서 최악의 사태가 떠올랐다. 유카와 아야가 인적이 없는 곳에서 대치하고 있는 장면이었다. 장면 속에서는 보도 피해를 당한 아야가 자신의 무리를 이끌고 유카를 둘러싸고 있었다. 아직 걷기 불편한 유카에게 도망칠 곳은 없었다.

"유카는? 유카는 괜찮아?"

— 유카는 돌아왔어. 물어봤는데 아야랑은 최근에 말을 안 해서 전혀 모른대.

사토미의 답을 듣고 안도하며 가슴을 쓸어내렸다.

"냉정한 말이지만 별로 관여하지 않는 게 좋겠어. 그쪽과는 계속 관계가 불편하니까. 자칫하면 또 유카가 욕을 먹을지도 모르고."

— 그렇네.

"나도 최대한 빨리 퇴근할게."

급하게 일을 마무리하고 호카리가 집에 도착한 것은 오후 7시 반. 그리고 10분도 지나지 않아 순도 귀가했다.

"뭐야, 지금 온 거야?"

"동아리가 늦어져서요. 엄마한테 전화 받고 서둘러서 온 게 지금이에요."

그래도, 순이 계속 말했다.

"우리는 피해자 측인데 왜 가해자 측 문제에 신경 써야 해요?"

피해자는 한순간에 가해자로 변하기 때문이었다. 하지만 호카리는 굳이 입에 담지 않았다.

늦은 저녁을 네 명이서 먹었다. 변함없이 유카는 먼저 말하려 하지 않고 순은 순대로 배려하는 건지 조용히 젓가락만 움직였다. 이럴 때 유카에게 아야에 관해 묻는 것은 금기다.

"찾으면 바로 연락망으로 소식이 올 거야."

무거운 침묵을 견디기 어려웠는지 사토미는 혼잣말을 내뱉었다.

"분명 어딘가에서 친구에게 고민 상담이라도 하고 있겠지."

어울리지 않을 정도로 낙관적인 사토미의 말투가 더욱 공허하게 들렸다.

"아야도 고민이 많았을 거야. 그렇지?"

정면에 있는 유카에게 동의를 구했다. 하지만 유카는 식탁에서 시선을 떼지 않은 채 모른다고 답했다.

"얼굴도 안 마주쳐요."

오랜만에 들은 목소리였지만 호카리의 가슴이 까닭 없이 뛰기 시작했다. 정체불명의 불안이 얼굴 주변을 감돌고 기분 탓인지 호흡도 가빠진 것 같았다.

그리고 호카리의 불안은 가장 잔혹한 형태로 적중했다.

다음 날 3일 아침, 자택 근처 공원에서 아야의 사체가 발견된 것이다.

사체가 발견됐다는 첫 소식도 아침 식사 전에 사토미가 연락망을 통해 들었다. 다만 내용이 내용인 만큼 오오와 아야의 이름과 발견 현장만 설명되어 있을 뿐 구체적인 정보는 알 수 없었다.

"그래도, 설마, 이런."

사토미가 내뱉은 말은 다른 가족들의 심정을 대변했다. 유카를 자살 시도로 몰아넣은 나이 어린 원수. 하지만 죽기를 바라지는 않았다.

TV를 켰지만 아직 정보가 들어가지 않았는지 보도에는 나오지 않았다. 지금은 어느 방송국도 아야의 죽음을 다루지 않았다. 인터넷 뉴스도 마찬가지로 아야의 죽음을 다루는 기사는 어디에서도 찾아볼 수 없었다.

"공원이라고 해도 그 주변에 있는 건 제대로 된 광장 같은 곳이 아니라 공터에 억지로 만든 삼각공원인데."

한 번 오오와 씨네 집을 찾아간 적이 있는 사토미가 회상하듯 말했다.

"정말 어쩔 수 없이 만든 것처럼 생겼는데, 그런 곳이라면 확실히 다른 사람 눈에 안 띄어."

"지금 가장 큰 문제는 그게 아니야."

마치 맛없는 빵을 씹기라도 하는 것처럼 호카리는 신중하게 말을 골랐다.

"아야가 어떤 상태로 죽었는지가 중요해. 사고인지, 자살인지, 아니면."

뒷말은 거북해서 입 밖으로 꺼낼 수 없었지만 여기까지 말했으면 다 말한 거나 마찬가지였다.

"실패."

유카를 부르러 갔던 슌이 맥없이 돌아왔다.

"다시 원래대로 돌아갔어요. 오늘은 학교 가기 싫대요."

"그래. 오늘은 쉬는 게 낫겠어. 엄마도 그렇게 생각해."

사토미는 납득한 것처럼 고개를 끄덕였다.

"괜히 무리해서 등교해도 어차피 안 좋은 말만 들을 거야."

"그건 쉬어도 마찬가지예요."

"그렇다면 본인이라도 듣지 못했으면 좋겠어. 슌이 말한 대로 유카는 환자니까."

가족이 부재중일 때 아무 일도 없으면 좋으련만.

발이 안 떨어지는 기분으로 호카리는 집을 나왔다. 유카에게는 미운 상대이지만 그렇다고 아야가 이런 식으로 사라지면 유카도 똑같이 당할 것이다.

학교에 와서도 호카리는 안절부절못했다. 수업 중에도 집중이 흐트러져 원래라면 틀리지 않을 부분을 틀리고 말았다. 결국 학생들에게 지적당할 정도였다.

쉬는 시간이 되자 인적이 없는 곳으로 가 스마트폰으로 뉴스 사이트를 열었다. 아니나 다를까 아야의 사망 소식은 알려져 있었다. 사체 발견 현장은 역시 자택 근처에 있는 삼각공원. 수색 요청을 접수한 파출소 순경이 발견했다.

하지만 이 시점에서도 사체의 상황이나 사인은 언급되어 있지 않았다. 정보가 복잡하게 얽혀 있는 걸까, 아니면 경찰이 의도적으로 막고 있는 걸까.

지금쯤 오오와 가족에게는 엄청난 소란이 있을 거라 상상했다. 부부의 슬픔은 이루 말할 수 없을 것이다. 어제까지만 해도 밉기만 한 상대였는데 이렇게 되니 동정심도 생겨났다.

견딜 수 없는 심정 그대로 귀가했다. 오늘은 슌이 먼저 돌아와 있었다.

"다른 정보, 있었어?"

부엌에 서 있는 사토미에게 물었지만 고개를 저을 뿐이었다.

그리고 곧 저녁 식사 시간이 되는 참에 초인종이 울렸다. 불안이 거세지고 있어서 그런지 호카리가 무심코 자리에서 일어났다. 복도로 나가자 슌도 현관을 향해 있었다. 모니터에는 센주 경찰서 형사과 형사 사카토가 비쳤다.

이제 와서 사건을 더는 문제 삼지 말라고 항의하러 온 걸까. 조심스레 문을 열자 사카토는 호카리를 무시하고 슌을 똑바로 직시했다.

"호카리 슌. 오늘 아침, 오오와 아야가 사체로 발견된 건과 관련해 묻고 싶은 게 있다. 경찰서까지 동행해주지 않겠나?"

3장

독을
품은
껍질

1

✳

갑작스러운 상황에 호카리는 말을 잃었다.

충격을 받은 것은 슌도 마찬가지일 테다. 입을 반쯤 열고 사카
토를 보고만 있었다.

"간단한 조사이니 그렇게 긴장하지 않아도 돼. 금방 끝날지 오
래 걸리지는 네게 달려 있고."

"잠깐만요."

호카리는 당황해서 사카토와 슌 사이에 끼어들었다.

"어째서 슌이 출두해야 합니까?"

"이유가 있는 게 아닙니다. 어디까지나 임의이고 관계자 전원
에게 묻고 있는 것이니까요."

"안 가면 어떻게 됩니까?"

사카토는 조금 곤란한 듯 눈썹을 긁적였다.

"출두하고 싶지 않은 특별한 이유가 있을 거라고 의심하는 사람이 생기겠죠. 그러니 싫으시겠지만 출두하는 편이 심증도 좋아집니다."

그 말에는 다른 의미도 있다. 자의로 출두하지 않는다면 강제로라도 묻겠다는 뉘앙스다.

현관에서의 대화를 듣고 뒤에서 사토미가 달려왔다. 사카토의 말을 들었을 것이다. 사토미는 이미 안색이 변해 있었다.

"슌이 출두라니 무슨 일이에요?"

사토미는 사카토에게 달려들기 직전이었다.

"하필이면 슌을 의심하다니. 유카 때도 그렇고, 지금도 그렇고 왜 우리 애들만 그런 취급을 하는 거예요?"

적어도 형사에게 하는 말이라고 생각하지 않는 듯 사카토는 무시하기로 마음먹은 듯했다. 그 정도로 사토미에게 전혀 눈길을 주지 않았다.

"저, 다녀올게요."

사카토의 말뜻을 이해했는지 슌이 한 발짝 앞으로 나섰다.

"안 가도 돼."

호카리가 바로 팔을 뻗었지만 손끝은 슌의 어깨에도 닿지 못했다.

"그건 가도 괜찮다는 뜻이죠?"

이런 상황에까지 센 척하지 말라고.

이 말이 목구멍까지 올라왔지만 아들의 뒷모습을 보자마자 그 말은 덩어리가 되어 목에서 막혔다. 슌에게서 허세가 아니라 각오가 보였기 때문이었다.

왜 슌이 각오를 해야 하는가.

문득 의구심이 들었는데 이번에는 사토미가 현관 문턱에서 뛰어 내려올 것 같은 모습을 보고 사고가 멈췄다.

"슌!"

가냘픈 몸 어디에서 그런 힘이 나왔는지 사토미는 호카리를 밀어제칠 기세로 슌에게 다가갔다.

"가면 안 돼!"

슌은 이쪽을 한번 돌아봤지만 말없이 사카토를 따라갔다. 슌과 사카토를 태운 차의 문이 닫혔다. 그 소리만이 묘하게 크게 울려 퍼졌다.

두 사람의 모습이 사라진 순간 사토미의 몸에서 힘이 빠졌다. 그 얼굴이 지긋이 이쪽을 향했다.

"왜 슌을 보냈어?"

"보낸 게 아니야. 그 녀석이 자기 뜻대로 간 거지."

변명에 불과하다는 건 스스로 알고 있었다. 아버지의 권한으로 사카토의 제안을 거부할 수도 있었다. 하지만 그로 인해 경찰에게 의심을 사는 것은 별개의 문제다.

그러나 슌의 뒷모습은 그것을 용서하지 않았다. 아버지의 권한도 존엄도 용서할 기색은 느껴지지 않았다. 한심한 말이지만 호카리는 그 뒷모습에 짓눌렸다.

"슌이 용의자라니 말도 안 되는 소리야. 그 녀석 본인이 가장 잘 알아. 그러니 망설이지 않고 사카토를 따라간 거고."

나름대로 설득력 있는 변명이라고 생각하는데, 사토미는 전혀 납득이 가지 않는다는 얼굴로 호카리를 노려보았다.

"왜 그렇게 봐?"

마치 자신의 나약함을 책망하는 것 같아 저절로 목소리가 거칠어졌다.

"설마 당신도 슌을 의심하는 거야?"

사토미는 불신을 감추려 하지 않았다. 슌의 각오에 기가 눌린 호카리는 죄책감 때문인지 선뜻 말이 나오지 않았다.

"슌과 유카는 사이 좋은 남매였어. 그런 유카가 자살 시도까지 내몰렸으니 주동자인 아야를 가장 미워하는 사람은 슌이라고 할 수 있어. 게다가 아야가 살해된 날도 슌은 당신보다 늦게 집에 돌아왔다고."

아차 싶었다.

슌을 의심하긴 했지만 알리바이까지 생각하진 못했다. 확실히 본인이 동아리 때문에 늦었다고 했지만 그것도 다른 동아리원이나 고문 교사에게 확인한 사실은 아니다. 어디까지나 자기 진술에 지나지 않는다.

아니, 잠깐만.

애초에 아들의 알리바이를 확인하려고 하는 시점에서 범행을 의심하는 게 되지 않나? 바꿔 말해 호카리보다도 먼저 사토미가 슌을 의심하고 있다는 증거 아닌가?

"알리바이라니 생각도 해본 적 없어. 다만 그 녀석이 스스로 출두한다길래 의사를 존중한 것뿐이야."

"경찰에 넘긴 건 맞잖아."

넘겼다니 이건 또 무슨 말인가.

"알리바이를 생각했다는 건 사토미 당신도 슌을 의심하고 있다는 뜻 아니야?"

"도대체 무슨 소리야."

자신도 모르게 사토미와 말하는 동안 목소리가 커진 듯했다.

돌아보니 사토미의 등 뒤에 유카가 서 있었다.

"지금 그 말 진짜예요?"

오랜만에 말하는 듯 꽤 갈라진 목소리였다.

"오빠, 경찰에 잡혀간 거예요? 아야를 살해한 범인일 수도 있어서?"

"아냐, 그건 아니야."

아직 심신을 다 회복하지 못한 유카에게 더는 부담을 줄 수 없었다. 하지만 갑작스러운 일에 그럴싸한 거짓말도 떠오르지 않았다.

"슌은 스스로 결백을 증명하려고 간 거야. 결코 강제로 연행된 게 아니야."

초등학생인 유카가 임의와 강제의 차이점을 이해할 수 있다고 생각하진 않지만 오빠의 결백은 호카리가 굳이 설명하지 않아도 잘 알 것이다.

이해해달라는 호카리의 마음을 아는지 모르는지 유카는 묘하게 얼굴을 일그러뜨린 채 재빨리 발길을 돌려 복도 너머로 달려갔다.

그 뒷모습이 너무나 슌과 닮아 있어서 깜짝 놀랐다. 슌과 마찬가지로 반론은 허용하지 않는다는 뒷모습이었다.

현관에는 호카리와 사토미가 남았다. 방금 있었던 소란에 힘을 다 빼서 그런지, 아니면 유카에게 소란을 듣게 한 것이 신경 쓰여서 그런지, 둘은 말없이 문턱에 앉아 있었다.

"사토미."

사토미의 반응이 몇 초 늦은 걸로 보아 호카리가 말을 걸어서 일어난 것은 아닐 테다. 사토미는 그대로 호카리의 눈앞을 지나쳐 유카를 뒤쫓았다.

홀로 서 있으니 바로 정적이 내려앉았다. 믿는 자도 믿어주는 자도 없는 공허한 정적이었다.

다만 공허함 속에서도 뇌리에 박힌 것이 있다.

알리바이.

형사 드라마에서만 들어봤던 단어가 머릿속에서 울렸다. 오오와 아야를 싫어하고, 6월 2일 저녁부터 밤까지 알리바이가 없는 사람.

연행되었다는 것은 슌에게 확실한 알리바이가 없음을 경찰이 조사했기 때문이다. 하지만 슌과 같은 정도로, 아니면 그 이상으로 오오와 아야를 증오하는 사람을 호카리는 최소 두 명은 더 알고 있다.

유카는 그 시간, 계속 방안에 틀어박혀 있었을까.

사토미는 집에 있었지만 정확히는 아야의 실종 때문에 소란스러워진 이후의 이야기이고, 그것만으로 알리바이가 성립한다고 보기는 어렵다.

소름이 돋았다.

지금껏 이 생각은 진지하게 하지 못했다. 오오와 아야를 미워하는 사람은 호카리 가족 구성원이다. 그중에서 확실히 범인이 아니라고 단언할 수 있는 사람은 호카리 자신뿐이다.

무슨 말인가.

자신을 제외한 가족 전원이 용의자인 것이다.

결국 슌은 날이 바뀌어도 돌아오지 않았다. 호카리는 몇 번이나 명함에 적힌 센주 경찰서 형사 사카토에게 전화를 했지만 자리를 비운 상태라 전화를 받을 수 없다는 답만 돌아왔다.

언론의 후각이 얼마나 예민한지 깨달은 것은 몇 시간 후였다. 아침 뉴스에 오오와 아야의 살해 용의자로 슌이 조사를 받고 있다는 사실이 보도된 것이다.

아직 열네 살임을 배려해 실명 보도도 하지 않고 영상도 나가지 않았지만 '열네 살 소년'이라는 단어가 홀로 걸어가는 듯한 인상이었다. 아니, 인상 같은 애매한 것이 아니라 확실한 현상이었다. 그것은 뉴스를 읽는 아나운서의 목소리가 무의식적이든 의식적이든 긴장하고 있다는 점에서 짐작했다. 평소 뉴스 보도에서 이 정도라면 와이드쇼에서 어떻게 다룰지는 뻔했다.

임의 조사에 응한 단계에서 이런 취급을 한다면 조사가 길어지면 길어질수록 보도가 과열될 것은 자명하다. 또 '열네 살 소년'이 어느새 '자살 시도 소녀의 오빠'로 변할 가능성도 있다.

하지만 호카리의 생각은 너무 안이했다.

슌은 그날 돌아오지 않았고 사카토와도 연락이 되지 않았다. 호카리는 직접 센주 경찰서에 찾아가 보기로 했다. 집으로 데려오는 것만이라면 반나절 정도면 충분하겠거니 생각했지만 혹시나 해서 학교에는 연차를 냈다. 사전 연락도 없이 갑자기 연차를 내서 당연히 한소리 들을 줄 알았는데 전화를 받은 학년 주임은 의외로 흔쾌히 승낙해주었다.

— 호카리 선생님도 여러모로 힘드실 테니까요. 급할 땐 제가 대신 할게요.

친절한 말투이지만 어딘가 데면데면했다. 이 데면데면함에서 소외감이 느껴졌다.

실제로 유카의 자살 시도 사건이 발생한 이후 만족스럽게 일한 날이 손에 꼽을 정도였다. 직장도 어딘가 모르게 남의 일 같고 호카리로서는 은근한 위기감마저 느꼈다.

소외감이 다다르는 곳은 처음에는 괴리, 그리고 그다음은 이별이다. 이 상태가 계속되면 언젠가 자신도 이직해야 하는 처지가 되는 건 아닐까.

가족 모두에 대한 의혹과 직장을 향한 의심으로 마음이 타들어가는 가운데 센주 경찰서를 방문했다. 1층 접수처에서 호카리 슌과 사카토의 이름을 말하자 접수처 직원이 잠시 기다리라고 했다. 하지만 10분이 지나 15분이 되어도 사카토는 나타나지 않았다.

피해자 가족일 때는 사카토 쪽에서 달려왔는데 이번에는 이렇게 호카리 쪽에서 찾아가는 처지가 됐다. 게다가 괴롭힘을 당하는 것처럼 기다리기만 하고 있다. 마치 손바닥을 뒤집는 듯한 취급에 호카리는 당황해 이내 접수처 직원을 향한 언사가 거칠어졌다.

"얼마나 더 기다려야 합니까?"

"곧 온다고 말씀드렸잖아요."

"벌써 15분이 넘었어요. 딸 사건 때는 우리도 바쁜데 수사에 협력했습니다. 그런데 이번에는 의심받는 쪽이 되었다고 이렇게 바로 방치당한다는 게 이해가 가질 않네요."

"아뇨. 그런 게 아니라요."

"아들은 아직 열네 살입니다. 그런 애한테 부모 허락도 없이 밤새도록 질문하고 취조실에 감금하다니, 이래도 민주 경찰입니까?"

"밤새도록 질문한 적도 없고 취조실에 감금하지도 않았습니다."

등 뒤에서 익숙한 목소리가 들려왔다. 돌아보니 사카토가 서 있었다.

"어젯밤 조사는 8시에 끝났습니다. 슌 군이 지낸 곳도 유치장이 아니라 소년 보호실이고요. 감금이라니 말도 안 되는 소리예요."

"슌은 어떤가요?"

"오늘 9시부터 두 번째 신문입니다. 신문 규칙은 엄수하고 있으니 걱정하지 않으셔도 됩니다."

"엄수고 뭐고 아들을 데리러 왔습니다."

"그건 안 됩니다."

사카토는 정말로 곤란한 듯 고개를 저었다.

"아직 안 끝나서 돌려보낼 수 없습니다."

"이틀 동안이나 신문하다니."

"호카리 씨, 별실에 계세요."

사카토는 호카리의 등을 밀어 접수처에서 떼어냈다. 떠밀리고 나서 엄청난 힘이라는 것을 알아차렸다. 첫인상만으로는 평범한 직장인 같았는데 역시 포박술 등을 습득한 경찰관은 다르긴 달랐다.

호카리는 이제야 자신의 안목의 부족함을 깨달았다. 자신은 사람의 겉모습만 보려고 했을 뿐, 그 내면에 어떤 생각과 인격이 있는지 상상조차 하지 못했다.

그 대가가 이제야 비로소 찾아온 느낌이었다. 아무튼 가족에 대해 제대로 알지 못했다. 이런 식으로 자신은 학교 동료뿐만 아니라 반 학생들까지 잘못 관찰했을지도 모른다.

호카리가 안내받은 곳은 응접실이었다. 학교의 응접실과는 매우 다른, 그림 한 점 걸려 있지 않은 스산한 방이다. 여기에 싸구려 책상과 파이프 의자만 두면 취조실로 바로 변하지 않을까.

"여기서는 맘 편히 이야기할 수 있겠죠."

아무리 장소를 바꿔도 아들이 인질로 잡혀 있는 것 같은 상황에 마음이 편할 리 없었다.

"아까 슌을 돌려보낼 수 없다고 하셨죠. 그건 설마 슌의 혐의가 확정됐다는 뜻인가요?"

"죄송합니다, 호카리 씨. 수사 정보는 가족분들께도 말씀드릴 수 없습니다. 그 정도는 호카리 씨도 이해하시겠죠."

바꿔 말하면 가족에게도 말할 수 없는 정보를 경찰이 쥐고 있다는 말이었다.

사카토의 말은 경찰로서 정당성이 있다. 일반인인 호카리가 가족의 권리를 내세워 뒤집을 수 있는 논리가 아니다. 단도직입적으로 물어서 될 것이 아니다. 사카토가 자신도 모르게 수사 정보를 흘리게끔 질문해야 한다. 호카리 나름대로 필사적으로 고민하며 이런 식으로 말을 꺼내보았다.

"오오와 아야의 살해 관련해 아마추어인 저도 한번 생각해본 적이 있습니다."

"오, 그렇습니까."

"그냥 구경꾼도 아니고 관계자이니 무책임할 수도 없어서요. 하지만 잘못된 추론을 남기는 것은 업보인 데다 그걸 타인에게 퍼뜨리는 건 부끄러운 짓이기 전에 민폐겠죠."

"말씀하신 대로입니다. 아마추어가 이것저것 추론한다고 해도 그저 상상력을 발휘한 것뿐이니까요."

"제 추론에 오류가 있으면 이 자리에서 바로 고쳐주셨으면 합니다."

"수사 정보에 저촉이 안 되는 범위 내에서요."

"우선 아야를 살해한 범인은 당연히 그 아이에게 원한을 품은 사람일 것입니다. 그것도 반쪽짜리 원한이 아니죠. 한 사람을 망자로 만들었다는 점에서 상당한 원한을 품었다고 볼 수 있습니다."

"타당한 추론입니다. 드라마나 소설과는 달리 살인에는 보통 인간은 넘을 수 없는 장벽이 있습니다."

"이성 같은 건가요?"

"이성이 아니라 그 인간이 내면에 품고 있는 규범 같은 것 아닐까요. 제 소견일 뿐이지만요."

"이야기를 되돌리자면, 아야를 살해한 범인에게는 그만한 동기가 있었을 겁니다."

호카리는 가만히 사카토의 반응을 살폈다.

자신이 제시한 전제조건은 거의 유도신문이었다. 살인에는 동기가 없는 살인, 즉 충동적인 살인도 있다. 예를 들어 이번 사건의 경우, 희생자가 열두 살 여자아이라면 성범죄 가능성도 배제할 수 없다. 그렇다면 사카토는 호카리가 제시한 조건을 부정할 터였다.

하지만 예상외로 사카토는 고개를 위아래로 끄덕였다. 아무 관계도 없는 정신이상자의 범행 같은 것이 아니라 관계자에게 계획적으로 살해당했다는 선에서 수사 중이라는 말인가.

"아야는 초등학교 6학년 여자아이입니다. 그런 아이를 살해해야겠다고까지 생각하는 인간은 많지 않을 것입니다."

"흠."

"정확히 말하면 아야에게 살의를 가지고 있는 사람은 아야 때문에 자살 시도까지 하게 된 유카와, 그 가족인 우리 호카리 집안 사람뿐입니다. 슌에게 용의가 씌워진 것도 그런 동기 때문이겠죠."

"동기에 관해서는 말씀하신 대로입니다."

"그런데 왜 슌만 출두시킨 겁니까? 이런 걸 제 입으로 말하기 좀 그렇지만 사카토 형사님은 물론 다른 형사분께서도 6월 2일의 제 알리바이를 확인하시진 않으셨거든요."

"알리바이라고 해도요, 호카리 씨. 호카리 씨는 당일 아침부터 쭉 학교에 계셨잖아요. 귀가한 것도 저녁 7시 반. 직장인 리쓰세이 중학교에서 자택까지 통근 시간을 고려해도 거의 여유가 없죠. 호카리 씨의 알리바이는 이미 확인되었습니다."

호카리는 아연실색했다. 지금 거울을 보면 자신은 분명 얼빠진 얼굴을 하고 있을 것이다. 호카리에게 직접 묻기 전에 학교에서의 퇴근 기록을 확인하는 것은 물론 귀가 시간까지 파악하고 있을 줄이야.

귀가 시간에 관해서는 아마 이웃에 물었을 것이다. 다시 말해 다른 가족, 사토미와 유카에 관해서도 정보를 수집했다는 뜻이다. 그 후 센주 경찰서는 슌에게만 임의출두를 제안한 것이다.

"그렇다면 슌에게는 알리바이가 없었습니까? 흉기인지 뭔지에 슌의 지문이라도 남아 있었나요? 아니, 애초에 아야는 어떻게 살해당했습니까?"

질문을 받자 사카토는 다시 당황스럽다는 표정으로 얼굴에 손을 댔다.

"호카리 씨. 말씀드릴 수 있는 건 보도된 내용뿐입니다. 제가 수사 내용을 함부로 말하면 오히려 호카리 씨만 불리해져요."

"불리? 도대체 뭐가 불리하다는 겁니까?"

"보도로 나가지 않은 정보는 수사 본부에서 숨긴 정보입니다. 아야 양이 어떤 식으로 살해당했는지, 흉기는 무엇이었는지, 지문이나 족적은 어땠는지. 즉 수사원과 범인만 아는 정보죠. 이것을 저희는 '비밀 폭로'라고 부르는데요, 이를 호카리 씨가 알게 되면 호카리 씨를 용의자 목록에서 제외할 수 없게 됩니다."

"자, 그럼 슌은 그 '비밀 폭로'를 했단 말입니까? 범인밖에 모르는 것을 자백한 건가요?"

"호카리 씨. 저는 경찰이 되고 나서 쭉 수사 현장을 걸어온 사람입니다. 아무리 상대가 똑똑하고 고집이 세고 입이 무거워도 겨우 열네 살 소년에게 수고를 들이는 일은 흔치 않습니다."

이해가 가지 않았다.

완곡한 표현이었지만 사카토는 아직 슌에게 결정적인 자백을 받아내지 못했다고 말하는 듯했다. 부주의해서 그런 건지, 아니면 사카토 나름대로 호의를 베푸는 건지는 본인만이 알 수 있지만 어쨌든 완전한 자백을 받지는 못한 것 같았다.

그렇다면 결정적인 자백을 받아내지 못했는데도 왜 이렇게까지 수사본부는 슌에게 집착하는 걸까. 동기나 '비밀 폭로' 외에 다른 이유가 있을 터였다.

한참을 고민한 끝에 마침내 떠올랐다.

"누군가 사체가 발견된 장소에서 슌을 목격했나 보군요."

사카토는 어쩔 수 없다는 듯이 고개를 저었다. 물론 호카리가 그런 결론에 도달하기를 기다렸는지도 몰랐다.

"방범 카메라입니다."

기분 탓인지 목소리가 낮아졌다.

"이건 '비밀 폭로'에는 해당하지 않으니 호카리 씨에게만 말씀드리죠. 아야 양의 사체가 발견된 것은 자택 근처 삼각공원에서였습니다. 그 공원이 어떤 곳인지 알고 계십니까?"

답을 하려고 입을 열려는 순간 멈칫했다.

이것도 '비밀 폭로'가 되진 않을까.

어디선가 누군가에게 '그런 공원에는 한 번도 발을 들인 적 없다'라고 단언하지 않았을까. 그랬는데 삼각공원에 관해 자세히 말하면 사카토에게 의심을 사지 않을까.

"……아내한테 들은 적은 있습니다. 제대로 된 공원이 아니라 공터에 억지로 지은 공원이라고."

"그렇습니다. 도시계획법에 규정이 있어서요. 일정 규모 이상의 주택지 근처에는 최소 그 정도 면적의 공원을 만들어야 한다는 규정입니다. 삼각공원은 필요성 때문이 아니라 그 규정을 맞추려고 만든, 이른바 최저 조건을 충족시키기 위한 공원이고요. 그러니 부지는 정돈되지 않고 제대로 된 시설도 없는 데다가 인적도 없으니 방범 카메라도 없습니다."

"네? 카메라가 없습니까?"

"공원 안에는 없습니다. 공원 맞은편에 편의점이 있는데 그 방범 카메라로 충분하다는 게 현실이고요."

이후는 들을 필요도 없었다.

"그 편의점 방범 카메라에 슌이 찍혔나 보군요."

"아야 양의 사망 추정 시간 전에 근처를 지나고 있었습니다."

"본인은 뭐라고 진술하고 있습니까?"

사카토는 입을 다물었다. 진술 내용은 호카리에게도 말할 수 없는 정보라는 건가.

"사카토 형사님."

호카리는 각오를 다졌다. 이쪽이 진심을 보이지 않으면 상대도 마음을 열어줄 리 없다.

"혹시 자녀 있으십니까?"

"네, 한 명 있습니다. 아직 유치원생이지만요."

"슌과 유카는 사이 좋은 남매입니다. 슌이 유카를 아끼는 마음에 마가 쓰여서 아야를 살해했다고 해도 불가능한 이야기는 아니고요."

사카토는 어이없다는 표정을 지었다. 설마 아버지가 아들의 범행을 긍정할 거라고는 생각하지 못했을 것이다.

"만약 본인이 범행을 자백했다면 슬프고 무서운 일이지만 아버지인 제가 아들의 말을 믿지 않을 수는 없습니다. 그렇게 되면 아들도 오오와 씨나 세상에 책임을 져야 한다고 생각하고요. 하지만 역으로 슌이 범행을 부인한다면 같은 이유로 저는 어디까지나 아들을 믿을 수밖에 없습니다. 같은 아버지로서 이해 부탁드립니다."

경찰로서의 직업윤리를 내세우는 사카토를 아버지의 윤리로 끌어들인다. 스스로도 비겁한 수단이라고 생각했지만 딱히 다른 효과적인 방법은 떠오르지 않았다.

사카토는 한숨을 내쉬었다. 체념이나 낙담이라고 할 수는 없지만 적어도 지금까지 입고 있던 갑옷을 벗은 듯 보였다.

"호카리 씨는 불량 학생을 훈계할 때도 이런 식으로 말씀하십니까?"

"글쎄요. 생각해본 적이 없어서 잘 모르겠네요."

"제가 중학생 때는 호카리 씨 같은 선생님은 없었습니다."

"······칭찬인가요?"

"마음대로 생각해주세요. 그럼 호카리 씨는 자녀들도 학생들에게 하는 것처럼 대하십니까?"

"슌에게 그런 지적을 들은 적이 있습니다."

"그렇군요. 슌의 완고함이 어디서 나오는지 알 것 같네요."

사카토는 쓴웃음을 짓고 있었다. 그 웃음의 이유는 분명 호카리에게는 유쾌한 것이 아니기 때문에 물어볼 생각은 하지 않았다. 그보다 먼저 물어봐야 할 것은 따로 있었다.

"슌은 일단 아야 양을 살해했다고 자백했습니다."

뒤통수를 갑자기 가격당한 듯한 충격이었다. 물론 각오는 하고 있었지만 담당 형사의 입에서 들으니 억장이 무너져내리는 것 같았다.

"다만 진술이 번복되곤 있습니다."

"아."

"처음에는 모르쇠로 일관했습니다만 이내 자백했습니다. 하지만 '비밀 폭로'는 없고요. 저희가 물으면 잊어버렸다든가 기억이 틀렸다거나. 증언이 번복되니 같은 질문을 반복하고 있습니다. 신문이 길어지는 것도 그래서고요."

사카토는 말하면서 머리를 긁기 시작했다. 의식적으로 하는 행동 같지는 않으므로 아마 그건 사카토의 버릇일 것이다.

"방범 카메라에 찍혔는데도, 삼각공원 내부에 관해 물으면 세부적인 것들이 부정확합니다. 살해 당시 상황을 물어도 정신이 없어서 기억나지 않는다고 하거나요. 대체로 용의자로서는 믿을 수 없는 진술로 일관하고 있고요."

이야기를 들으면서 호카리는 또 다른 가능성을 떠올렸다. 그것은 희망과 불안이 섞인 것이었다.

이쪽의 안색을 읽었는지 사카토는 살짝 끄덕였다.

"호카리 씨도 이상하시죠. 아무리 어려도 그렇지 살인을 해놓고 그 핵심은 기억나지 않는다니 있을 수 없죠. 그런데도 한편으로는 자신이 살해했다고 주장하고 있습니다. 형사가 아니더라도 짐작할 수 있겠죠. 슌은 누군가를 감싸고 있는 듯합니다. 그리고 슌이 감싸려는 사람은 교우관계로 볼 때 그리 많지 않고요."

사카토의 눈이 이쪽을 깊게 들여다보았다.

"호카리 씨는 알리바이가 있으시니 배제하겠습니다만."

호카리를 제외한 호카리 가족을 의심하고 있다고 말하는 것과 다름없다.

설마, 라고 생각했지만 슌의 성격을 고려하면 부정하기 어려웠다.

2

＊

결국 호카리는 슌을 데리고 오지 못했고, 오히려 점점 고뇌하는 씨앗만을 품은 채 집으로 돌아왔다.

거실에서는 사토미가 홀로 TV를 보고 있었고, 호카리가 돌아온 것도 눈치채지 못했다. 오후 시간을 보내는 주부의 모습으로는 어디서나 흔히 볼 수 있는 흔한 광경이라고 생각했지만 눈빛은 예사롭지 않았다.

증오로 가득 찬 눈빛, 자세히 보면 아랫입술을 굳게 깨물고 있었다.

말을 걸자 사토미가 겨우 이쪽을 돌아보았다.

"슌은?"

사토미는 외치듯 말하며 호카리의 등 뒤에서 아들의 모습을 찾았다. 슌을 데리러 간다는 말을 남기고 집을 나섰는데, 결국 빈손으로 돌아온 것에 의기소침해졌다. 그렇다고 사정을 말하지 않을 수도 없었다.

"못 데려왔어."

"못 데려왔다니, 아직도 계속 신문 중인 거야?"

"빨리 결론이 나올 만한 진술을 하지 않는 것 같아."

"왜 안 데려왔어? 당신 아들이야. 실제로 부당하게 끌려갔잖아. 왜 더 진심으로 임하지 않아?"

"정말로 형사한테 따졌어. 그러니 원래라면 가족에게 말해주지 않는 것까지 알려줬고."

사카토에게서 들은 내용을 차례대로 설명했다.

"이런. 아야를 살해했다고 인정하다니……."

감정이 임계점에 다다르면 인간은 이런 표정이 되는 걸까. 경악과 절망으로 안면 근육 전체가 이완되고 사토미는 아연실색한 표정이 되었다.

"아니야. 그랬다면 우리한테 알렸겠지."

진술이 번복되고 있다고 말하자 사토미는 조금은 안도한 듯했다.

"그렇겠지. 무조건 그럴 거야. 슌도 갑자기 끌려가서 동요하는 거잖아. 그러니 진술도 자꾸 바뀌는 걸 테고."

호카리는 계속 설명하면서도 슌이 누군가를 감싸고 있을 가능성에 대해서는 조심스럽게 언급을 피했다. 그렇게 행동한 데에 명확한 이유는 없었다. 단지 본능적으로 사토미나 유카에게 말해서는 안 된다고 느꼈을 뿐이었다.

— 슌이 감싸려는 사람은 교우관계로 볼 때 그리 많지 않고요.

사카토의 의미심장한 말이 머릿속에서 울렸다. 슌이 감싸려는 사람, 그리고 오오와 아야에게 원한을 품은 자는 호카리를 제외하면 두 명밖에 떠오르지 않았다.

그리고 지금 그중 한 명인 사토미는 아들의 말과 행동을 전해 듣고 일희일비했다.

"불쌍한 슌. 평소에는 그렇게 강인해도 아직 어린 애야. 무서운 경찰들에게 둘러싸여 신문 받으면 하지 않은 일도 무심코 했다고 말하게 될 거야, 분명."

그건 아니다.

사카토는 결코 언어나 신체 폭력으로 진술을 받아낼 형사가 아니다. 호카리는 적어도 누군가의 부모이기도 한 사카토를 그런 형사라고 생각하고 싶지 않았다.

"곤욕을 당하고 있는 건 아니겠지? 어둡고 불결한 감옥에 갇혀 있는 거 아니겠지?"

"소년 전용 보호실이라는 곳이 있대. 출입이 자유롭지는 않아도 철창으로 둘러싸인 방은 아닌 듯해."

"그래도 경찰 시설인 건 마찬가지잖아. 도대체 언제 돌아오는 거야."

잠잠해지는 듯했던 사토미의 태도가 다시 급변했다. 호카리를 부여잡고 마치 형사를 상대로 하듯 적의를 드러냈다. 어떻게 봐도 평소와 달랐다.

"당신이야말로 도대체 어떻게 된 거야?"

사토미의 어깨를 움켜쥐고 억지로 떼어냈다.

"우리가 소란을 피운다고 슌이 바로 풀려나는 것도 아니야. 경찰이라고 그 녀석이 유일한 용의자라고 단정 지은 것도 아니고. 좀 침착해."

"이런 걸 보면 차분히 있을 수가 없어."

사토미는 TV 화면을 가리켰다. 사토미를 달래는 데 집중하느라 영상도 음성도 머리에 들어오지 않았다. 하지만 화면 우측 상단에 있는 자막을 보고는 호카리도 깜짝 놀랐다.

— 초등학교 여자아이 살해. 용의자는 중2 남학생

— ……이런 경과로, 센주 경찰서는 어젯밤, 그 중학교 남학생에게 임의출두를 요청했다고 합니다.

— 동기는 밝혀졌습니까?

— 저희가 입수한 정보에 따르면 살해당한 오오와 아야 양은 얼마 전 자살 시도를 했던 초등학교 여학생을 괴롭혔던 그룹의 리더이며, 용의자로 조사를 받고 있는 남중생은 자살 시도를 했던 여학생의 오빠라고 합니다.

— 여동생의 원수를 갚으려는 걸까요?

— 경찰에서는 아직 정식 발표가 없어서 뭐라 말할 수 없습니다만 만약 여동생의 원수를 갚는다고 할지라도 이건 지나친 감이 있습니다.

— 지나치다기보다도 명백한 범죄이니까요. 이건 아닙니다.

데이토 TV의 '애프터눈 재팬'이었다.

"지금 말하는 아나운서들, 유카 자살 시도 때에는 가해자 측을 그렇게 비난했으면서."

사토미는 분함을 참을 수 없다는 듯이 두 손을 움켜쥐었다. 엄청난 힘으로 움켜쥔 듯, 주먹의 뼈가 튀어나와 있었다.

— 일본은 복수를 허용하지 않습니다. 법치국가이니까요. 아무리 여동생이 자살 시도까지 내몰렸다고 하더라도 그 장본인에

게 손을 대는 것은 너무 어린애 같은 사고회로라고 해야 할까요. 유치한 폭력성을 느끼게 됩니다.

— 그렇습니다. 눈에는 눈, 이에는 이까지는 아니어도 이러한 지극히 단순한 행위가 폭력의 연쇄로 이어지는 듯합니다.

"뭐가 폭력의 연쇄라는 거야. 아직 슌이 범인이라고 확정된 것도 아닌데."

— 도의적인 문제는 제쳐두고, 자살 및 자살 시도와 집단 괴롭힘 사이의 연관관계는 유서가 없는 한 입증하기 어렵습니다. 하지만 일단 살인이 발생하면 인과관계의 문제가 아니라 명확한 범죄가 되니까 용의자를 체포해 송치할 수밖에 없고요. 이러한 사실에서 보면 피해자 가족의 과잉 방어나 단순한 복수라는 쪽이 더욱 짙어집니다.

호카리도 참을 수 없어서 TV 전원을 껐다.

방심할 수 없는 눈빛을 한 효도의 얼굴이 떠올랐다.

저 자식, 정보를 끌어낼 만큼 끌어내고서는 태세가 바뀌자마자 손바닥을 뒤집었다. 어제까지 피해자 취급을 했으면서 오늘부터는 완전히 가해자 가족 취급을 했다.

마음속에서 시커먼 감정이 끓는점에 도달하려고 했다. 다만 그 화살은 효도를 향한 것이지만 한편으로는 자신을 향한 것이기도 했다.

효도가 신뢰할 수 없는 남자라는 것은 첫 만남 때부터 알았다.

그럼에도 제안에 응해 오오와 아야의 정보를 흘린 것은 호카리였다. 옆에 있던 사토미의 만류에도 최종적으로 판단한 것도 효도에게 말한 것도 호카리였다. 자살 시도와 관련해 언론 보도를 과열시킨 것도 자신이다. 그러니 이런 식의 역전된 상황에서의 보도도 호카리가 씨앗을 뿌린 셈이었다. 즉 누워서 침을 뱉은 격이다.

자기혐오와 죄책감으로 메스꺼웠다. 서 있기도 힘들어져서 호카리는 근처에 있는 의자에 힘없이 앉았다.

"당신."

같이 의자에 앉은 사토미와 눈이 마주쳤다. 여전히 병적인 빛을 띠는 눈에서 호카리에게까지 열기가 전해졌다.

"슌, 데리고 와."

"아까도 말했잖아. 본인이 진술을 번복한다니까."

"아직 열네 살이야. 그런 애에게 책임을 지우면 어떡해?"

열에 들뜬 목소리지만 거역할 수 없는 단단함이 있었다. 엄마로서의 단단함인지, 믿을 수 있는 자의 단단함인지는 알 수 없지만 호카리가 상대할 수 없다는 것은 확실하다. 헛된 집념 앞에서 자신은 너무나 무력했다.

"무슨 수단을 써도 좋으니 슌을 데리고 와. TV에서 이런 식으로 말하기 시작하면 슌을 괴롭히려는 사람이 분명 생길 거야. 부모가 슌을 지켜야지."

요청 자체는 타당했지만 수단을 가리지 말라는 측면에서 범상치 않은 점이 있었다. 하지만 머리로는 알아도 호카리는 거절하기 어려웠다. 자신이 씨를 뿌렸다는 죄책감이 호카리에게서 반발심을 빼앗아가고 있었다.

반발할 수 없었다. 하지만 절충안이라면 강구할 수 있었다.

"나도 슌을 데려오고 싶어. 그렇다고 한 손에 권총을 들고 경찰을 위협할 수는 없지."

사토미의 열을 식히기 위해 천천히 타이르듯 설명했다.

"경찰서에서 데려오는 건 당연한데, 그 전에 해야 할 일이 있어."

"뭔데?"

"슌과 직접 이야기하는 거야. 나도 당신처럼 내 아들을 믿어. 하지만 이번 사건에 대해서 슌 자신한테서는 어떤 이야기도 감정도 듣지 못했어. 우리가 무슨 행동을 한다고 해도, 그 전에 본인 입으로 진심을 들어야 할 것 같아."

사토미는 심히 불쾌한 표정을 지었지만 그래도 호카리의 주장을 어느 정도 이해한 듯했다. 그 후 마지못해 고개를 끄덕였다.

"그런데 유카는 어때?"

"방에서 한 발자국도 안 나와. 식사는 방 앞에 두면 어느샌가 먹더라고."

"그러다 곧 히키코모리가 될 텐데."

"자신에 이어 슌까지 이런 상황이 됐어. 히키코모리가 되어도 누구도 유카를 비난 못 해."

그럼 6월 2일 밤에는 어땠을까.

막 퇴원한 유카는 지금처럼 자기 방에 틀어박힌 적이 많았다. 하지만 그때는 재활을 할 겸 방은 물론 집에서 나가기도 했다. 외출이 가능했다면 오오와 아야를 만날 수도 있었을 것이다.

사건 당일, 유카는 계속 집에 있었을까. 그것도 확인해야 하지만 사토미에게 확인할 수는 없다. 이상하게도 직감이 예리한 사토미는 그 질문 하나로 호카리가 유카를 의심하고 있음을 알아차릴 것이다.

"히키코모리는 습관이 돼. 당분간은 어쩔 수 없겠지만 곧 밖으로 나가려고 해야 해. 적어도 슌이 연행되기 전까지는 회복 중이었나. 아니, 그날도 계속 자기 방에 있던 건가."

아무렇지 않게 묻자 사토미는 새삼스럽다는 얼굴로 이렇게 말했다.

"나도 온종일 지켜본 건 아니니까 계속 있었다고는 말 못 해. 저녁 장을 보러 오후에 나갔을 때는 집에 유카만 있었고."

슌이 조사를 받았다는 뉴스를 접했을 때는 거부반응을 보였지만 현 상태로서는 외부 정보에 의존할 수밖에 없었다. 호카리는 답답한 마음으로 사토미와 단둘이 거실에서 TV 채널을 돌리고 있었다.

아니, 이게 전부는 아니다.

호카리의 마음속에는 자해 충동이나 끔찍한 것을 직접 보고 싶은 충동이 숨겨져 있는 듯해 스스로도 놀랐다. 순의 조사를 보도한 뉴스를 혐오하는 한편, 후속 보도를 확인하고 싶은 기분이 머리를 내밀고 있었다.

언론의 움직임이 뜸하다면 인터넷을 보면 된다. 자기 방으로 돌아온 호카리는 목마른 자가 물을 구하듯 컴퓨터를 켰다. 같은 정보를 공유하고 싶은지 사토미도 따라왔다.

'아다치구 초등학교 여자아이 살해'라고 검색 키워드를 넣자 바로 몇십 건의 웹사이트가 나왔다. 그것들을 빠르게 하나하나 열어보았다.

그리고 바로 후회했다. 인터넷 바다는 범죄자와 그 가족에게 는 냉혹했고 그 파도는 폭력 그 자체였다. 블로그에 SNS. 영상 투고 사이트에 대형 게시판. 도마 위에 오른 초등학교 여자아이의 살해 용의자와 그 가족은 그들의 먹잇감이었다.

— 모처럼 집단 괴롭힘 피해자를 옹호해줬더니 설마 피해자 측이 직접 손을 쓸 줄이야.

— 개인의 복수는 제한적으로 인정하고 싶다.

— 용의자 열네 살이라고. 흐흐흐. 이거 복수의 이름을 빌린 분풀이가 아냐?

— 어쨌든 초등학생에게 손을 댄 시점에서 아웃.

— 중2래. 중2병 그 자체잖아? 분명 자신을 고독한 히어로인지 뭔지로 착각하고 있을걸.

— 그런데 살해 방법이나 흉기 등등, 정보가 별로 없는데.

— 보도 안 하는 게 아니라 보도할 수 없을 정도로 사체의 손상이 심각하다면.

— 너무 잔인한 방식이면 방송법에 저촉되겠지.

— 여자애를 조각조각.

— 사체의 일부를 먹었다든가. 우엑.

— 이건, 보복의 범주를 넘었네.

— 심연을 들여다보면 심연도 그 사람을 들여다보지.*

욕설과 비방으로 얼룩진 말들을 보고 있자니 은근히 골탕을 먹는 듯한 착각에 빠졌다. 하지만 다음의 웹사이트 문구는 은근히 골탕을 먹이는 게 아니라 대놓고 손도끼로 머리를 깰 정도로 위력을 휘둘렀다.

＊ 프리드리히 니체의 『선악의 저편』에 나오는 말로, 다음의 맥락을 참고할 것. "괴물과 싸우는 사람은 그 싸움 속에서 스스로 괴물이 되지 않도록 조심해야 한다. 우리가 괴물의 심연을 오래 들여다본다면, 그 심연 또한 우리를 들여다보게 될 것이다."

― 호카리 유카 가족은 범죄자 가족으로 전락했네.

유카의 실명에서 한동안 눈을 뗄 수 없었다. 생각해보면 그럴 만도 하다. 익명 게시판에 유카의 실명도 오오와 가족의 프라이 버시도 이미 공개되었으니 새삼 놀랄 일도 아니다.

그래도 유카와 호카리 가족을 콕 짚어 비난받으면 마음이 편하지 않았다. 슬쩍 사토미를 보자 아까의 분노가 되살아났는지 다시 표정이 험악해져 있었다.

― 집단 괴롭힘을 주동했던 오오와 아야를 향한 악의보다 더한 악의를 호카리 유카 가족에게 향해야 해. 그래야 균형이 맞아.

― 저쪽은 단순한 괴롭힘인데 이쪽은 살인이니까.

― 호카리 유카의 아버지 말야, 학교 선생 아니었어? 그러니 이중의 의미에서 아웃이네.

더는 사토미와 함께 볼 용기가 나지 않아 검색 화면으로 돌아갔다.

언론이 말하지 않는 것, 말하기 곤란한 것을 인터넷은 아주 쉽게 흘러보낸다. 책임도 없고 지켜야 할 규칙도 없으니 멋대로 사람을 공격할 수 있다. 처음에는 오오와 가족에게 퍼부었던 욕을 이제 호카리 가족에게 퍼부으면서도 부끄러워하지 않는다.

"게시판 봐봐."

사토미가 작게 말했다. 적어도 호카리 가족에게 호의적이었던 익명 게시판은 다르지 않을까 기대했을 것이다. 사토미의 말에 따라 그 게시판을 연 호카리는 또 후회하고 말았다.

— 특정 완료. 용의자는 호카리 슌, 열네 살.

— 경찰 대응 빠르네.

— 본인은 복수의 주인공 같아 기분 좋겠지만 딸을 살해당한 오오와 다이조, 이쓰미 부부 입장에서는 참을 수 없는 일이지.

— 호카리 유카가 괴롭힘을 당할 때도 오오와 아야 쪽 관계자한테서는 반응이 없었는데, 이번에도 그러려나. 설마.

— 세상에는 계정이 없는 사람도 많으니까. 인터넷에 죽치고 있는 게 실제로는 소수파라고.

— 호카리 슌에게는 곧 사법의 손길이 미칠 겁니다. 사법의 손길이 닿지 않는 호카리 가족에게 제재를 가하는 것이 우리 네티즌들에게는 정의.

— 전에는 오오와 다이조 씨 회사에 항의 전화를 했으니 이번엔 호카리 씨가 근무하는 학교에 항의 전화를 해야 공평하지.

— 용의자 슌은 송치됐다 해도 열네 살이니까 사형은 피할 거야. 그럼 그 부조리를 가족들이 보상해줘야 해.

실제로 작성자의 저주 섞인 목소리가 귓가에서 들리는 듯한 기분이었다.

사토미는 그녀들의 악의에 휘말린 듯 휘청이며 자리에서 일어나 불안한 발걸음으로 거실로 사라졌다.

Ǝ

marchim내 슌과의 면회가 허용된 것은 사흘 후, 토요일이었다.

"빨리 가야 해."

센주 경찰서에서 연락이 오자마자 사토미는 슌이 갈아입을 옷과 영치품을 준비했다. 경찰서로부터 영치품에 관해 주의사항은 들었다.

호카리도 처음 알게 된 것으로, 반입 가능한 것은 서적에 의류, 그리고 현금.

단, 의류는 자살 예방을 위해 끈이 달린 것은 불가. 음식을 직접 반입할 수는 없지만 유치장 안에 있는 도시락을 주문할 수는 있다. 현금이 반입 가능한 것은 이런 이유 때문인데, 아마도 반입한 음식에 이물질이 섞여 있는 상황을 방지하기 위함일 것이다.

"먹는 것이나 입는 걸로 비참함을 느끼게 하고 싶지 않아. 그렇다고 많이 가져가면 또 유치가 길어지는 걸 당연시하는 것 같아서 싫고."

"매일 가면 되잖아."

"매일 면회가 가능한 것도 아니니."

면회 한 번에 세 명까지 입실이 가능하다. 유카도 함께 가자고 해봤지만 아직은 쉽게 외출할 수 있는 상태는 아니라며 사토미가 제지했다. 모처럼 등교를 재개했는데 슌이 사카토에게 끌려감으로써 유카가 또 자기 방에 틀어박혀버렸다. 이런 상황에서 유카를 무리하게 외출하게 했다가는 역효과가 생길 것이라는 점에는 호카리도 동의했다.

둘이서 센주 경찰서로 향하자 사카토가 맞이하러 나왔다.

"죄송합니다만 면회 시간은 15분입니다."

"겨우 15분이요?"

"죄송합니다, 어머님. 규칙이라서요. 오늘부터 면회는 변호사를 빼고 하루에 한 번입니다."

사카토의 안내를 따라 호카리와 사토미는 면회실로 향했다. 보호실에 있다고 해도 면회는 유치장과 같은 조건에서 이루어진다는 게 묘하게 신경 쓰였다.

경찰서 1층은 구청의 그것과 별반 다르지 않았다. 파티션으로 나뉜 구역마다 직원이 책상 위 컴퓨터와 서류를 살피고 있었다. 그 광경을 바라보고 있자니 경찰도 자신과 같은 지방 공무원이라는 것이 실감 났다.

곧이어 들어간 면회실은 몹시 스산했다. 장식도 아무것도 없는 하얀 벽에 조도가 낮은 조명, 세 사람이 겨우 앉을 수 있는 크기였다. 아크릴판으로 차단된 반대편 공간은 더욱 좁은 데다가 서 있기도 힘들 것이다.

이쪽 공간에는 다른 경찰이 서 있었다. 사카토의 설명에 따르면 그는 구치소 직원으로, 호카리 일행과 슌의 대화를 감시하는 역할이라고 했다.

"그럼, 천천히."

제한 시간 15분에 무슨 천천히란 말이냐. 사카토를 노려보고 싶었지만 아크릴판 건너편으로 나타난 사람의 모습에 시선을 빼앗겼다.

슌이었다.

임의동행했을 때 복장 그대로, 수염이 조금 자라 있었다.

"슌."

먼저 달려간 것은 사토미였다. 아크릴판에 얼굴을 갖다 대며 몹시 지쳐 보이는 슌에게 조금이라도 가까이 가려고 했다.

"슌, 괜찮아? 심한 짓 당하지 않았어? 구타당했다거나."

사토미의 격렬한 태도에 슌이 천천히 얼굴을 들었다.

"엄마는 쓸데없이 형사 드라마를 많이 본다니까요. 저는 아직 열네 살 중딩이라고요."

"밥은 잘 먹고 있어? 배고프진 않고?"

"식사는 아침 점심 저녁으로 나와요. 아, 보리 섞인 밥에 반찬도 맛이 싱거워서 건강에 좋고. 형무소 다이어트란 게 무슨 뜻인지 잘 알겠더라고요."

보호실에 갇혀 있어도 깐죽거리는 말투는 여전한 걸 보고 호카리는 안도하며 마음을 쓸어내렸다. 이는 슌의 정신력이 강해서가 아니라 사카토 일행의 조사가 우려한 것만큼 가혹하지 않았기 때문일 것이다.

그렇다면 왜 피곤해 보이는 걸까.

"잠은 잘 자고 있니?"

호카리가 묻자 슌은 성가시다는 듯 이쪽을 보았다.

"베개가 바뀌면 못 자요."

수면 부족인 것은 감추지 않았다. 하지만 잠들지 못하는 건 분명 다른 이유 때문일 것이다.

"갈아입을 옷, 조금이지만 가져왔어. 그리고 돈. 그런 밥으로는 배가 차지 않을 테니 먹고 싶은 거 사 먹어. 그리고."

열에 들뜬 것처럼 계속 말하는 사토미를 손으로 제지하고, 호카리는 아들을 정면으로 바라보았다.

"먼저 분명히 해야 해. 그래서 묻는 거야. 솔직하게 답해."

호카리의 진심이 전해졌는지 슌의 얼굴에서 허세가 사라졌다.

"오오와 아야를 죽이지 않았지?"

"당신."

사토미가 눈을 부릅뜨고 항의했다.

"왜 그런 걸 물어?"

"아직 한 번도 본인 입으로는 못 들었어."

"물어보지 않아도 알잖아."

"아냐 모르느냐의 문제가 아니야. 슌 자신의 말을 믿냐 아니냐
의 문제이지."

사토미에게는 눈길도 주지 않고 호카리는 정면에 있는 슌을
눈 하나 깜빡이지 않고 주시했다.

아들의 눈을 이렇게 계속 보는 것도 몇 년 만일까. 호카리는
기억 속 서랍을 뒤져보았다.

슌이 초등학생이었을 때 같은 반 친구의 게임기가 도난당했던
적이 있었다. 그때 피해자 남자를 싫어했다는 이유로 용의자 중
한 명으로 슌이 거론되었다.

교내 사건이라 알리바이 조사나 지문 채취는 없었다. 자칫 소
란을 키우면 단순히 학급의 문제가 아니게 되어 소지품 검사도
하지 않았다.

요약하자면 담임과 학생들의 일대일 문답이 범인 찾기의 전부
였다.

슌이 학교에서 용의자 한 명으로 거론된 것을 안 호카리는 그
날 밤 본인에게 진위를 물었다. 추궁한 것은 아니었다. 그냥 지금
처럼 상대의 눈을 똑바로 보며 한마디만 물었다.

네가 훔친 거니, 라고.

그러자 슌은 아니, 라고 한마디 말만 했다. 호카리에게는 그걸로 충분했다. 본인이 훔치지 않았다고 분명히 말하면 그 말을 믿을 수밖에 없지 않은가.

그 사건은 결국 다른 학생의 짓임이 밝혀졌고 호카리는 자신이 내린 판단에 만족했다.

그리고 지금도 또 호카리는 자신의 판단 재료로서 슌의 말을 기다리고 있다.

대답해.

아니, 대답해줘.

자신은 결백하다고, 확실히 말해줘.

그렇게 해주면 너를 믿어줄 수 있다.

호카리와 슌의 눈빛 교환이 계속되었다. 상황을 파악했는지 사토미도 숨을 죽이고 두 사람의 대화를 지켜보았다.

몇 분 동안 서로를 쳐다보았을까. 이윽고 슌은 호카리에게서 시선을 피해 내뱉듯 말했다.

"……안 했어요."

"믿어도 되겠니?"

"믿을지 말지는 아빠에게 달렸겠죠."

"당신. 슌이 안 했다고 말했잖아."

더 이상 추궁할 수 없어 호카리는 아들의 표정을 살필 수밖에 없었다. 슌은 입술을 오므린 채 여전히 이쪽을 정면으로 보려고 하지 않았다.

왜 똑바로 정면을 보려 하지 않는 걸까.

"알았어. 네 말을 믿으마. 그러니 말해줘."

천천히 슌이 시선을 돌렸다. 허세와 초조함이 뒤섞인 불안정한 눈빛이었다.

"신문 때 무슨 질문을 받았지?"

슌이 입을 열려는 순간, 구치소 직원이 끼어들었다.

"수사상 기밀입니다. 멈춰주세요."

또다시 슌이 우울한 시선을 던질까 봐 걱정했지만 예상과는 다르게 고개를 떨굴 뿐이었다.

오히려 호카리가 불안해졌다. 유카 사건 이후 자주 반항적인 태도를 보였지만 원래 태생적으로 부조리나 억압을 혐오하던 아이다. 그런 슌이 경찰의 말 한마디에 꼬리를 내리는 것은 역시 신문이 열네 살 아이에게는 가혹했다고밖에 생각할 수 없다.

"그럼, 아야가 살해당한 6월 2일에 대해 물으마. 그날 동아리가 늦게 끝나서 나보다 조금 늦게 집에 돌아왔었지?"

시간은 오후 7시 40분경. 슌이 더 늦는 적은 별로 없어서 정확히 기억했다. 슌도 솔직하게 고개를 끄덕였다.

"넌 농구부였지. 대회를 앞두고 있으면 연습하느라 집에 늦게 오는 것도 당연해. 신문 때 그걸 제대로 설명했나?"

순은 이 말에도 끄덕였다. 하지만 호카리는 사카토에게 들어서 알고 있었다. 오오와 아야가 사망했다고 추정되는 시간 전에, 순의 모습이 범행 현장 근처에 있는 방범 카메라에 찍혔다.

"아야의 사체는 삼각공원에서 발견됐어. 그런데 네 중학교에서 집까지 오는 길에는 삼각공원은 없지. 도대체 무슨 용건 때문에 그런 곳에 들렀지?"

"당신."

사토미가 다시 한번 비난 섞인 목소리로 호카리를 제지했다.

"당신은 가만히 있어. 이 점을 확실히 하지 않으면 순의 혐의를 풀 수 없으니까."

몇 번이나 말씀드리지만, 이라며 구치소 직원이 말을 잘랐다.

"사건 관련 내용은 말하지 말아주십시오. 경찰 수사에 영향을 줍니다."

순간, 순의 얼굴에 안도감이 비치는 것을 호카리는 놓치지 않았다.

침묵을 지키는 것이 좋지 않다고 판단한 듯 순은 구치소 직원의 안색을 살피면서 작은 소리로 말했다.

"삼각공원 근처에 편의점 있잖아요. 거기서만 파는 물건이 있어서."

평소의 말투였지만 그것만으로는 진위를 판단할 수 없었다.

"그 편의점에서만 파는 물건이 뭐지?"

"그런 거 캐묻지 않아도 괜찮아. 그런 게 있다잖아, 실제로."

순의 또래들이 등하굣길에 편의점에 들른다는 사실은 잘 알고 있었다. 꽤 오래 머물러서 몇 번이나 교무회의 안건으로 올라왔을 정도였다. 자연스럽게 단골 가게를 매개로 한 '편의점 문화'가 존재하는 것도 익히 들어서 알고 있었다.

그렇다고 순의 진술을 곧이곧대로 믿을 수도 없었다. 경찰은 분명 진술에 대해서도 조사했을 것이다. 가게에 들어갔다고 했다면 매장 내 방범 비디오도 조사했을 것이다. 그렇게 해서 순의 알리바이가 성립한다면 경찰서에 구금할 필요도 없다.

아들을 의심하고 싶지는 않았다. 하지만 한편으로 사카토 일행이 아무 의심점이 없는 열네 살 소년을 구금할 리도 없었다. 전자는 아버지로서, 그리고 후자는 같은 공무원인 교사로서의 관점이었다.

제발 그만.

호카리는 여전히 두 입장의 간극에 괴로워했다. 이건 호카리의 자질을 시험하는 시련인가, 아니면 둘 중 하나를 버리라는 누군가의 계시인가.

지금 여기 있는 자신은 호카리 순의 아버지다. 그렇다면 아버지로서 해야 할 일을 생각하자. 고민하는 차에 겨우 아버지다운 말이 떠올랐다.

"영치품 외에 뭔가 하고 싶은 것 있니?"

그러자 슌의 눈빛이 옅게 빛났다.

"여기서는 할 수 없는 일, 아무에게도 말할 수 없는 일이 있겠지. 무엇이든 좋으니 말해. 우리가 할 수 있는 일이라면 뭐든지 해줄 테니까."

이번에는 망설이는 기색을 보였다. 호카리 일행과 구치소 직원을 번갈아 보며 입을 반쯤 벌리고 있었다. 등을 밀어달라는 듯한 얼굴이었다.

무슨 말을 하려고 한다.

얼른 말해.

호카리가 초조한 마음으로 기다리고 있는데 매정한 목소리가 두 사람 사이에 끼어들었다.

"시간 다 됐습니다."

구치소 직원의 말과 동시에 아크릴판 건너편 측에서도 경찰이 나타나 슌을 일으켜 세웠다.

"슌."

사토미도 따라 일어섰지만 슌과의 거리는 점점 멀어져 갔다.

그리고 호카리 일행의 앞에서 슌은 퇴장하고 있었다.

"면회 끝났습니다. 다른 면회도 있으니 이만 돌아가 주십시오."

떨치기 어려운 미련을 남긴 채 면회실을 나오자 정면의 벽을

등지고 사카토가 서 있었다.

"수고하셨습니다."

점잔 빼는 말투가 맘에 들지 않아 호카리는 이내 반문하고 싶어졌다.

"수고라고 할 정도로 많이 말하지 못했습니다."

"그렇습니까. 15분, 부모님에게 꽤 많은 걸 전달할 수 있는 시간 아닙니까?"

능청스러웠다. 면회실에 들어간 순간 천장 근처에 감시 카메라가 설치되어 있는 것을 알아차렸다. 분명 면회 때 슌과 나눈 대화도 전부 녹취되었을 것이다.

어쨌든 자신이 맨주먹이라는 것을 다시금 깨달았다. 세상에는 애정이나 고집만으로는 안 되는 일도 있다. 이번처럼 가족의 혐의를 벗겨내는 것도 그중 하나다.

정보다.

지금 자신에게 필요한 것은 사건에 관한 자세한 정보다.

"형사님, 알려주세요."

숙이고 싶지 않은 고개를 숙였다. 지금은 사카토의 선해 보이는 겉모습에 희망을 걸어보는 수밖에 없었다.

"오오와 아야의 사망 추정 시각은 몇 시입니까? 그날 슌의 행동을 경찰은 어디까지 좁혔습니까?"

"그걸 물어서 어쩌실 생각이십니까?"

사카토는 선한 모습은 유지한 채 거의 감정 없는 목소리로 반문했다.

"범행 시각과 슌 군의 알리바이가 성립하지 않는다는 사실을 알면 호카리 씨는 어떡하실 건가요? 새로운 용의자를 찾으실 건가요, 아니면 슌 군의 알리바이를 다시 검증할 겁니까?"

조용한 말투로 다그치자 압박이 느껴졌다. 한심하게도 호카리는 바로 반박할 말을 잃었다.

"슌 군의 혐의를 벗기려는 두 분의 심정은 이해합니다. 하지만 실례지만 아마추어가 프로의 일을 흉내 낸다거나 다시 짚어본다거나 해도 폐만 끼칠 뿐입니다."

"폐라니…… 제 아들 일이에요."

"그럼 호카리 씨. 참관수업 때 호카리 씨가 한창 수업 중인데 뒤에 있던 학부모가 수업 내용에 관해 엉뚱한 지적을 하면 어떻게 받아들이실 겁니까?"

정확한 비유에 호카리는 침묵했다. 프로들의 현장에는 프로의 논리와 지식이 축적되어 있다. 아마추어가 섣불리 끼어들어도 본인만 들뜰 뿐 자리는 흐트러지기 마련이다.

"경찰은 아직 슌 군을 범인이라고 확정 짓지 않았습니다. 슌 군을 생각해서라도 자중해주세요."

그 말 만을 남기고 사카토는 발걸음을 돌려 복도 저편으로 사라졌다.

호카리는 사토미가 구치소 직원에게 갈아입을 옷과 현금을 건네는 것을 확인하고는 말했다.

"먼저 돌아가."

"당신은 어떡하려고?"

"잠깐 들를 데가 있어."

오늘이 토요일이라서 다행이었다. 불현듯 떠오른 생각으로 직장이 쉬지 않았다면 바로 행동으로 옮길 수 없었을 것이다.

호카리가 찾아간 곳은 미나토구에 사옥을 두고 있는 데이토 TV였다. 1층 접수처에서 효도의 이름을 말했지만 접수처 여자의 응대는 몹시 냉담했다.

"사전에 약속은 잡으셨나요?"

프로그램에 클레임을 제기하려고 온 시청자라고 생각하는지 말끝마다 경계심이 묻어났다.

"저는 '애프터눈 재팬'이 다룬 뉴스의 관계자로."

"프로그램에 관한 의견은 시청자 게시판에 부탁드립니다."

"취재 요청에 응했던 호카리라고 합니다. 전해만 주시면 아실 테니."

집요하게 매달리자 마침내 접수처 여자도 포기한 듯 보도국에 전달했다. 다만 전화 응대를 보건대 그쪽 반응도 좋은 것 같지 않았다.

"일단 기다려주세요."

'잠시'가 아니라 '일단'이라는 말에서 은근한 악의가 느껴졌다. 그렇다고 복도에서 난동을 부릴 엄두도 나지 않아 얌전히 소파에 앉아 기다리기로 했다.

5분, 10분이 지나 점점 지칠 때쯤 이윽고 효도가 나타났다.

"어우, 기다리게 해서 죄송합니다."

실실 붙임성 있게 웃지만 눈은 웃고 있지 않다.

"이번 일은 참 힘들게 되었네요."

태연한 말투에 호카리는 도저히 믿을 수 없었다. 자신이 오오와 아야의 이름을 듣고 단독 취재를 시작한 것이 데이토 TV라면 조사에 출두한 슌을 가장 먼저 용의자 취급한 것도 데이토 TV였다. 아무렇지도 않게 언제나 불을 키워 '대란'을 일으킨 장본인 아닌가.

"약속을 이행해주셨으면 합니다."

"약속?"

"상호 정보를 제공하기로 약속했잖습니까. 제가 오오와 아야의 이름을 제공했으니 이번에는 데이토 TV가 얻은 정보를 제공할 차례입니다."

효도는 작게 신음하더니 곧 주위를 둘러봤다.

"자, 이런 곳에서 그런 이야기를 할 수 없으니 이쪽으로."

효도는 밀담을 나누기에 적절한 좁은 휴게실로 호카리를 안내했다.

"곤란합니다, 호카리 씨."

휴게실로 들어서자 효도가 즉시 회유에 나섰다.

"저도 언론인이라서요. 취재원이 노출될 수 있는 발언은 삼가주시죠."

"가만히 있을 수 없는 상황이란 건 효도 씨도 잘 알고 계실 텐데요."

"슌 군이 센주 경찰서에 임의동행한 거 말이시죠?"

"모르는 척 좀 하지 마세요. '애프터눈 재팬'에서는 이미 확정된 것 같은 태도로 보도하셨잖아요."

"아아, 그건 다분히 캐스터 개인의 견해예요. 방송국이나 프로그램의 스탠스는 언제나 공정 중립, 비편향입니다."

이런 걸 두고 후안무치라고 하는 건가. 하지만 무작정 화를 낸다고 이야기가 진행되지는 않는다. 자신은 항의하러 온 게 아니라 약속을 이행시키려고 온 것이다.

"데이토 TV 측이 조사하는 과정에서 얻은 정보를 제공하겠다고 약속했잖습니까."

"네, 정확히 기억합니다. 그래서 안타깝게 생각하고요."

"그건 또 무슨 말입니까?"

"그때 했던 약속에서 저희가 제공할 정보는 아야 양과 그 가족에 관한 것이었죠. 아야 양이 유카 양의 자살 시도에 관해 어떻게 생각하는지, 그 부모는 어떤 태도를 보일지…… 분명 그랬었죠?
그런데 이미 사건의 핵심인 아야 양이 살해당했습니다. 그리고
아야 양이 사망한 지금, 오오와 씨 부부에게 유카 양의 자살 미수
를 거론해봤자 의미가 없고요. 즉 호카리 씨가 교환조건으로 내
걸었던 정보는 사실상 존재하지 않게 된 겁니다."

우쭐한 듯한 목소리가 귀에 거슬렸다.

"반박하는 것 같지만 데이토 TV 측이 정보를 조금 더 빨리 제
공했다면 이번 살인은 일어나지 않았을 수도 있습니다."

"그거야말로 무슨 뜻입니까?"

"범인이 누구인지에 대한 것은 차치하고, 범행 동기는 아야에
대한 증오겠죠."

"그건 부정하지 않습니다."

"바꿔 말해 데이토 측에서 제공한 정보를 바탕으로 저희가 화
해 테이블에 앉았다면 앙금도 사라지고 아야를 향한 비난도 잠
잠해졌을 테죠. 당연히 아야가 살해당할 이유도 엷어지겠고요.
아야를 죽음의 심연으로 내몬 건 데이토 TV 측의 태만일지도 모
릅니다."

"억지예요."

효도는 분개하듯 말했다.

"심해도 너무 심하네요."

"효도 씨처럼 억지라고 생각하는 사람도 있겠죠. 하지만 언론

에는 좌파도 있고 우파도 있습니다. 살인사건을 유발한 요인 중 하나로 데이토 TV의 태만에 주목하는 잡지사가 한두 군데 정도는 있지 않겠습니까?"

"호카리 씨, 설마."

"데이토 TV 측의 밀약은 밀약으로 둔다는 조건으로 다시 이야기해볼 수 있을까요?"

고심 끝에 떠올린 책략이었지만 의외로 효도는 당황스러워했다. 최근 데이토 TV는 BPO(방송윤리, 프로그램 향상 기구)에서 세 차례 권고를 받은 바 있어, 방송국의 스캔들로 발전할 것 같은 사안은 최대한 피하려고 할 것이다.

효도의 얼굴에서 여유가 사라졌다.

"호카리 씨도 만만치 않으시군요."

"소중한 것을 지키기 위해서 이렇게 되더군요."

엄밀히 말하면 그건 아니었다. 지금까지는 교사로서의 자의식이 자신을 억누른 것이다.

"뭐, 확실히 호카리 씨가 말씀하신 대로 제가 일방적으로 정보를 받기만 했네요. 그건 인정합니다. 하지만 다시 이야기를 하자고 하셔도 이미 사망한 아이와 그 유족에게서 정보를 얻을 수는 없습니다."

"제가 원하는 건 아들의 정보입니다."

"슌 군의 정보 말입니까?"

"우리 아들이 왜 끌려갔는지, 경찰 조사는 어디까지 어떤 식으로 진행되고 있는지. 우리 부부에게 그런 정보가 전혀 들어오지 않아서요."

"심하게 들리실 수도 있지만 관계자시니까요. 경찰도 쉽사리 사건관계자에게 수사 정보를 흘리지 않겠죠."

"하지만 언론사는 다릅니다. 수사본부에 계속 붙어 있을 테고, 독자적으로 취재도 할 거고요."

"그건 그렇습니다. 경찰발표를 기다리기만 해서는 특종을 잡을 수 없으니까요."

"제가 원하는 건 그런 종류의 정보입니다."

호카리의 눈이 효도를 정면에서 응시했다. 뺀질뺀질해서 종잡을 수 없는 남자여서 추궁하지 않으면 이쪽에 눈길을 주려고도 하지 않았다.

이번 사건을 통해 자신이 세상 물정을 너무 모른다는 사실을 깨달았다. 교직은 외부와 접촉이 극히 적은 직업이다. 업무 상대는 학생과 동료뿐이고 가끔 학부모와 얼굴을 마주하는 정도로, 굳이 말하면 성벽에 둘러싸여 생활하는 것과 같았다. 이치에 맞으면 의사만 전달하면 대부분 어떻게든 해결될 거라 생각하며 살았다.

어리석었다.

세상에는 교활한 자, 악의에 취한 자가 있으며 타인의 불행을 행운으로 여기는 자도 있다. 불합리가 활개를 치고, 힘없는 자의 목소리는 들리지 않는다. 자명한 이치였을 텐데 성벽 안에서 생활하기에는 문제가 없어서 그저 모른 척하고 있었다. 그런 인간이 갑자기 성 밖으로 쫓겨나도 별수 없다. 효도에게 멋대로 취급당한 것이 그 증거다.

성에서 함께 살던 아들을 빼앗겼다. 호카리는 성 밖으로 나가 거친 자들과 맞서 싸워야 한다.

비겁하다고 욕하고 싶으면 맘대로 욕해도 좋다. 적어도 아버지로서는 더 이상 체면을 차리고 있을 수 없다.

"아들의 혐의를 벗기고 싶습니다. 진범을 잡을 수 없어도 슌에게 아무 죄도 없다면 빨리 보호실에서 데리고 나가고 싶어요."

"목적을 위해서는 수단을 가리지 않는다는 말씀이신가요?"

호카리의 결의를 아는지 모르는지 효도는 반쯤 포기한 듯한 말투였다.

"호카리 씨 같은 분이 그렇게까지 말씀하시는 걸 보면 그만큼 각오를 하셨겠죠?"

"각오라고 해야 하나……진흙탕에 빠지지 않으면 손에 넣을 수 없는 것이 있다는 걸 알았습니다."

잠시 효도는 천장을 올려다보며 생각에 잠긴 듯했다. 분명 머릿속에서는 손익계산서가 소용돌이치고 있을 것이다.

"뭐, 언론사는 경찰이 아니기도 하니 협조해주신 분께 우리 쪽에서 정보를 제공해도 법령 위반은 아니죠. 다만."

효도는 말을 끊고 고민하는 듯한 얼굴을 했다.

"방송국 내규에는 저촉됩니다."

"잘 알겠습니다. 절대 누설하지 않도록 하죠."

"우선 슌 군이 끌려간 이유는 동기와 기회가 있어서예요. 확실히 최근 초등학생 사이에서 집단 괴롭힘이 심해졌다지만 그렇다고 괴롭힘의 주동자인 아야를 살해하고 싶다고까지 생각하는 사람은 그리 많지 않을 거예요. 어쨌든 아직 초등학생밖에 안 된 여자아이니까요."

그건 호카리의 생각과도 일치했다. 다시 말해 모든 사람이 생각하는 일반적인 추측이라는 증거일 것이다.

"동기가 있는 사람은 자살 시도한 유카의 가족인 우리뿐이겠죠."

"실례지만 그런 셈입니다. 다음으로 아야의 사망 추정 시각인데요, 이건 부검 결과가 빨리 나왔습니다. 6월 2일 오후 6시부터 8시 사이. 평소라면 5시에 귀가했을 텐데 그날은 전혀 모습도 보이지 않고 연락도 없음. 학교에 연락했더니 이미 하교했다고 했더군요."

그 경위는 호카리도 사토미에게 들어서 알고 있었다.

"당연히 수사본부는 호카리 씨 가족에게 의혹의 눈길을 보냈습니다. 그리고 호카리 씨가 직장인 중학교를 나온 것이 오후 7

시, 집에 도착한 것이 7시 30분으로 거의 여유 없음. 아내인 사토미 씨가 오후 4시쯤 장을 보고 돌아온 것은 이웃 주민이 목격했고요. 등교를 재개한 유카도 마찬가지로, 유카는 오후 4시 30분쯤 귀가해 이후 외출한 모습은 목격되지 않았습니다."

"유카와 사토미의 귀가를 증언한 사람은 전부 이웃 주민이었습니까?"

"네, 뉴스에서 화제가 되셨잖아요. 이웃의 관심도 만만치 않을 걸요. 음, 흔히 있는 일입니다. 다음번에 무슨 사건이 또 터지면 자신들도 인터뷰하게 될지 모르니 화제가 된 가정을 나서서 감시하곤 하죠. 저희 같은 장사꾼들에게는 매우 감사한 분들이에요. 당사자들은 힘들겠지만요."

그 말에는 전적으로 동의했다. 이웃 주민한테 일거수일투족을 감시당하는 등 어디 독재국가에 사는 듯한 착각이 들 정도였다.

"그러면 오후 7시 30분쯤 귀가한 슌의 행동에 자연히 주목하게 됩니다. 수사본부가 확인해보니 슌은 당일 정기적으로 활동하던 농구부 연습을 오후 6시 30분에 마쳤고요."

금시초문이었다.

그렇다면 면회실에서 슌은 호카리에게 거짓말을 한 걸까.

"시합을 앞두고 연일 타이트한 일정을 소화하면 선수들도 지치니까 월초에 그런 일정을 짰더군요. 슌의 학교에서 집까지는 약 10분. 사건 당일 집에 돌아온 시간이 오후 7시 40분 무렵이니

한 시간 정도 공백이 있죠. 수사본부는 거기에 주목한 것 같습니다."

한 시간.

그 시간이라면 삼각공원에 들러 범행을 저질러도 시간적으로 무리는 없다. 상상만으로도 토할 것 같은 이야기지만 수사본부가 주목하는 것도 어쩔 수 없다.

"여기까지가 슌 군의 동기와 기회입니다."

"아야는 어떤 식으로 살해당했습니까? 흉기는 도대체 무엇이고요?"

"교살당했습니다."

효도는 아무렇지 않게 말했다.

"같은 교살이라고 해도 끈을 사용하는 법과 손으로 목을 졸라 죽이는 법으로 확실히 구분되는데, 아야의 경우는 손으로 목이 졸렸습니다. 아야는 초등학생 6학년이지만 체격이 작은 편이라 중학생의 손으로도 살해할 수 있다고 판단한 듯합니다. 실제로 아야의 목에 남은 상처도 그렇게 큰 것 같지 않고요. 즉 이걸로 동기와 기회, 그리고 방법이 전부 갖춰진 셈이죠."

들으면 들을수록 슌에게는 불리한 상황 증거였다.

"요즘에는 피부에 묻은 지문도 검출할 수 있다고 하니 당연히 수사본부는 그 방면에서 물증을 찾으려고 할 것입니다. 하지만 현시점에서는 경찰이 그런 물증을 입수했다는 말은 듣지 못했고요. 아직 검증 작업 중인지 아니면 다른 사정으로 채취하지 못했는지…… 여기까지가 현시점에서 저희가 파악하고 있는 수사 정보의 전부입니다."

4

*

데이토 TV에서 돌아오는 발걸음은 몹시 무거웠다. 자신이 원했던 정보인데도 막상 알게 되니 그 무게에 가슴이 답답했다.

— 물론 지금 설명한 내용 그 자체가 수사본부가 파악한 정보라고는 할 수 없지만요.

마지막으로 효도는 다음과 같이 덧붙였다.

— 어디까지나 경찰 담당 기자가 형사에게서 무리하게 얻어낸 정보를 바탕으로 한 것입니다.

그래서 더욱 발걸음이 무겁다.

효도의 설명에 따르면 이웃의 목격 증언으로, 단 한 사람, 즉 슌의 알리바이만 성립하지 않는다는 말이었다. 하지만 호카리에게는 경찰이 그 정도 증언으로 만족할 거라고는 도저히 생각할 수 없었다.

확실히 호카리 가족이 이웃들의 주목을 받는 것은 사실이었다. 생각만으로도 우울했지만 이웃 주민 대부분이 타인의 불행을 즐기고 있다는 시각도 일부 긍정할 수밖에 없었다.

하지만 효도는 모른다.

호카리 집의 뒷문은 좁은 골목길로 나 있어서 근처 건물의 담 벼락이 길 양옆을 둘러싸고 있는 형태다. 원래 이웃의 눈을 피하고 싶다는 이유로 만든 담벼락이라 높이도 충분해 그 뒷문을 통과하면 이웃의 눈을 피할 수 있다.

즉 사토미나 유카도 집에 돌아왔다고 해도 뒷문으로 다시 빠져나간다면 누구에게도 들키지 않고 외출할 수 있다는 뜻이다. 경찰이 이렇게 단순한 사실을 모를 리가 없다.

다만 호카리가 경찰의 생각을 의심하는 데는 또 다른 이유가 있었다.

오오와 아야 사건이 발생했을 때 호카리는 딱히 가족의 알리바이를 확인하지 않았다. 갑자기 순이 끌려가서 흔들리긴 했지만 가족을 의심하는 것에 강한 저항감이 있었기 때문이다.

호카리 가족은 이전과는 전혀 다르게 변하고 말았다. 겉으로는 아무것도 달라진 게 없어 보이지만 한 꺼풀만 벗겨내면 평온이나 안정과는 완전히 다른 감정이 소용돌이치고 있었다. 사토미나 유카가 무슨 생각을 하고 있는지까지는 알 수도 없지만 호카리 자신은 가족에 대한 의심과 죄책감 때문에 밥도 잘 넘어가지 않았다.

아야가 사망한 지 하루 이틀이 지나면서 알리바이를 캐묻는 것이 가정의 붕괴로 연결되는 듯한 기분이 들었다. 만지면 안 되는 폭탄에 손을 대는 것 같았다.

사카토의 목소리가 뇌리에서 되살아났다.

─ 슌 군은 누군가를 감싸고 있는 것 같네요.

슌이 감싸려는 사람은 가족밖에 없다. 그럼 두 사람에게 단도직입적으로 물으면 어떨까.

안 된다.

'네가 오오와 아야를 죽였느냐'라고 물으면 두 사람 모두 완강히 부인할 것이기 때문이다. 그건 쉽게 예상할 수 있다.

그리고 그런 질문을 했다가는 두 사람은 호카리에게 환멸과 절망을 느낄 것이다. 어떻게 가족인 자신을 잠시라도 의심할 수 있냐며. 면회실에서 슌에게 진위를 확인했을 때, 사토미가 심하게 당황해 자신을 비난한 것은 가족 간의 신뢰 관계를 전제로 하고 있었기 때문이다.

이제 와서 물을 수 있을까.

가뜩이나 집안 분위기는 의심과 실망으로 가득 차 있었다. 이이상 호카리가 알리바이를 캐묻는 건 담배를 물고 화약고에 발을 들이는 것과 마찬가지였다.

어느새 석양이 지고 집 창문에서 빛이 새어 나왔다.

호카리는 무심코 발걸음을 멈추고 어둠 속에서 떠오르는 집을 바라보았다.

가족 모두가 사이좋고 남들처럼 고민하면 어느새 해결할 수 있는 가벼운 문제만 있는 집. 바깥에서 아무리 힘든 일에 처해도 집으로 도망쳐 들어오면 언제나 엄마의 품 같은 안식처가 되어 주는 집.

겉모습은 변함없지만 내면은 완전히 변질되었다. 자신의 집으로 들어가는 것이 이렇게나 허전하고 공허할 줄은 꿈에도 생각하지 못했다.

스스로도 놀랄 정도로 갑자기 눈시울이 붉어졌다. 집 앞에서 우는 추태는 보이지 않았지만 마음속 어딘가가 비명을 지르는 것은 분명했다.

"다녀왔습니다."

인사를 했지만 어떤 대답도 돌아오지 않았다. 현관에는 사토미와 유카의 신발이 있는 걸로 보아 분명 집 안에 있을 것이다.

"당신, 있어?"

다이닝룸으로 들어가자 사토미가 등을 돌리고 테이블에 엎드려 있었다.

"당신."

마침내 사토미의 가냘픈 어깨가 움찔했다.

"아, 어서 와."

"현관에서부터 계속 불렀는데."

"미안. 멍하니 있느라 몰랐어. 식사 내올게."

"유카는 어때?"

"입맛 없대."

"억지로라도 먹이는 게 좋지 않아?"

"만들어서 방 밖에 둬. 배고프면 먹을 테니 아침에는 그릇이 비어 있을 거야."

"본격적인 히키코모리잖아."

"원인이 명확하니까 곧 원래대로 돌아갈 수 있어."

사토미에게는 별말 아닐 수 있지만 지금의 호카리에게는 말도 안 되게 어려운 과제였다.

"슌의 혐의가 풀려서 무사히 나오면 원래대로 돌아간다는 말인가."

"적어도 유카가 틀어박힌 이유가 그거니까."

"……역시 뭘 모르네."

"뭘?"

슌의 혐의가 풀린다고 해도 전부 예전으로 돌아갈 리가 없었다. 주변 사람들은 색안경을 끼고 쳐다볼 것이다. 이제껏 그랬던 것처럼 평소대로 대해주기를 바랄 수 없다. 그들은 자신들의 어두운 감정을 알게 되었기 때문이다.

그리고 무엇보다 집안 분위기를 복구할 자신이 호카리에게는 없었다. 가족 간에 싹튼 불신과 혐오, 절망을 어떻게 하면 없앨 수 있을지 전혀 짐작 가지 않았다.

"그건 그렇고 당신, 나랑 헤어지고 나서 어디 들렀어?"

"데이토 TV. 효도 씨 만나고 왔어."

호카리가 효도와의 대화를 말하자 사토미의 얼굴이 점점 험악해졌다.

"어머, 이웃들이 그런 식으로 증언했구나."

"뉴스의 화젯거리가 된 가족에게는 관심이 쏠린대."

"아까 당신이 한 말, 무슨 뜻이지 알겠어. 이제 예전으로 못 돌아가네."

아니, 사토미는 절반만 이해하고 있었다.

"그래도 원래 그렇게 친하지 않았으니까 회복할 수 있을 거야. 무라 하치부*를 당한 것도 아니고. 여태껏 그랬듯이 겉으로만 지내면 되지."

"무라 하치부라니, 낡아빠진 단어도 잘 아네."

"낡아빠졌든 뭐든 본가가 완전 시골에 있었으니까. 옛날에는 나도 자주 들었고 지금도 풍습이 남아 있는 것 같던데."

그 말을 듣고 떠올랐다. 사토미의 본가는 엄청난 시골로, 마을

✽ 村八分. 일본 마을 공동체의 오랜 관행으로 마을 사람들의 열 가지 행사(성인식, 결혼, 출산, 병치레, 건축, 수해, 제사, 여행, 장례, 화재) 가운데 장례와 화재를 뺀 여덟 가지 행사는 모른 척함을 의미한다. 즉 마을 집단 따돌림을 뜻한다.

이라기보다도 촌락이라고 표현하는 것이 어울렸다. 추석에는 시골에 내려가기도 했지만 순이 태어나고 2년이 지난 해에 장인장모님이 연이어 돌아가신 뒤로는 가지 않았다. 본가에 남은 처남 게이스케와 연하장을 주고받는 정도다.

"무라 하치부는, 마을의 행사 중 장례와 화재 진압만 해주고 나머지는 일절 끊는 걸 뜻해. 그 두 가지는 해주는 이유는 안쓰러워서가 아니라 장례를 치르지 않고 그대로 방치하면 사체가 썩어서 전염병 원인이 되고 화재를 방치하면 불이 옮겨붙을 수도 있어서지. 어느 쪽이든 자신들에게 폐를 끼치는 건 배제한다는 것일 뿐, 요는 지역 내 추방이야."

지역 내 추방이라는 단어가 묘하게 어울렸다.

"무라 하치부의 이유라고 해도 대단한 게 아니야. 높은 분의 심기를 건드렸다거나 불문율을 깼다거나, 그런 정도. 그런 걸로 간단히 무라 하치부를 하는 이유는 집단 결정에 반대하면 자신이 무라 하치부를 당하니까."

마치 아이들의 집단 괴롭힘과 같은 구도라 이내 귀 기울이게 되었다. 흔히들 학교를 사회의 축소판이라고 말한다. 그렇다면 일본 사회는 아직 구태의연한 관습이 남아 있는 문화적 벽지라는 말인가.

"그런 깡시골에서 정말 밖으로 나가고 싶었어. 고등학교 졸업하고 도내 대학에 입학한 것도 수준이 높아서가 아니라 무엇보다 이 마을을 벗어나고 싶어서였어. 그러니 도내에서 교직 자격을 취득했을 때는 어깨가 한결 가벼워졌지. 도쿄도에서 채용된 지방 공무원이니 실수를 해도 지방으로 전근 간다거나 하진 않을 테니.”

“처음 듣는 이야기네.”

“굳이 말할 만한 이야기도 아닌 것 같고 먼저 말하기 꺼려져서. 당신은 도시에서 나고 자랐으니 이런 이야기를 싫어할 것 같았어.”

그리고 사토미의 표정이 재차 험악해졌다.

“다 도망쳤다고 생각했는데……이런 도시 한복판에서 사는 인간의 본성도 시골 사람들과 별 차이가 없네. 정말 지긋지긋해.”

혐오가 넘치는 얼굴을 보아 사토미가 시골의 관습을 몹시 싫어한다는 것을 알 수 있었다.

싫은 전개다. 단순히 이웃의 호기심 많은 속물근성이 싫은 게 아니라 본인의 근본적인 경험과 연관되면 원한과 증오가 가슴 깊숙이 가라앉는다.

“……저녁, 얼른 먹고 싶은데.”

호카리가 머뭇거리며 말하자 사토미는 구운 생선을 올린 접시를 내왔다. 요리에 집중할 수 없었는지 평소와 다르게 골고루 익지 않았다. 물의 양도 착각했는지 쌀도 평소보다 덜 익었다. 하지만 불평을 할 분위기가 아니라 호카리는 모래를 씹는 듯한 기분으로 밥을 먹었다.

눈앞에서 사토미는 호카리가 식사하는 모습을 아무 감정 없이 바라보고 있었다.

껍질은 한 장이 아니다. 유카의 집단 괴롭힘 피해, 오오와 아야의 사건, 그리고 슌의 임의동행. 무언가 새로운 사건이 발생할 때마다 한 장씩 껍질이 벗겨져 가족들은 차츰 호카리가 몰랐던 낯선 면을 드러냈다.

아니, 이건 호카리의 일방적인 시각일 뿐이다. 호카리도 마찬가지로 가족들에게 또 다른 면을 계속 보여주고 있진 않을까.

새로운 생각이 겹겹이 쌓이고 교차하며 머릿속을 지배해갔다.

정신을 차리니 어느새 젓가락이 접시 위를 미끄러지고 있었다. 이내 생선구이는 사라지고 없었다.

"잘 먹었습니다."

당황해서 이렇게 말하는 순간 인터폰이 울렸다.

"취재진이면 돌려보낼게."

이렇게 말하며 사토미가 응대하러 나갔다.

"네. 누구시죠?"

— 오오와 이쓰미라고 합니다. 자녀분인 유카 양과 같은 반인.

순간 호카리와 사토미가 서로를 쳐다보았다. 집 앞까지 달려온 듯한 숨소리에, 들어본 적 있는 목소리였다.

오오와 아야의 엄마, 이쓰미가 틀림없었다.

— 이 시간에는 두 분 다 집에 계실 것 같아서 왔습니다. 나와 주세요.

숨소리는 거칠었고 말투는 고압적이었다.

"어떡하지?"

"어떡하긴. 무시할 순 없잖아."

허리는 자연스럽게 붕 떠 있었다. 호카리는 일어서서 그대로 현관으로 향했다. 뒤에서 사토미가 쫓아오는 것이 느껴졌다.

문을 열 때까지 기다리기 힘들었는지 이쓰미는 문을 두드리기 시작했다.

"지금 엽니다."

서둘러 문을 열자 오오와 이쓰미가 눈앞에 서 있었다. 이쓰미 혼자가 아니었다. 그녀의 남편인 듯한 남자가 거북한 표정으로 뒤에 서 있었다. 건장한 체형에 옷을 입고 있어도 근육질이라는 것을 알 수 있었다.

이쓰미는 거칠게 현관 안으로 들어왔다.

"이 집 장남이 체포되었다면서요."

"아뇨, 체포가 아니라……."

끝까지 말하게 두지 않았다.

"아야를, 아야를 돌려줘요!"

말하자마자 이쓰미는 호카리에게 맹렬히 달려들었다.

"우리 애가 당신네 딸을 괴롭혔다고 죽일 것까진 없잖아요!"

"죽이고 뭐고, 아직 수사 중이라."

"경찰이 열네 살 중학생을 소환했잖아요. 아무 혐의도 없는데 그렇게 하겠어요?"

여기에는 반박할 말이 없었다.

"아무리 복수여도 심하잖아요. 아니면 남매가 같이 죽였나?"

"자기, 그만해."

남편 오오와 다이조로 보이는 남자가 그녀의 어깨를 잡고 말렸다.

"추측만으로 말하지 마. 호카리 씨가 말한 대로 이쪽 장남이 범인이라고 결정된 건 아니니까."

"당신은 조용히 해."

이쓰미가 어깨에 올려진 남편의 손을 뿌리치고 호카리에게 달려들었다.

"우리 딸이 유카를 괴롭힌 건 맞아요. 본인에게 물어봤으니 그건 사실이야. 자살을 시도할 때까지 몰아붙인 건 심하다고 생각하고요. 그래도 아직 당신네 유카는 살아 있잖아. 우리 아야는, 아야는. 이제 이 세상에 없다고. 당신네 장남이 죽인 거야."

이쓰미는 울부짖듯 계속했다.

등 뒤에서 사토미의 시선이 강하게 느껴졌다. 방관자의 시선이 아니라 좀 더 위태로운 시선이었다. 그리고 호카리는 호카리 입장에서 분명히 말해야 했다.

"오늘 아들을 만나고 왔습니다."

순간 이쓰미의 움직임이 잠시 멈췄다.

"아야를 살해했느냐, 고 물었고요. 그러자 아들은 '아니'라고 답했습니다. 반박하는 것 같아 죄송하지만 아들이 부인한 이상 저희는 그 말을 믿을 수밖에 없군요."

순식간에 이쓰미의 얼굴이 분노로 일그러졌다.

"그럼 오늘은 이만……."

아무래도 이쪽 이야기를 끝까지 들을 생각이 없는 듯했다.

말을 마치기도 전에 이쓰미의 주먹이 날아들어왔다. 갑작스러워서 피할 틈도 없었다.

"어떻게 그렇게 뻔뻔한 말을 할 수 있어?"

"이쓰미, 그만해."

"부모가 이 모양이니 자식들이 그 꼴이지. 좋은 본보기네."

"그만하라고 했잖아."

"살인자 부모."

"적당히 좀 해!"

갑자기 다이조가 소리쳤다. 그제야 이쓰미는 심한 말을 멈췄다.

"죄송합니다, 호카리 씨. 저는 가지 말자고 말렸는데 전혀 듣지 않아서요."

"아뇨⋯⋯."

"소란을 피워서 죄송합니다. 오늘은 아내를 데리고 돌아갈 테니."

"흠."

스스로도 어이없는 대답이라고 생각했지만 갑자기 너무 많은 일이 일어나 말이 나오지 않았다. 맞은 뺨이 서서히 달아오르기 시작한 것도 이때부터였다.

"호카리 씨에게도 이런저런 생각이 있으시겠죠. 그건 또 다른 기회에 만나면 되겠죠."

다이조는 아내의 몸을 뒤에서 밀면서 현관 밖으로 나갔다. 그리고 문을 닫기 전에 생각났다는 듯이 호카리 쪽을 돌아보았다.

"아내의 난동은 사과드립니다. 하지만요, 제 기분은 아내와 같아요. 눈앞에 있으면 당신 장남을, 아니면 당신이라도 죽도록 때리고 싶어요."

다이조의 눈빛이 어두컴컴하게 빛났다.

"그렇게 하지 않는 건 실제로 손을 쓰면 저도 누군가처럼 도리에 어긋나는 짓을 하는 거니까요. 제가 그렇게 되면 분명 아야가 슬퍼하겠죠. 그러니 아야에게 감사하세요."

호카리의 눈앞에서 문이 천천히 닫혔다.

뺨의 통증은 여전했다.

"당신."

등 뒤에서 사토미의 목소리가 들렸지만 붉어진 얼굴을 보이는 것이 부끄러워 돌아보기 망설여졌다.

"잠깐 바람 쐬고 올게."

이렇게 말하고 마당 쪽으로 도망치듯 빠져나갔다.

이미 초여름을 맞이했는데도 마당을 가로지르는 바람에는 여전히 서늘한 기운이 감돌았다. 시원한 바람이 따끔거리는 뺨을 식혀주는 것 같았다.

하지만 뺨의 통증이 옅어져도 마음에 남은 통증은 오히려 더 뜨거워졌다.

일방적인 비난과 욕설.

그리고 사소하게 남아 있는 폭력.

눈에 보이지 않는 외부자의 공격에도 적절히 대응했지만 관계자의 직접적인 공격에는 그렇게 대응하지 못했다.

가장 화가 난 것은 오오와 부부가 아니라 자신에 대해서였다. 그 상황에서 유카와 슌을 옹호할 수 있는 말이 수천 수백 가지 있었다. 그런데도 호카리는 두 사람의 분노에 휘둘리기만 했다.

분노라면 이쪽에도 있다.

마당에 무성하게 자란 쐐기풀이 바람을 맞아 웅성웅성 소리를 냈다.

눈에 거슬렸다.

갑자기 억누를 수 없는 감정이 끓어올랐다.

이제 어쩔 수 없다.

이성을 걷어차고 분노에 찬 손이 눈앞에 있는 쐐기풀을 잡아당기기 시작했다.

젠장.

젠장.

얼마나 오래 풀을 잡아뜯고 있었을까. 정신을 차려보니 눈앞의 쐐기풀이 꽤 넓게 둘러싸고 있었다.

다음 순간 쐐기풀을 뜯었던 오른손에서 통증이 퍼져나갔다. 짓이긴 잎에 독액이 듬뿍 묻어 있었다.

통증은 이윽고 날카롭게 변해 호카리는 신음을 내뱉었다. 참다못해 옷자락으로 독액을 닦으려고 했지만 이는 역으로 환부를 키우는 결과를 초래할 뿐이었다.

젠장.

젠장.

더는 무엇을 욕하고 있는지조차 모르는 채 호카리는 화장실로 달려갔다.

4장

불온한
줄기

1

✳

일상을 되찾기 위해서는 일상을 반복하는 것이 가장 빠른 길이다.

호카리는 오늘부터 출근하기로 했다. 언제나 같은 시간에 아침을 먹고 언제나 같은 경로로 중학교로 출근해 통상 업무를 수행한다. 이러한 날들을 계속하면 우리 가족도 원래대로 돌아갈 수 있지 않을까.

아침 6시, 사토미는 잠에서 깼지만 눈에는 생기가 없었다. 오늘부터 출근한다고 전날 밤부터 말해둬서 늦잠을 자진 않았지만 그렇다고 활기찬 모습은 아니다. 아침 식사는 달걀프라이와 토스트였다. 지극히 간단한 메뉴지만 특별하지 않은 것이 오히려 좋다. 쐐기풀을 달인 차도 옆에 있다. 이것만은 어젯밤 일을 고려하면 도무지 좋게 볼 수가 없다.

테이블에 앉은 사람은 호카리 외에는 사토미뿐이었다.

"유카는?"

"입맛 없대."

"그렇게 말해도 방 앞에 두면 먹잖아. 그냥 엄살이야. 이대로 방치하면 영영 방에서 못 나오게 될 거야. 억지로라도 밖으로 끌어내서 같이 식사를."

"그만해."

약하지만 호카리의 말을 끊기에는 충분한 말투였다.

"억지로 해봤자 소용없거나 역효과만 나. 그 정도는 당신도 알잖아."

"그래도."

"영양이나 수분 보충 같은 건 괜찮아."

사토미의 표정에는 피로한 기색이 역력했지만 그래도 딸에 관한 말에서는 보이지 않는 힘이 있었다.

"필요한 것이 부족하면 본인의 의사와 상관없이 몸이 원해. 억지로 먹이지 않아도 내가 제대로 관리하고 있으니까 하루 식사량이 준다고 컨디션이 망가질 정도는 아니야. 지금 그 아이에게 필요한 건 신체보다도 정신 케어고. 무리하게 문을 열면 안 돼."

전직 교사답게 사토미의 말에는 설득력이 있었다. 현역 교사인 호카리가 꼼짝 못 하는 것은 지식 위에 어머니로서의 의식이 있기 때문일까.

그 후 대화가 끊겼다.

후추를 조금 뿌린 달걀프라이도, 마가린을 바른 토스트도 마치 모래를 씹는 것 같았다.

그때 스마트폰이 울렸다.

"이런 아침에 누구지?"

투덜거리며 스마트폰 화면을 바라보니 '데이토 TV 효도'라고 떠 있었다.

"여보세요."

— 안녕하세요, 효도입니다.

상대방의 목소리는 얄밉게도 들떠 있었다. 아침부터 이렇게 텐션이 높다니 언론인이라 그런 건지, 아니면 효도의 원래 성격인 건지.

"뭐 새로운 정보라도 알려주시는 건가요?"

— 정식 취재 요청입니다. 호카리 씨에게요.

잠자코 있자 승낙했다고 생각했는지 효도가 계속 말했다.

— 아드님이 조사받고 있는 상황에 대해 아버지로서 어떻게 생각하십니까? 피해자 측에서 가해자 측으로 순식간에 바뀌셨는데 지금 심정이 어떠신지 솔직하게 말씀해주십사.

순간 귀를 의심했지만 효도의 성격을 생각하면 조금도 놀랍지 않았다. 그러자 갑자기 화가 부글부글 끓어올랐다.

"당신, 제정신이야?"

— 네?

"잘도 그런 말을 하잖아. 유카 퇴원 날 촬영하러 왔을 때도 대충 눈치챘는데 지금은 경우가 없어도 너무 없어. 양심이나 배려심이 있긴 합니까?"

— 물론 양심도 있고 배려심도 있습니다. 그런 감정을 잘 알아서 일부러 인터뷰 상대를 고른 거고요.

기죽지도 않고 뻔뻔하게 답했다. 집요하다거나 괘씸하다거나 하는 표현을 흩뜨리는 듯한 말에 현기증이 일 지경이었다.

— 집단 괴롭힘을 보도했을 때는 오오와 씨 가족을 취재했죠. 부모에게 카메라와 마이크가 향했습니다. 피해자 가족과 가해자 가족이 바뀐 지금 이렇게 호카리 씨에 대한 인터뷰를 감행하는 것은 공정 중립을 표방하는 언론으로서 올바른 행동이라고 생각하고요.

무엇이 공정 중립이고 무엇이 올바른 행동이란 말이냐.

어이없음과 분노가 뒤섞여 좀처럼 할 말이 떠오르지 않았다. 지금 입을 열면 분명히 더러운 말이 나갈 것 같았다.

— 자, 어떠십니까. 현재 솔직한 심정을 하나만.

"노 코멘트."

생각 끝에 쥐어 짜낸 대답이었다. 판에 박힌 답이 부끄럽긴 했지만 사고가 정리되지 않을 때는 식상한 말만 나올 뿐이었다.

"당신들의 하찮은 관심에 어울려줄 생각은 털끝만큼도 없습니다.”

— 하찮은 관심. 흐음, 가해자 측으로 바뀐 사람은 그렇게 생각하겠죠. 하지만 호카리 씨, 당신은 중요한 걸 잊고 있어요.

“뭐죠?”

— 호카리 씨는 몇 번이나 언론을 이용했습니다. 제게 집단 괴롭힘의 주동자인 오오와 아야의 이름을 말해주고, 언론에 복수 대행을 맡기지 않으셨나요?

“농담 아니고.”

호카리는 무심코 언성을 높였다.

“그럴 생각은 조금도…….”

— 없었을 리가 없겠죠. 정말 없었다면 제게 이름을 알려주지도 않았을 테니까요. 만약 그럴 생각이 없으셨다고 해도 결과적으로는 오오와 아야의 가족은 궁지에 내몰렸으니 마찬가지예요. 그 시점에서 호카리 씨는 가해자가 되었다고 볼 수 있습니다.

“궤변이야.”

— 받아들이는 사람에 따라 다르겠죠. 하지만 분명 그 때문에 호카리 씨에게는 저희 인터뷰에 응할 의무가 있는 거고요.

“아무리 말해도 노 코멘트입니다.”

— 그 말 한마디로 안 끝난다는 것은 잘 아실 텐데요. 우리 ‘애프터눈 재팬’이 쫓지 않아도 다른 언론사들이 만반의 준비를 하고 기다릴 겁니다.

이런 상대에게도 예의는 차려야 할 것이다. 예의를 차리지 않으면 자신이 비참해질 뿐이다.

"끊겠습니다."

그렇게 말하며 대화를 끊었다. 대화가 계속될수록 몸 안으로 효도의 악의가 침투하는 기분이 들었다.

"무슨 일이야?"

"데이토 TV가 취재에 응해달라네."

사토미는 미간을 세게 찌푸렸다.

"절대 안 돼."

"당연하지."

흥분한 것처럼 대한 건 화가 났기 때문이 아니었다.

효도에게 오오와 아야의 이름을 말한 순간부터 자신도 가해자가 되었다는 지적이 가슴을 깊숙이 찔렀기 때문이었다.

줄곧 자신은 피해자라고 생각해왔다. 슌이 출두하게 된 사건에 관해서도 한편으로 단순한 재난이라고 마음속으로 소화하고 있었다.

하지만 마음속 깊은 곳에서는 그렇지 않다는 것을 알아차린 게 아닐까. 알아차렸으면서도 모르는 척한 건 아닐까.

심장박동이 빨라졌다. 호카리는 한동안 그 자리에 서서 가슴을 움켜쥐고 있었다.

"그럼, 다녀올게."

옷매무새를 다듬고 현관을 나섰지만 사토미는 배웅해주지 않았다. 전업주부인 사토미에게는 집안일이라는 일상 업무 외에도 유카의 컨디션 관리라는 일이 있다. 복귀 첫날이니까 배웅해달라는 등 그런 말을 하지도 못하고 호카리는 현관을 나섰다.

다음 순간 호카리는 셔터 소리와 플래시의 눈부신 빛에 휩싸였다.

"안녕하세요, 호카리 씨. 도토 TV의 '줌 인 투데이'입니다."

"간토 TV의 '나이트 레포트'입니다."

"오오와 아야 양의 살해 용의로 슌 군이 경찰 조사를 받고 있는데요. 슌 군이 정말로 아야 양을 살해했습니까?"

"집단 괴롭힘 피해자에서 한순간에 가해자가 되었습니다만 오오와 가족과는 이미 말씀을 나누셨나요? 사죄라든지, 언쟁이라든지."

마이크와 IC 레코드, 그리고 카메라 행렬이 눈앞 몇 센티미터까지 다가왔다.

"아야 양의 유족에게 전하고 싶은 말은 없으십니까?"

"아버지로서 한 말씀."

순간 집으로 도망치려다가 바로 마음을 바꿨다. 집에 틀어박히면 또 비일상이 반복될 것이다. 바깥으로 나가는 것을 두려워하면 유카에게 방에서 나오라고 말할 명분도 없어진다.

"죄송합니다. 출근 중이라 답해드릴 수 없습니다."

"10분, 아니 5분이면 괜찮으니."

"출근 전 5분이 얼마나 소중한지 잘 아시잖습니까."

"당신에게는 인터뷰에 응할 의무가 있습니다."

그냥 듣고 넘길 수 없었다.

목소리가 들린 방향을 보니 양복 차림의 남자가 마이크를 쥐고 있었다.

"왜죠?"

"연행된 슌은 아직 열네 살이죠. 아버지인 당신에게는 감독 책임이 있습니다. 게다가 한번은 아내분이 오오와 씨네 찾아가 소리를 지른 적도 있다고 들었고요."

정보는 틀리지 않았다. 혹시 이웃에게 물어보기라도 한 걸까.

"당신에게는 의무와 책임이 있습니다."

"인터뷰에 응해주세요."

"목소리는 제대로 변조할 테니까요. 그 부분은 안심하셔도 됩니다."

"간토 TV는 인권을 배려한 보도를 위해 애쓰고 있습니다."

"'줌 인 투데이'에서 독점 인터뷰를 해주시면 15분 정도 되는 코너를 만들겠습니다. 호카리 씨의 심정을 마음껏 털어놓으셔도 괜찮습니다."

"물러나세요!"

목소리는 자연스럽게 커졌다.

"경찰 부르겠습니다!"

그러자 취재진 사이에서 야유가 날아왔다. 대부분의 목소리가 뒤섞여 들렸지만 그중 한 말이 유난히 또렷하게 들렸다.

"그 경찰에게 신세를 지고 있는 게 누구 아들입니까."

분노로 자아를 잃을 뻔했지만 간신히 참았다.

그러나 더 이상은 참을 자신이 없었다. 호카리는 가방을 껴안고 고개를 숙인 채 취재진의 틈새를 노렸다.

"호카리 씨."

"호카리 씨!"

여기저기 다가오는 사람들을 팔로 밀면서 돌진했다. 이래 봬도 농구부 부고문이다. 팔심에는 자신이 없어도 다릿심에서는 밀리지 않을 것 같았다.

"도망치시는 겁니까!"

"부모로서 책임을 다해라!"

도망친다고?

바보 같은 소리 하지 마.

상대하고 싶지 않은 것뿐이다.

부모로서 책임은 다한다.

다만 너희들한테는 아니다.

10미터까지는 많은 취재진이 쫓아왔다. 그러나 20미터를 넘어가는 시점에서 절반 이상이 탈락하고 30미터를 넘을 때쯤에는 아무도 따라오지 않았다.

정신을 차리니 큰길로 나와 있었다. 통학로로 지정되어 있어서 초등학생들과 아슬하게 충돌할 뻔했다.

호카리는 심호흡을 하고 숨을 골랐다. 오늘은 어떻게든 뿌리쳤지만 내일은 어떻게 될지 모른다. 매일 이런 짓이 계속될 거라 생각하니 위축됐다.

자신감을 키우는 데는 긴 시간이 필요하면서 잃는 데는 한순간이면 충분하다. 신뢰와 똑같다.

며칠 만에 출근하니 직장 분위기가 확 변해 있었다. 연차를 낼 때 느꼈던 서먹서먹함이 지금은 사악함으로 바뀌어 있었다.

정규 수업 때도 호카리를 바라보는 학생들의 눈빛은 싸늘했다. 예전보다도 수업 집중력이 높아진 것 같다는 생각은 착각으로, 단순히 호기심 어린 시선을 받는 것에 지나지 않았다. 그 증거로 학생 대부분은 칠판보다도 호카리의 얼굴을 보고 있었다.

호기심과 경멸, 연민과 비난.

입을 다물고 있어도 눈빛과 표정으로 알 수 있었다. 세상 물정에 어두운 만큼, 학생들의 감정은 가감 없이 꽂힌다. 한 명 정도는 노골적으로 야유나 폭언을 퍼부을 거라 각오했지만 그것도 없었다. 그리고 말이 없는 만큼 분위기는 더욱 험악해졌다.

도모코는 모리야마의 집단 괴롭힘에 대해 아무 말도 하지 않았다. 모리야마와 피해자인 도리고에가 화해라도 했는지, 수업이 끝나고 도모코를 불러 물어보았다.

"모리야마 일은 어떻게 됐니?"

도모코의 눈빛에서는 온기가 느껴지지 않았다.

"모리야마 일이라는 게 뭐예요?"

"도리고에를 괴롭히고 있을지도 모른다는 거."

"아, 그건 이제 신경 쓰지 마세요."

도모코는 무시해달라는 듯 말했다.

"반 친구들 몇 명이서 해결하기로 했거든요."

"너희들끼리는 어려울 텐데. 그래서 선생님한테 상담한 거잖아."

"선생님께는 그만 부탁하려고요."

깔끔한 말이었지만 몹시 날카로웠다.

"전에 그렇게 열심히 상담했는데 전혀 진지하게 들어주지 않으셨어요. 왜 이제 와서 관심 있는 척하세요?"

도코모의 말은 호카리의 추악함을 명확하게 짚어냈다.

호카리는 그저 자신의 위치를 확인하고 싶어서 말을 꺼냈다. 그렇게 변덕스럽고 제멋대로인 담임에게 상담을 하는 것은 어리석은 짓이다.

도모코의 판단이 너무나 정확해서 호카리는 아무 말도 할 수 없었다. 도모코가 호카리 슌의 사건을 모를 리도 없는데 비꼬지도 않고 조롱하지도 않는 것은 도모코의 결벽증다운 성품 때문일 것이다.

"실례하겠습니다."

도모코는 한마디 말만 남기고 발걸음을 돌렸다. 아주 깔끔히 포기하는 방식이다. 호카리는 반쯤 넋이 나간 듯 그런 도모코의 뒷모습을 바라보았다. 겨우 열네 살 소녀에게 속마음을 들켜 놀라고 실망하고, 버림받았다. 교사로서 치명적인 패배였다.

낙담한 채 교무실로 돌아왔다. 교실에서는 가시방석에 앉아 있는 것 같았지만 여기서는 자신을 향해 보이지 않는 화살이 날아오고 있었다. 학급에서는 집단 괴롭힘이 발생했고 사생활에서는 아들이 용의자로 조사를 받고 있다. 공사 전부 교사와는 어울리지 않는 것으로 민폐를 끼치고 있는 것이 역력히 느껴졌다. 그 안에는 범죄자를 보는 듯한 눈길을 보내는 자까지 있었다.

가족의 갈등을 직장에서 문제 삼는 것은 바람직하지 않지만 교육 현장은 다르다. 교사는 청렴결백해야 하며 실수가 실수로 용납되지 않는 분위기가 있다. 피해망상이 아니다. 교사의 범죄나 비리 등이 발생했을 때 대중의 시선이 한층 엄격해지는 것은 이미 몇 번이나 들어서 알고 있다.

도대체 누가 교사를 성직자로 만든 걸까. 일반기업에서도 집단에 어울리지 못하거나 친인척 중에 범죄자가 나왔거나 하는 자가 있지만 아무리 그래도 교사처럼 비난받지는 않을 것이다. 아이를 가르치는 직업이라서 기준이 엄격한 것은 이해할 수 있지만 너무 가혹한 것 같기도 하다.

아니다.

이런 기분이 든다는 것 자체가 자신이 약해졌다는 뜻이라고 호카리는 고쳐 생각했다. 지친 몸과 마음은 외부 공격에 취약하다. 평소에는 무시할 수 있는 일도 과민하게 반응한다.

과연 이런 상태로 일상 업무를 수행할 수 있을까. 불안을 느낄 때 나카무라 교장이 다가왔다.

"호카리 선생님. 잠시만요."

교장실까지 와달라는 제스처다. 동료 앞에서 말할 수 없다면 적어도 잡담으로 끝나지는 않을 것이다. 아직도 마음에 안 드는 게 있는 걸까, 하며 호카리는 한숨을 내쉬고 싶어졌다.

"꽤 지쳐 보이네요."

교장실에 들어가자 가장 처음 나온 말이었다.

"휴가 갔어도 기분전환을 못 한 것 같군요."

아들이 경찰에 끌려가 출근할 때가 아니었다. 이걸 기분전환 이라고 하다니 비꼬는 것이 아니면 무얼까. 호카리는 네, 뭐, 라 며 말끝을 흐릴 수밖에 없었다.

"수업에 집중은 했나요?"

학생들은 집중은 했지만 수업 내용에 집중한 것은 아니었다. 이걸 솔직하게 말할 수도 없고 말해봤자 나카무라에게서 무슨 말을 들을지 몰랐다.

"특별히 문제는 없었습니다. 학생들은 떠들지도 않고 제 말을 잘 들었고요."

사실이 아닐 수도 있지만 거짓말도 아니다. 거짓말이 아닌 한 아무런 문제도 되지 않을 것이다.

"그게 아니라요, 호카리 선생님. 제 말은 선생님 본인이 수업에 집중할 수 있었냐고 묻는 거예요."

"아, 제가요?"

"사적인 일로 여러 가지 힘드실 테니까요. 전 호카리 선생님을 걱정하고 있는 겁니다."

나카무라의 말이 머리 위를 통과했다. 이 정도로 마음에 와닿지 않는 말을 들은 것은 졸업식 내빈 인사 이후 처음이었다.

"언론의 취재 경쟁으로 자택도 곤란하시겠죠. 밤낮없이 잠복해 있진 않나요?"

"아직 그 정도는 아닙니다."

수습은 했지만 실제로 오늘 아침에도 취재진의 포위망을 막 빠져나온 참이었다. 사실대로 말하면 집요하게 물을 것은 안 봐도 뻔했다.

"흠, 자택은 아직인가요?"

거슬리는 말투에 직감적으로 알아챘다.

"학교에 문의라도 왔습니까?"

"문의가 아니라 취재 요청이 왔어요. 호카리 선생님이 어떤 분인지. 동료나 학생들 사이에서 평판은 좋은지. 평소 학생들을 어떤 교육방침을 가지고 대하는지……지난주부터 교무실로 전화가 끊이지 않았어요. 아침 특정 시간대에는 전화 응대를 하느라 다른 선생님들이 일상 업무를 못 할 정도였고요."

"정말……민폐를 끼쳐서 죄송합니다."

전화로 취재 요청을 한 것도 학교 전화번호를 알려준 것도 자신이 아니다. 그런데도 고개를 숙여야만 하는 불합리한 상황에 화가 치밀어오를 지경이었다.

"정말로요."

나카무라는 이쪽의 사죄를 당연하다는 듯 말했다.

"교내에서 발행한 사안이라면 언론이 들이닥쳐도 어쩔 수 없는 부분이 있지만 이건 호카리 선생의 사적인 문제니까요. 분명히 말해 민폐입니다."

"그렇겠죠. 그런데 교장 선생님. 변명 좀 하자면 취재진들이 몰려오는 게 전부 제 책임은."

"언론만이 아니에요."

반론은 허락하지 않는다는 듯 나카무라는 호카리의 변명을 도중에 잘랐다.

"저번 주, PTA* 회장인 스사 씨에게서 전화가 왔어요. 오오와아야 사건으로 체포된 남학생의 아버지가 근무하는 학교라고 하면서 리쓰세이 중학교 같은 교정이 찍혔는데, 정말 그런 사람이 근무하냐며."

가만히 서 있는데 겨드랑이에서 땀이 삐질삐질 났다. 이런 반응을 보이는 자신의 몸에 욕을 하고 싶어졌다. 자신이 원해서 불러들인 재앙도 아닌데 어째서 식은땀을 흘려야 하는 걸까.

"어떻게 답하셨습니까?"

"지금 확인 중이라고요. 아무 근거도 없는 유언비어 오보라고 단언할 수는 없으니까요."

이 말에 나카무라에게는 호카리를 보호할 생각이 없다는 것이 확실해졌다.

"다만 단 한 번의 보도라면 몰라도 이렇게 전화로 계속 상황을 물으면 언제까지나 대답을 보류할 수도 없겠죠. 스사 회장이나 학부모 전원에게 알려지는 건 시간문제일 거예요."

"딸이 집단 괴롭힘 피해자였을 때는 왜 PTA는 화제에 올리지 않았을까요."

내뱉고 나서 극심히 후회했다. 지금 말은 아무리 봐도 허세였다. 나카무라는 이제 와서 무슨 소리냐는 듯이 턱을 치켜올렸다.

＊ Parent-Teacher Association의 약어. 학부모와 교사로 구성된 교육단체로 문맥상 공익 사단법인 일본 PTA 전국협의회를 뜻한다. 건전한 청소년을 육성하고 아동복지를 증진하는 것을 목적으로 활동한다.

"피해자의 부모보다 가해자 부모가 더 문제인 건 당연하지 않습니까? 피해자를 정면에서 공격하는 사람은 없지만 반대의 경우는 정말 많습니다. 며느리가 미우면 손자까지 미워하는 한가한 사람들이니까요. 부모의 직장에까지 항의 전화를 하는 것을 의무, 정도로 생각하는 것 같아요. 버라이어티 프로그램에 자주 항의 전화를 거는 인간들과 똑같죠."

말끝마다 그런 인간들에 대한 경멸이 뚜렷하게 느껴졌다. 아마도 나카무라는 경멸하는 상대에게 항의를 받는 것을 견딜 수 없을 정도로 불명예라고 생각할 것이다. 평소 그녀의 언행을 보면 쉽게 상상할 수 있었다.

"다만 그런 한가한 인간들의 항의일지라도 학생을 보호하는 학교로서는 무시할 수도 없습니다. 또 의미 없는 전화 공세로 선생님들의 업무에 지장을 초래할 수도 없고요. 그래서 호카리 선생님, 이건 제 제안이에요."

불길한 예감만 들지만 도망칠 수도 귀를 막고 있을 수도 없다.

"잠시 쉬시는 건 어떠신가요?"

"딱히."

나카무라가 다시 말을 끊었다.

"자택에서나 자택 이외에서나 상관없어요. 업무상 문제로 자택에서 대기하는 교사가 전국에 5천 명이 넘어요. 아니, 호카리 선생이 문제가 있다는 건 아니고, 교내외에서 뜨거워지는 열기를 식힌다는 의미도 있고요. 어쨌든 당사자가 계속 부재하면 결국 실체 없는 소란은 잠잠해지기 마련이죠. 그들은 단지 당사자를 괴롭히고 싶을 뿐이니까요."

"몸이 멀쩡한데 병가라니."

"병가의 경우 최대 1년 반은 급여가 나와요. 물론 그렇게까지 길어지면 의사의 진단서가 필요하지만 호카리 선생님의 경우 딱 몇 주만이면 충분하니까 그것도 필요 없습니다."

"몇 주 동안 쉬면 수업은 어떻게 됩니까?"

"이럴 때를 위해 학년 주임인 도도 선생이 있잖아요. 다행히 현대국어라면 자신이 커버할 수 있다고 도도 선생도 말했고요."

"남자 농구부 부고문도 있습니다만."

"그쪽은 데라이 선생에게 부탁하면 돼요. 데라이 선생도 2년 차. 슬슬 본격적으로 동아리 고문을 맡겨볼까 생각하던 참이었고요."

호소하는 동안 왜인지 자신이 목숨을 구걸하는 것 같은 기분이 되었다. 너무나 비참해서 말끝이 떨렸다.

"명령입니까?"

"몇 번이나 말하게 하지 마세요. 이건 어디까지나 제안입니다. 하지만 누구에게나 도움이 되는 제안이죠. 손해 보는 사람은 아무도 없어요."

겉으로는 그럴지도 몰랐다. 그러나 호카리는 보이지 않는 것을 잃는 게 아닐까.

하지만 나카무라에게 그 논리는 통하지 않을 것 같았다. 교사로서의 자긍심, 학급이나 동아리에 대한 사명감. 그런 것들도 학교의 체면과 위기 회피 앞에서는 비교할 바가 못 된다고 단언하면 그만이다. 교사와 교장은 원래 짊어지고 있는 것이 다르다.

"따르지 않으면 어떻게 됩니까?"

"따르든 말든 이건 단지 제안이에요. 하지만 호카리 선생이 있는 한 언론사들은 우리 학교를 계속 공격하고, 스사 회장이 분명 다른 제안을 할 거란 건 충분히 예측 가능하죠. 그때 정면으로 화살을 맞을 호카리 선생을 보호할 방법은 거의 없을 것 같고요."

바꿔 말하면 보호할 생각은 털끝만큼도 없다는 뜻이다.

적어도 위기 회피라는 관점에서 나카무라의 말에는 오류가 없다. 호카리는 마지못해 고개를 끄덕여 보였다.

"급한 제안에 호카리 선생에게도 준비가 필요하겠죠. 오늘은 정시까지 수업을 해주세요. 내일부터 어떻게 할지는 도도 선생에게 자세히 말해둘 테니까요. 아, 인수인계는 해주시고요."

호카리에게 거부권은 없었다.

6교시가 끝나자마자 바로 학년 주임에게 인수인계를 했다. 호카리가 연차를 냈을 때 일시적으로 부탁했던 내용이 있어서 인수인계를 하는 데 크게 수고롭지는 않았다.

"그럼 호카리 선생님, 잘 지내세요."

학년 주임은 호카리와 나카무라의 밀약을 알고 있는지 자세한 사정은 조금도 묻지 않았다.

교문을 나가기 전까지 몇몇 학생들과 스쳤지만 누구도 친절하게 말을 걸어주지 않았다. 대신 쏟아지는 것은 연민도 비난도 아닌 싸늘한 시선뿐이었다.

정시에 퇴근했지만 지금 집에 돌아가도 놀라게만 할 뿐이고 저녁 식사 시간에 맞춘다고 해도 유카와 같이 먹지 못하면 주부의 수고가 늘어나기만 할 것이다.

어디서 시간을 보낼까, 생각하다가 깜짝 놀랐다.

집에 있기도 힘들고 직장에서도 설 자리를 잃었다. 마치 구조 조정 통보를 받은 직후의 직장인이 갈 곳이 없어 방황하는 것과 똑같지 않은가.

지금 자신의 모습을 옆에서 보면 지극히 한심할 것이다. 호카리는 자조적으로 웃었다. 도대체 언제부터 자신이 집에서도 직장에서도 있을 수 없게 된 걸까. 아버지로서, 교사로서 당연히 했던 행동에 무슨 잘못이라도 있던 걸까.

정신을 차리니 삼거리 모퉁이에 서 있었다. 오른쪽으로 가면 호카리의 집이 있다. 왼쪽으로 꺾으면 상점가를 지나 신흥 주택지가 이어진다.

그때 떠올랐다. 신흥 주택지 근처에 오오와 아야의 집이 있을 것이다.

생각해보면 호카리 자신은 오오와네 집을 자세히 본 적이 없다. 사토미가 직접 담판을 지으러 갔을 때도 오하시 파출소에서 사토미를 인계받았을 뿐, 그 집에 사과하러 간 적은 없다.

오오와 아야의 엄마가 소리를 지르며 달려들었을 때는 함께 온 남편 다이조가 말려주었다. 그때 다이조가 말리지 않았다면 어떻게 됐을지 짐작도 가지 않았다.

느닷없이 오오와네 집을 향한 관심이 고개를 내밀었다. 호카리로서는 사토미가 직접 담판을 지으러 간 일에 대해 늦게라도 사과하고 싶었고 다이조의 배려에 감사한 마음도 있었다. 상점가에 양과자점이 있을 테니 선물용 과자도 구입할 수 있다.

오오와네 집 주소는 오하시 파출소에 갔을 때 이소무라 순경에게 어느 구인지만 들었다. 오오와라는 성은 흔치 않으니 스마트폰으로 검색하고 내비게이션의 기능을 활용하면 분명 그 집을 찾을 수 있을 것이다.

호카리는 삼거리에서 좌회전을 했다.

양과자점은 금방 찾았지만 무엇을 사가면 좋을지 몰랐다. 요즘 여자들 사이에서 유행하는 디저트가 무엇인지 몰라 결국 직원이 추천하는 것을 구입했다.

거리는 신형과 구형 주택이 뒤섞여 있었다. 오오와네 집이 있는 주택지는 재개발 중인 지구 바로 옆이었다. 새로운 주택지가 모두 현대식 건물로 들어선 것에 비해 이쪽은 목조 기와집까지 남아 있는 옛 모습 그대로의 동네다. 재개발에 따라 대형 복합상점시설도 건설됨으로써 같은 지역인데도 도로 하나를 두고 한쪽은 쇼와, 한쪽은 헤이세이 같을 정도로 분위기가 확연히 달랐다.

그래도 구획이 잘 정리되어 있어 헤매지 않고 길을 찾을 수 있었다. 오오와네 집이 수십 미터 앞에 보였다. 저 낡은 2층 건물이 그 집임이 분명했다. 사토미의 말과도 일치했다. 집에서 조금 떨어진 곳에서 카메라를 짊어진 사람도 눈에 띄었다.

의욕이 넘쳤지만 막상 상대의 집 근처까지 오자 결심이 무뎌졌다. 어떤 표정을 지어야 할지, 첫인사는 '폐를 끼쳐 죄송했습니다'라고 해야 할지, '폐를 끼쳐 죄송합니다'라고 해야 할지.

고개를 숙인 채 빠른 걸음으로 현관 앞에 다다르자 갑자기 문이 열리고 안에서 가냘픈 체격의 소년이 얼굴을 내밀었다. 나이는 10대 후반쯤인지 부루퉁한 표정에 앳된 느낌이 남아 있었다.

소년은 문 앞으로 다가오는 호카리를 의심의 눈초리로 바라보았다.

"이 집 식구니?"

"맞는데 아저씨 누구세요? 또 취재진인가."

"호카리라고 해."

그러자 소년은 바로 납득했다는 얼굴로 문을 닫고 현관 밖으로 나왔다.

"아야를 죽인 녀석의 아버지요?"

"넌……."

"오빠 게이야. 뭐예요, 저 과자 상자는. 설마 아야 일 사과하러 온 거예요?"

"아니. 그거랑은 별개로 사과하러 왔어."

"흠. 그래도 오늘은 그냥 가시는 게 좋을걸요."

"왜지?"

"집에 엄마만 있거든요. 아빠랑은 다르게 엄마는 신경이 예민해서 아저씨 한 명만 상대하는 거라면 칼 들고 나와도 이상할 게 없거든요."

"설마."

"아저씨에 대해 나쁜 말은 안 할 테니까."

이렇게 말하며 게이야는 호카리의 팔을 잡고 집에서 얼른 떨어뜨리려고 했다.

"어차피 오실 거면 아빠가 있을 때 오세요. 보통 밤 10시에는 집에 오시니까요. 아빠가 옆에 있으면 엄마도 그렇게까지 폭발하시진 않을 거예요."

원래 언쟁을 하러 온 것이 아니었다. 지금은 게이야의 충고를 따라야 할 것이다.

"여긴 취재진들의 시선도 집중되니 아무렇지 않은 얼굴로 같이 걸어가주세요."

게이야는 작은 목소리로 지시했고 호카리는 게이야의 뒤를 따라 취재진이 없는 쪽으로 걷기 시작했다. 그러자 곧 그들의 모습이 시야에서 사라졌다. 게이야는 호카리의 팔을 놓고는 땀이 신경 쓰였는지 자신의 바지에 손을 닦았다.

"네게 도움을 받았군."

"신경 안 쓰셔도 돼요. 저를 위해서이기도 해서요."

"왜지?"

"아저씨를 집에 들여보내면 엄마가 소란을 피우겠죠. 그러면 밖에서 대기하고 있던 기자들이 아주 좋다고 몰려올 테고요. 제가 혼자 나가면 여동생을 잃은 오빠를 인터뷰하고 싶은지 역시 기자들이 또 몰려오고요. 현기증이 날 정도예요."

"기자들이 싫으니?"

"파리떼처럼 몰려와서 너무 싫어요. 저는 수험생인데 학원에도 못 가요."

게이야는 지겹다는 듯 내뱉었다. 상당히 울분이 쌓인 듯했다.

"사정은 알겠구나."

피해자의 오빠와 가해자의 아버지. 기묘한 관계이지만 나름대로 가까워질 수 있을지도 모르겠다. 그런 생각을 하는데 갑자기 게이야의 말투가 변했다.

"사정은 알겠다, 라니. 흠, 잘도 말씀하시네요. 아저씨, 중학교 선생이랬죠?"

"그건 그런데."

"제가 학원까지 다니면서 고생하는 건 다 초등학교 중학교 선생들 때문이에요."

갑작스러운 트집에 대답하기 곤란했다.

"무슨 말인지 모르겠구나."

"불과 몇 년 전까지 유토리 교육*을 시행했잖아요. 그거 때문에 아주 힘들어졌다고요."

게이야가 일방적으로 떠들어댔지만 호카리가 게이야를 가르친 적은 전혀 없다. 이것이야말로 엉뚱한 데 화풀이하는 것이나 마찬가지다. 실제로 호카리가 근무하는 리쓰세이 중학교는 2012년부터 유토리 교육에서 탈피해 2002년도 이전 수준으로 교육 방침을 돌려놓았다.

"초등학교 때는 제대로 수업도 하지 않고 너희들 한 명 한 명은 특별하다, 무한한 가능성이 있다는 둥 부추겼어요. 고생하지 않아도 개성을 살릴 수 있는 미래가 기다리고 있다든가. 그게 중학교에 들어가면 갑자기 태세 전환. 이제부터는 남들보다 더 많

✳ ゆとり教育. 여유로운 교육이라는 뜻으로 학습 내용 및 시간을 줄이고 학생의 창의성·자율성을 존중하는 교육방침을 의미한다. 주입식 교육의 폐해를 방지하기 위한 대책이었으나 학력 저하라는 결과를 초래했다.

이 공부해라, 죽을 만큼 노력해야 겨우 평균이라니 정말 짜증 났다고요. 서둘러 학원을 다니기 시작했는데 초등학교 때부터 다니던 애들하고는 이미 격차가 엄청 벌어졌고. 이게 다 아저씨처럼 초등학교, 중학교에서 그렇게 엉망진창으로 가르친 선생들 탓이라니까요."

게이야의 분노는 이해할 수 있었다. 내 담당인 2학년 C반에도 비슷한 항의를 하는 학생이 있었기 때문이다. 하지만 현재 열네 살인 학생과 고등학교 3학년인 듯한 게이야가 느끼는 불안에는 큰 차이가 있다. 시대 탓이라고 치부하기는 쉽지만 당사자들은 견디기 어려웠을 것이다.

"우리는 잠을 줄여가며 공부하고 있는데 그 시절 말도 안 되는 교육론을 펼치던 선생들은 누구도 책임을 안 져. 서른 넘어서 사회에서 중도 탈락한 피해자가 늘어나는데도 마치 자신은 상관없다는 얼굴이나 하고요. 정말 속 편해, 교사라는 직업이요."

게이야의 눈빛에 섬뜩한 위태로움이 감돌았다. 하지만 그것도 잠시, 곧 호카리에게서 시선을 돌렸다.

"어쨌든 인사하고 싶으면 아까 말씀드린 시간에 오세요. 절대로 제 공부 환경을 방해하지 않으셨으면 하고요."

게이야는 그렇게 말하고는 상점가 쪽으로 발걸음을 돌렸다.

그 뒤에는 허무하게 과자 상자를 늘어뜨린 호카리가 남았다.

2

✳

호카리가 문을 여는 순간 들리던 왁자지껄한 소리는 분명 취재진의 소리였다.

현관에서 몰려오면 어떡하지.

사토미는 긴장했지만 어쨌든 호카리가 취재진을 전부 데리고 간 듯, 더 이상의 소란으로 커지지는 않았다.

먹잇감을 정한 언론은 맹렬한 하이에나와 같다. 요 며칠간은 특히 실감하고 있다. 오오와 아야를 몰아붙일 때는 든든한 아군이었지만 적으로 돌리니 이토록 집요하고 혐오스러운 존재도 없었다. 사토미가 한 발짝이라도 밖으로 나가려고 하면 다가온다기보다는 공격했다. 취재하는 당사자들은 어떤 기분일지 모르지만 마이크와 카메라가 지근 거리에서 다가오면 극심한 공황에 빠졌다. 마치 전 세계가 적이 된 듯한 착각에 심박수가 올라갔다.

취재진들의 목소리가 사라져 안도하며 가슴을 쓸어내리고 있을 때, 사토미의 스마트폰에 LINE이 왔다. 그에게서 온 메시지였다.

— 뉴스로 보고 있습니다. 괜찮으신가요?

오랜만에 온 연락에 희미한 안도감을 느꼈다. 일상에 소소하게 끼어든 평온함을 떠올리자 유카가 교실 창문에서 뛰어내리기 전으로 시계를 돌린 것 같은 기분이 들었다.

사토미는 바로 답장했다.

― 저는 괜찮으니 안심하세요.

― 그렇군요. 무슨 어려운 점은 없으신가요?

조금 생각하고 나서 또 답장했다.

― 집 안에서는 거의 혼자라 외롭고 그렇다고 밖에 나가기도 힘들어요.

다음 메시지가 오기까지는 약간 뜸이 있었다.

― 마침 비번인데 괜찮으시면 바깥 공기 좀 쐬지 않으실래요?

사토미는 10초 정도 고민하다가 답했다.

― 그럼 한 시간 후에 단골 카페에서 봐요.

스마트폰 화면을 돌려놓고 화장대로 향했다. 내추럴 메이크업이라면 30분이면 완성한다. 여기서 카페까지는 걸어서 15분. 제때 도착할 수 있을 것이다.

서둘러 거울 앞에 앉아 화장품에 손을 뻗었다. 가족들 앞에서는 민낯도 좋지만, 외출할 때는 그럴 수 없다. 화장도 하지 않고 사람들 앞에 서는 것은 속옷을 입지 않고 나선형 계단을 오르는 것보다 더 부끄럽다. 더군다나 상대는 이성이다.

아무리 내추럴한 메이크업이라고 해도 절차를 생략하고 대강 화장하는 것은 금물이다. 스킨을 가볍게 두드려 흡수시킨 후 볼, 이마, 미간, 코, 턱 순으로 파운데이션을 바른다. 아이섀도는 피부에 잘 어울리는 브라운 계열의 펄이 들어간 것을 선택하고, 아이홀은 베이지색을 얹어 입체감을 더한다. 펜슬로 가볍게 눈썹 윤곽을 잡아주고 파우더로 부드럽게 표현한다. 트렌드인 일자 눈썹으로 마무리한 후 눈 밑에 블러셔를 한다.

마지막으로 립을 바르고 나니 딱 30분이 지났다. 외출용 원피스로 갈아입고 서둘러 유카 방으로 향했다.

유카의 방은 여전히 문이 닫혀 있었다.

"유카. 엄마 장 보러 갔다 올게. 두 시간쯤 후에 올 거야."

귀를 기울여보니 아직 이불 속인지 웅웅거리는 목소리로 답이 들려왔다.

케이크나 다른 뭐라도 사 올까.

그런 생각을 하면서 이번에는 뒷문으로 향했다.

호카리 집의 뒷문은 좁은 골목길로 근처 건물의 담벼락이 길 양옆을 둘러싸고 있는 형태다. 원래 이웃의 시선을 피하기 위해 만든 담장이라 높이도 충분하다. 이곳을 지나면 정문에 진을 치고 있는 취재진을 피해 밖으로 나갈 수 있다.

사토미는 뒷길 양옆에 사람이 없는 것을 확인한 후 겨우 집을 나왔다.

도중에 택시를 타니 카페에는 5분 전에 도착했다. 카페로 들어갔다. 예상대로 상대는 미리 도착해 손을 흔들었다.

"여기요."

오하시 파출소의 이소무라 순경, 아니 제복을 벗은 이소무라

다쓰로는 인자한 웃음을 지으며 사토미를 반겼다. 사토미보다 다섯 살 연하. 제복을 입고 있을 때는 표정을 죽이고 있지만 평상복으로 갈아입는 순간 개방적인 성격이 얼굴을 내민다. 그 엄격한 제복은 규율과 함께 몰개성을 연출하고 있는 건지도 몰랐다.

"도중에 취재진이 눈치채진 않았나요?"

"집에서 나와서는 택시를 타서요."

"그래도 힘드셨죠. 입장이 완전히 역전된 것처럼 되어서."

그렇게 말하고는 이소무라는 당황한 듯 입을 다물었다.

"죄송합니다. 경찰인 제게 그런 말을 들으시면 싫으시겠죠."

"아니에요. 이소무라 씨 잘못도 아니고, 일단 우리 아이가 범인이라고 확정된 것도 아니니까."

"그건 그렇지만…… 들었어요. 며칠 전 아야 양의 부모가 자택에 들이닥쳤다면서요. 그것도 제가 사토미 씨에게 오오와 씨 집을 알려주지 않았다면."

"아니에요. 이소무라 씨는 길만 안내해준 것밖에 없어요. 파출소 순경은 길을 안내하는 게 업무잖아요."

"뭐, 그렇죠."

"이소무라 씨가 알려주지 않았어도 저는 택시를 타거나 스마트폰을 사용하거나 해서 어떻게든 오오와 씨네 집에 찾아갔을 거예요. 그러니 신경 쓰지 마세요."

"신경은 쓰이네요."

이소무라는 담담하게, 그러나 단호하게 말했다.

"가까운 사람이 세상과 언론으로부터 비난을 받고 있잖아요. 신경 쓰지 않는 게 더 어렵죠."

말을 하고 나서 부끄러운 듯 커피를 마셨다. 커피잔으로 얼굴을 가릴 생각이었다면 완전 실패다. 그 작은 컵으로 가릴 수 있는 것은 기껏해야 입술 정도다.

실제 나이 서른다섯, 미혼. 체격은 건장한 편이지만 가끔 동안으로 보일 때가 있는데, 그 갭 차이가 귀엽다. 이렇게 마주 보고 앉아 있는 모습이 남들에게는 어떤 사이로 비칠지 남몰래 상상하며 즐거워한다. 남편의 진지함과는 또 다른, 마음을 편하게 해주는 부분이 있다. 이름을 불러주는 목소리도 귀에 착착 감긴다.

"제가 만나자고 해놓고 이런 말 하는 게 웃기지만 외출하니 좋으신가요? 집에 유카 혼자 있을 텐데."

"현관이 잠겨 있고, 유카 방도 안쪽에서 잠겨 있어요. 게다가 유카는 분명 이불 속에 꽁꽁 들어가 있을 거예요. 세 겹으로 포장된 선물 같달까. 거기다 겉에는 짐승 같은 기자들과 카메라맨들이 우글거리고. 제가 도둑이나 변태라면 아무리 돈이 쌓여 있어도 그 집에는 절대 들어가지 않을 거예요."

그리고 또 하나.

사토미 자신도 마음을 터놓을 수 있는 사람과 대화를 나눌 필요가 있었다. 경찰은 어쨌든 슌이 호카리 가족 중 누군가를 감싼다고 생각하는 듯했다. 남편은 대놓고 말하지 않았지만 오랜 시간 함께 산 부부로서 피부로 느낄 수 있었다. 본인은 모르겠지만 생각이 금방 얼굴에 드러난다. 5초만 봐도 대부분 읽어낼 수 있다. 유카가 남편과 얼굴을 마주하기 싫어하는 이유 가운데 하나가 그 때문인지도 모른다. 남편은 사토미를 의심하면서도 분명하게 말하지 않았다. 그러니 더 그런 표정을 짓는 것이다. 그렇게 간단한 이치를 왜 모르는 걸까.

"그래도 조금은 안심이네요."

"뭐가요?"

"제대로 화장도 하고 옷도 어울리게 잘 입으셨잖아요. 그런 여유가 있다는 건 아직 괜찮다는 뜻이니."

"상대에 따라 달라요."

조금도 망설이지 않고 답했다.

"상대가 이소무라 씨니까. 다른 사람이었으면 밖으로 나갈 생각도 안 했을걸요."

이소무라의 눈동자가 좌우로 흔들리는 것을 보자 장난기 가득한 사토미는 만족스러웠다. 꼬실 생각은 없고 아슬아슬한 지점에 멈춰 세우는 것, 이보다 즐거운 일은 없었다. 비밀스러운 만남에 스릴도 딱 적당한 조미료다.

이소무라와는 아직 육체적 관계는 없다. 호카리나 아이들이 외출하는 날과 이소무라의 비번이 겹칠 때, 몇 주에 한 번 정도 함께 카페에 가거나 영화를 보는 수준의 관계다.

알게 된 계기는 1년 전 여름 방학, 슌이 고쓰 거리 상점가의 게임센터에서 경찰에 선도받은 사건이었다. 불량배들 무리와 상점가에서 어울리는 것을 이소무라에게 들킨 것이다.

슌을 선도해 이유를 자세히 물으니 불량배 중 한 명이 어릴 적 친구였던 인연으로 자신을 꼬드겼다고 했다. 다시 말해 이소무라의 선도가 그 불량배들과 거리를 둘 딱 좋은 기회가 되었다는 말이었다.

사토미는 슌을 데리고 돌아간 후 감사 인사를 할 겸 파출소에 들러 이소무라를 찾았다. 잡담을 나누던 중 이소무라의 본가가 사토미의 본가와 가깝다는 사실을 알게 되었다. 가까울 뿐 같은 마을인 건 아니지만 그래도 같은 사투리로 말하니 거리가 단번에 가까워졌다. 낡은 인습이 싫어서 뛰쳐나온 것까지 똑같았는데, 서로 사투리를 섞어가며 대화하니 기분이 묘했다. 사랑과 증오는 한 몸이라는 말은 이런 걸 두고 하는 말일 것이다.

물론 이소무라가 호카리네 집까지 오지는 못했고 데이트는 집과 파출소에서 멀리 떨어진 장소에서만 할 수 있었다.

몇 주에 한 번, 몇 시간 동안의 철없는 데이트.

하지만 그것은 사토미에게는 삶의 활력소이자 몇 안 되는 자극이었다. 호카리에게서는 얻을 수 없는 설렘, 아이들에게서는 얻을 수 없는 안도감이 일상을 풍요롭게 해줬다. 같은 공무원이지만 호카리와 이소무라는 완전히 다른 유형의 남자로, 이소무라를 만날 때 사토미는 다른 삶을 살았을지도 모르는 자신을 꿈꿨다. 그것은 대낮에 꾸는 꿈이었다. 마흔을 맞이해 여자로서의 자신보다 아내와 엄마로서의 자신을 더 많이 느끼게 된 요즘, 이소무라와 함께 있을 때만 여자로서의 자신을 실감할 수 있었다.

지금까지 이소무라를 성적인 눈으로 본 적이 단 한 번도 없었다고 하면 거짓말이다. 아니, 만남이 거듭될수록 자신 안의 여자가 고개를 내밀었다. 그런데도 지금 이 지점에서 걸음을 멈추고 있는 것은 허울뿐인 양심과 가족에 대한 죄책감 때문이었다.

눈앞에 앉아 있는 이소무라는 동요를 감추지 못했다. 동안이라고 해도 서른다섯 살 남자다. 사토미의 마음을 눈치채지 못했을 리 없다.

"지금 사토미 씨는 불안해하고 있어요. 그러니 그런 말을 하는 거고요."

"그런가."

"인간은 불안해지면 두 가지 유형으로 나뉜다고 해요."

"흐음. 어떻게 나뉘는데요?"

"일상으로 도망치는 유형과 비일상으로 도망치는 타입."

"재밌네. 무슨 심리 테스트에 쓸 수 있을 것 같아."

"전자가 압도적으로 많대요. 일상을 반복함으로써 불안을 떨치죠. 지진 피해 지역이 좋은 사례예요. 평소와 똑같이 행동함으로써 자신을 강제로 일상에 집어넣을 수 있죠. 겉으로 보기에는 난폭한 것 같지만 건전하다고 하면 건전해요."

"그럼 비일상에 빠지는 유형은 어떤 사람들이에요?"

이소무라가 잠시 숨을 골랐다. 말하기 어렵다는 것을 눈빛을 보고 짐작할 수 있었다.

"대부분은 마약 사용자 같은 범죄자들이에요. 비일상이란 결국 일상에서 등을 돌리는 행위니까요."

"이소무라 씨, 심리학자 같아요."

"심리학자가 아니어도 일 년 내내 범인을 쫓다 보면 그런 지식이 쌓여요. 비일상을 당연시하는 게 상습범이고요."

사토미에게는 지금 이 순간이 비일상이었다. 그렇다면 이소무라도 그것을 자각하고 있다는 뜻인가. 비밀 데이트를 죄로 인식하고 사토미를 공범으로 생각하는 건가.

갑자기 묻고 싶어졌다.

"이소무라 씨."

"네."

"혹시 내가 어떤 죄를 저질렀는데 당신이 그걸 알게 된다면 어떻게 하실 건가요?"

이소무라의 얼굴이 굳었다.

"있지도 않은 일을 가정하지 말아주세요. 전 임기응변이 뛰어나질 못해서."

가정한 이야기가 아닌데.

그렇게 생각했지만 더 깊이 파고들지 않기로 했다.

이소무라는 여전히 동요하고 있었다. 땀을 닦기 위해 손수건을 꺼냈다. 이마를 닦을 때 이쪽을 향한 손등이 보였다. 남편과는 정반대인 굵고 살이 많은 손가락. 쾌활함과는 달리 어딘지 모르게 야릇함을 풍기는 새까만 피부.

유카에게 말한 두 시간까지 아직 한 시간 반 이상 여유가 있다.

사토미는 온몸의 피가 천천히 끓어오르는 것을 느꼈다.

"이야기를 바꾸겠는데요."

이소무라의 바뀐 말투에 사토미는 정신을 차렸다.

"뭐죠?"

"우연히 들은 건데 슌 군은 진술을 두세 번 번복하는 것 같더라고요."

"네. 남편은 누군가를 감싸는 게 아닐까 생각하고 있고, 그러니 다른 가족들을 의심하는 것 같아요."

"꼭 가족에 한한 것만은 아니겠죠?"

이소무라는 신중하게 말을 고르는 듯했다.

"오오와 아야 양에게 원한을 품고 있고, 그리고 슌이 감싸고 싶은 인물. 그런 인물이 정말 가족 외에는 없나요? 사토미 씨나 남편분이 모르는 누군가가 있진 않을까요?"

커피잔으로 뻗은 손가락이 자연스럽게 멈췄다. 사토미는 자문해봤다.

자신은 슌에 대해 무얼 알고 있는 걸까.

그리고 무엇을 모르는 걸까.

사토미 자신부터 가족을 향하는 얼굴과 이소무라를 향하는 얼굴이 구분된다. 사토미가 이런 식이라면 슌 역시 그럴 것이 당연하다. 가족이라고 해도, 피를 나눈다고 해도 결국은 타인이다. 보이지 않는 얼굴도 있고, 보이지 않는 마음도 있다. 지금의 호카리 가족은 막 벌어진 틈 사이로 그간 숨겨져 있던 것들이 얼굴을 내미는 듯했다.

누구나 무언가를 숨기고 있다.

그것은 자신을 위한 걸까, 아니면 타인을 위한 걸까.

냉방이 강하지 않은데도 손가락 끝이 차가워졌다. 사토미는 양손으로 컵을 감싸 손가락을 데웠다.

이소무라의 커피잔은 비어 있었다.

"이소무라 씨, 저기."

"네."

"아직 시간 있어요."

∃

✳

엄마가 뒷문으로 나갔음을 소리로 듣고 알았다. 집이 낡아서인지, 아니면 엄마의 행동이 조심성이 없어서인지, 방 안에서도 엄마가 어디서 무엇을 하는지 대충 짐작할 수 있었다.

엄마가 외출하기 직전, 유카는 그 사실을 상대에게 LINE으로 전했다. 상대에게서 '지금 바로 갈게'라는 답장이 왔다.

그로부터 15분 후, 인터폰이 울리자 유카는 방에서 나와 현관문을 열었다.

"어서 와."

"안녕, 유카."

나쓰나는 유카의 얼굴을 보자마자 대뜸 껴안았다.

"잘 지냈어?"

"히키코모리한테 할 말은 아닌데?"

"그래도 안심했어."

"현관까지 잘 왔네. 집 앞에 사람 많잖아."

"응. 카메라맨이랑 마이크를 든 사람이 수십 명이나 있더라. 어떤 여자는 나한테 다가오기도 했어."

"혹시 나쓰나, 인터뷰 같은 거 했어?"

"아니, 그냥 프린트물 전해주려고 왔다고 하니까 바로 보내주더라."

아빠가 밖으로 나갔을 때는 취재진의 목소리가 집 안에 쓰나미처럼 밀려들었다. 그에 비하면 나쓰나에 대한 반응은 맥이 빠질 정도다. 말투는 정중하면서도 눈빛만큼은 희번덕거렸던 사람들도 초등학생은 봐주는 건가.

"학교, 안 늦어?"

"응. 뛰어가면 돼. 10분 정도는 이야기할 수 있어."

나쓰나는 반에서도 키가 작은 편에 속한다. 이 체격으로 학교까지 뛰어가면 도중에 숨이 차진 않을까.

"방에 들어올래?"

"아니, 괜찮아. 얼굴만 보러 온 거니까."

"10분, 얼굴만 보려고 일부러 여기까지 와줬잖아."

"LINE도 메시지뿐이고 동영상도 일방통행이잖아. 그래서 이렇게 직접 만나고 싶었어."

"왜?"

"왜라니, 내 은인이잖아. 유카가 나서주지 않았다면 내가 먼저 자살했을지도 몰라."

나쓰나는 담담하게 말했지만, 유카는 솔직히 수긍할 수 없었다. 애써 얼굴에 드러내지 않으려고 노력하지만, 머쓱해지는 마음까지는 감출 수 없었다.

기초생활수급자라는 이유만으로 나쓰나가 괴롭힘의 대상이 되었을 때, 유카는 담임인 스기하라에게 그 사실을 알렸다. 타고

난 정의감에 이끌린 행동이었지만 설마 괴롭힘의 화살이 자신을 향할 줄은 상상도 하지 못했다.

소지품을 숨기거나 부수는 것까지는 그럭저럭 평정심을 유지할 수 있었다.

하지만 폭력을 당하는 지경에 이르자 유카는 자신이 지뢰를 밟았다는 사실을 깨달을 수밖에 없었다. 옷으로 가려지는 부위를 마음껏 할퀴어 내출혈을 일으켰다. 청소용 물통을 뒤집어씌울 때면 엄마에게 설명하느라 애를 먹었다. 날마다 모욕적인 말을 들었고, 급기야는 반 아이들 앞에서 무릎을 꿇리고 바퀴벌레를 잡아먹을 뻔한 모습을 촬영당했다. 이 무렵부터 유카는 마음이 불안정해졌고 생각과 표정이 일치하지 않게 되었다.

웃고 있는 줄 알았는데 자연스레 눈물이 쏟아져 나왔을 때는 스스로도 놀랐다. 자신의 감정을 통제할 수 없다는 사실이 무척이나 두려웠다.

믿기 어렵게도 유카가 괴롭힘을 당하고 있을 때 나쓰나는 모르는 척했다. 괴롭힘에 가담하지는 않았지만, 괴롭힘을 당하는 유카를 멀리서 지켜보기만 할 뿐, 결코 손을 내밀지 않았다.

막연히 나쓰나 정도는 자신의 편을 들어줄 거라 생각했던 유카에게 나쓰나의 배신은 예상치 못한 일로, 이는 괴롭힘보다 더 큰 상처로 다가왔다.

그리고 정신을 차리니 자신은 교실 창문을 활짝 열고 있었다.

창틀에 서서 저쪽을 바라보니 운동장이 보였다. 2학년인가, 체육복 차림의 무리가 이쪽을 향하고 있었고, 아이들 몇 명이 유카를 가리키고 있었다.

'아, 지금 뛰어내리면 저 아이들이 목격자가 되겠구나.'

그렇게 생각한 순간 무릎을 구부린 채 몸을 허공으로 날렸다. 아래에서 불어오는 바람과 벽처럼 생긴 시야를 인식했을 때, 갑자기 의식이 멀어졌다.

정신을 차렸을 때는 병원 침대 위에 있었다. 살았다는 안도감과 함께 공포와 죄책감이 머리 위에서 쏟아져 내렸다.

그때 느꼈던 공포는 평생 잊지 못할 것이다.

그런데 지금, 나쓰나는 뭐라고 말했나. 유카가 감싸주지 않았다면 자신이 먼저 자살했을 거라고.

설마 유카가 자기 대신 자살하기를 기다렸다고 말하는 건가. 그러니 유카에게로 괴롭힘의 화살이 방향을 틀었을 때도 방관만 하고 있었다는 건가.

나쓰나가 피해의식 덩어리인 것은 유카도 어렴풋이 알고 있었다. 그래서 유카가 자살을 시도해 재활이 필요한 몸이 되었어도 나쓰나가 죄책감에 휩싸이진 않을 것이라 예상은 했다.

하지만 이렇게까지 죄책감이 없을 줄은 몰랐다. 유카가 무슨 생각을 하는지도 모르고 나쓰나는 단지 유카의 안색을 살피는 것처럼만 보였다.

분명 자신의 고통에는 민감하면서 타인의 고통에는 둔감한 아이일 것이다. 그러니 LINE을 몇 번이나 무시한 유카의 기분도 모른다.

실제로 퇴원 후 나쓰나에게서 연락이 뜸할 때조차 평균 하루에 열 번은 연락이 왔다. 유카는 나쓰나가 어떤 성격인지 알았기 때문에 그 일을 부탁하는 것 말고는 답장을 하지 않았다. 다시 학교에 나갔을 때도 나쓰나에게는 일부러 말을 걸지 않았다.

오늘도 신경 쓰이는 부분을 확인하고 싶어서 답장을 한 것뿐이었다.

"반 분위기는 어때?"

그러자 나쓰나가 쿡 웃었다.

"다들 힘들지."

인생 경험이 적은 유카가 보기에도 그 웃음소리가 어딘가 사악하다는 것을 알아차릴 수 있었다.

"괴롭힘 주동자가 살해당했으니까 아야와 어울리던 여자애들 전부 겁먹었어. 다음은 자기 차례일까 봐."

대충 그럴 거라고 예상했기 때문에 유카는 마음속으로 고개를 끄덕였다.

"왜 다들 무서워하지? 이미 우리 오빠가 경찰에 끌려갔는데."

"역시 자신이 꺼림칙한 짓을 했다고 생각하니까."

나쓰나는 왜인지 득의양양하게 말했다.

"아야에게 일어난 일이 자신에게도 일어나도 이상하지 않으니. 사람이 살해당하고 나서야 비로소 깨닫다니, 참 기뻐할 일이야."

"……별로 기뻐할 일 아닌데."

"앗, 미안, 미안해. 그런 뜻으로 말한 게 아니야."

그런 의도가 아니라면 무슨 의도로 그런 말을 했을까. 무심코 물어보고 싶었다. 하지만 알고 싶은 것이 더 있다. 유카는 화를 참으며 말을 꺼냈다.

"내가 등교한 건 사흘뿐이라 반 분위기가 달라졌다는 것만 알아차렸어. 모두들 내게 가까이 오지도 않고. 입원해 있는 동안 도대체 무슨 일이 있었어?"

"많은 일이 있었지."

나쓰나는 보고하는 것이 즐거워서 견딜 수 없어 보였다.

"그런데, 유카 그 사흘간은 제대로 등교하지 않았어?"

"했는데, 그래도 상황은 전혀 모르겠어……겨우 예전으로 돌아가나 싶었는데 결국은 반에 앉아 있기가 힘들어졌어."

떠올릴 때마다 점점 불쾌해졌다. 입 밖으로는 내지 못했지만 모두들 유카를 멀리하는 것이 피부로 느껴졌다. 따가운 시선을 견딜 수 없어 다시 등교할 수 없게 되었다.

"유카가 병원에 실려 가고 나서 괴롭힘 때문에 그런 거 아니냐고 누군가가 말을 꺼냈어. 학교의 책임 문제이니 교장 선생님과 교감 선생님이 스기하라 선생님을 비난한 것 같아. 범인 찾기인 거지. 거기다 어제까지 가해자였던 아야가 이제 피해자 쪽이 된 거야. 그건 정말 최고였어."

"아야가 괴롭힘을 주동했다는 건 공표됐어?"

"아니."

나쓰나는 노골적으로 불만을 드러냈다. 유카의 심정도 자신과 마찬가지일 거라고 생각하기 때문일 것이다.

"오히려 괴롭힘은 없었던 걸로 처리된 듯해. 하지만 그게 거짓말이라는 건 반 아이들 모두가 알고 있으니 이번에는 스기하라 선생님이 거짓말쟁이 취급을 받았지. 그 후 경찰이 모두에게 사정 청취 같은 걸 해서 겨우 학교는 괴롭힘이 있었다는 걸 인정했고."

억울하기 그지없다는 식의 말투는 자신이 괴롭힘을 당했을 때 스기하라가 보였던 태도를 떠올렸음을 뜻했다.

"경찰들이 개입하자마자 스기하라 선생님의 태도도 변해서 아야 일행에게 차가워졌어. 소란이 커질수록 스기하라 선생님은 꼴사납게 됐지. 한순간에 학급의 신뢰를 잃게 된 거야. 무슨 말을 들을 때마다 태도가 변하니까 신뢰를 잃는 것도 당연하지."

유카는 나쓰나가 왜 자신은 신뢰를 잃지 않았다고 생각하는지 너무나 의아했다.

"학교 측은 어떻게든 조용히 넘어가고 싶었던 것 같은데 이때 또 이 사건이 방송을 타서 선생님들은 도망갈 곳이 없게 됐지. 취재진들이 학교까지 들이닥쳐서 선생님들이 대응하느라 애를 먹었어."

"교문 앞에 깔렸겠네."

"응, 깔렸지, 깔렸어. 선생님들한테는 가차 없고, 우리한테도 마이크를 들이대더라니까."

"다들 살벌했겠네."

"학교 밖이 시끄러우면 시끄러울수록 아야 무리의 표정이 바뀌는데 아주 웃기더라."

나쓰나의 입장에서는 자신을 괴롭혔던 아이들이 하루가 다르게 있을 곳을 잃어가는 것이다. 보기만 해도 분명 즐거웠을 테다.

하지만 나쓰나는 알지 못했다. 곤경에 처한 인간을 멀리서 바라보며 은근히 기뻐하는 것. 그거야말로 괴롭힘당하는 자신을 방관하기만 했던 학급 친구들과 똑같은 거 아닌가.

"그러다 아야의 이름이 인터넷에서도 유명해졌잖아."

"응. 내가 등교를 다시 시작한 것도 그 타이밍이라 아야가 반에서 고립되었다는 것은 알았어."

"정말 기분 좋았다니까."

나쓰나는 묵은 체증이 내려간 것처럼 말했다.

"그 기분을 유카랑 나누고 싶었는데."

"무리야. 스기하라 선생님이 무슨 이유에서인지 나를 멀리하려고 했으니까."

떠올리는 것도 불쾌하지만 등교를 재개한 유카에 대한 학교 측의 태도는 그야말로 종기를 만지는 듯했다. 유카가 아야 일행과 접촉하지 못하도록, 그리고 유카가 입원해 있는 동안 발생한 변화를 알리지 않으려고 애쓰는 모습이 역력했다.

분명 유카가 아야 일행에게 반격할까 봐 두려웠을 것이다. 사흘 동안 스기하라는 시종일관 유카를 주시하며 보이지 않는 벽으로 격리하려 했다. 그러니 학교에 있어도 유카에게는 어떤 정보도 들어오지 않았고 상황 판단도 할 수 없었다.

괴롭힘을 당하는 것을 알고도 모른 척했을 때부터 스기하라에게 실망하고 있었는데, 그렇게 자신을 모두에게서 떼어놓으려는 모습을 보니 유카는 분노할 마음조차 싹 사라졌다. 어쨌든 이 남자에게는 학생 한 명 한 명보다 자신의 체면과 문제 회피가 더 중요하다는 것을 깨달았기 때문이다.

"유카가 등교했을 때도 다들 식은땀을 흘리고 있더라."

"그래?"

"반 아이들 전부 유카가 괴롭힘을 당하는 걸 알면서도 막으려하지 않았잖아. 모두가 공범인 것 같은 느낌이었으니 마침 학교로 돌아온 유카에게 복수를 당할까 봐 겁에 질려 있었지."

확실히 유카도 그런 분위기를 감지하고 있었다. 유카가 인사를 해도 다들 서둘러 도망가고, 자리에 앉아 있어도 멀리서 바라보기만 할 뿐 다가오지 않았다. 괴롭힘을 당할 때와 하는 행동은 같았지만 태도가 달랐다. 조롱을 하는 게 아니라 다들 확실히 겁을 먹고 있었다.

"그게 아야가 살해당하면서 결정적으로 되었고."

"그 말은 내가 아야를 살해했다고 생각한다는 뜻이야?"

"아니아니. 그래도 복수라고 생각하는 건 맞는 것 같아. 왜냐면 나까지 범인 아니냐고 의심받고 있으니까."

나쓰나가 몹시 기뻐하자 유카는 약간 주춤했다. 살인범으로 의심받으며 기뻐하는 마음을 도무지 이해할 수 없었다.

아마 위협당하는 쪽에서 위협하는 쪽이 된 것에 쾌감을 느끼지 않았을까. 그러자 나쓰나에게도 역시 가해자 쪽에 속하는 자질이 있음을 깨달았다.

뭐야.

결국은 다 똑같지 않은가.

"뭐랄까, 유카, 사람들이 무서워하는 거 기분 좋지 않아?"

내 마음은 아랑곳하지도 않고 나쓰나는 흥분한 표정으로 동의를 구했다. 동의를 얻음으로써 동료 의식을 형성하려고 했다.

이런 애랑 함께 있는 것은 질색이다.

"나쓰나, 이제 그만 가는 게 좋지 않아? 벌써 10분 지났어."

"이런."

나쓰나는 스마트폰으로 시간을 확인하더니 자리에서 일어났다.

"그럼 나중에 나아지면 봐."

"응. 아직 좀 걸릴 것 같지만."

완곡하게 거절할 셈이었지만 나쓰나에게 어떻게 전달됐는지는 모른다. 원래 이 아이는 한번 꽂힌 생각은 고칠 수 없는 성격인 것 같았다.

"있잖아, 유카."

현관문에 손을 올린 나쓰나가 돌아보았다.

"나 꽤 잘 해냈지?"

그 순간 두 사람 사이에 어색한 침묵이 흘렀다.

짓궂게 굴 생각은 아니었지만 곧장 대답하기도 싫었다. 바로 대답하면 이 아이는 자신을 친구라고 오해할 것이기 때문이다.

하지만 유카가 부탁한 것이라 대답하지 않을 수 없었다.

"응. 정말 잘 해줬어."

"다행이야."

나쓰나는 이제야 면죄부를 받은 듯한 표정으로 현관문을 나섰다. 유카는 다시 문을 잠그고 무례한 취재진이 들어오지 못하도록 했다.

그리고 현관에 앉은 채 그날의 일을 떠올렸다.

병원 침대에서 깨어나 온몸을 휘감는 통증과 진통제로 인한 허탈감을 번갈아 느끼며 왜 나만 이런 일을 당해야 하는가, 라는 생각에 후회의 눈물을 흘렸다. 이렇게 자신은 고통을 겪고 있는데, 주동자인 아야는 평온하게 학교에 다니고 있었다. 분명 오늘도 친구들과 함께 누군가를 괴롭히며 즐거워하고 있을 것이다.

이 광경을 상상하는 것만으로 화가 났다. 가슴속 깊은 곳에서 끓어오르는 어두운 감정을 억누를 수 없었다.

젠장.

젠장.

젠장.

마침내 분노와 원망 속에서 침대 위에서 할 수 있는 복수가 떠올랐다.

단순하지만 가장 효과적인 방법.

주동자가 아야라는 사실을 이 세상에 공표하는 것이다.

하지만 유카가 자신의 부모에게 말하는 것으로는 효과가 떨어진다. 자살의 이유를 전가하기 위해 궤변을 늘어놓았다고 의심을 살 수도 있다. 그렇게 생각하는 데는 이유가 있다. 작년에 다른 중학교에서 일어난 사건으로 한 소년이 자살을 시도해 병원에 실려갔다. 소년은 병상에서 괴롭힘을 당했다고 고발했다. 그러나 경찰이 조사해보니 그런 사실은 인정되지 않았고, 소년을 추궁한 결과 교내 절도가 발각될 것 같아서 충동적으로 자살을 시도한 것으로 밝혀졌다.

진실을 말해도 진심으로 믿어주는 사람은 가족뿐이고, 남들은 색안경을 끼고 바라본다. 그러면 복수의 의미가 없다. 좀 더 신빙성을 확보할 방법은 없을까.

고민 끝에 생각한 것이 바로 첫 번째 괴롭힘 피해자인 나쓰나의 입을 통해 유카의 부모에게 사실을 알리는 방법이었다. 일단 괴롭힘에서 벗어난 전 피해자의 고발, 두 사람이 공모했다고는 아무도 생각하지 못할 것이므로 증언에 신빙성이 생긴다.

유카는 아이디어가 떠오르자 즉각 실행에 옮겼다. 침대 위에서 나쓰나에게 LINE을 보냈더니 바로 반응이 왔다. 그렇게 보이는 것일지도 모르지만 나쓰나는 나쓰나대로 속을 태우고 있던 것 같았다.

지금부터 내가 말하는 대로 해.

유카의 자살 미수에 자신도 얼마간 책임이 있다고 생각했는지, 나쓰나는 두말없이 명령에 따랐다. 학교를 찾아온 유카의 부모에게 접근해 사정을 호소한 것이다.

효과는 즉각적이었다. 아니, 어떤 면에서는 기대 이상이었다. 가해자 오오와 아야의 이름이 관계자뿐 아니라 인터넷에까지 퍼져나갔기 때문이다.

유카 자신이 직접 인터넷의 바다를 헤집고 다니면서 느낀 것은 가해자에 대한 비난이 몹시 격렬하다는 사실이었다. 아야 본인은 물론 그 가족에게까지 공격의 손길이 뻗쳤을 때는 조금 지나치다는 생각이 들 정도였다.

TV는 물론 아야의 이름은 밝히지 않았지만 그 가족을 향해 엄니를 드러냈다. 가족을 향한 공격은 반드시 아야 본인에게도 영향을 끼칠 것이다.

병원에서 진료를 받고 재활에 힘쓰면서 유카는 환하게 웃었다. 자신은 이제 부활을 향해 걸어가는 반면 아야는 파멸을 향해 걸어가고 있었다.

그리고 천천히 유카는 자신의 악의를 깨닫기 시작했다.

나쓰나를 향한 아야의 괴롭힘을 고발한 것은 반드시 정의감 때문만은 아니었다.

유카는 아야가 싫었다.

아야의 아버지는 건축회사에 근무하는 엘리트였다. 아야는 아버지가 갖고 싶은 건 무엇이든 사준다고 떠들어댔다. 언제 어디서든 주목받고 싶어 해서 아주 짜증스러울 정도였다.

즉 유카의 고발은 정의의 이름을 빌린, 다른 방식의 괴롭힘이었던 것이다.

그러나 그 사실을 알고도 유카는 이상하게도 침착할 수 있었다. 숨겨왔던 자신의 감정이 드러난다고 남이 알 수 있는 것도 아니다. 자기 안에서 잘 길들이면 될 일이다.

유카는 자리에서 일어나 다시 자기 방으로 돌아갔다.

어쨌든 괴롭힘 사건이 밝혀지고, 이어진 아야의 살인 사건으로 학교와 학급에서 큰 소란이 일어나고 있음을 알게 되었다. 순이 경찰에서 조사를 받는 지금, 유카가 다시 등교하면 비난의 화살이 쏟아질 것은 불 보듯 뻔했다. 한동안은 집에 틀어박혀 있는 것이 현명해 보였다.

자신의 체온이 남아 있는 침대에 몸을 숨기고 부드러운 이불로 몸을 감쌌다. 이곳은 안전하고 편안하다. 자신을 괴롭히는 사람도, 비난하는 사람도 오지 않는다.

방금 대화에서 확신했지만 나쓰나는 매우 다루기 쉬운 아이다. 분명 친구라고 생각하며 조금이라도 환심을 사려고 하고 있다. 마지막에 보여준 불안한 표정에서도 유카에 대한 죄책감을 가지고 있음을 엿볼 수 있었다.

그 아이는 충분히 이용 가치가 있다. 그 증거로 유카가 만남을 승낙하자마자 개처럼 달려오지 않았는가. LINE 하나로 자신의 수족처럼 부릴 수 있을 것 같다.

앞으로도 나를 도와줘, 나쓰나.

그리고 아야에 대해 생각했다.

미워했던 상대였지만 죽고 나니 그녀의 행동의 이면을 점차 이해할 수 있게 되었다. 학급의 여왕처럼 행동했지만, 결국 그녀도 자신과 비슷한 존재였을지도 모른다.

왜 아야는 먹잇감을 포착해 괴롭혀야만 했을까. 그것은 아야 자신이 약자였기 때문임이 틀림없다.

아야의 집까지 쳐들어간 엄마의 말에 따르면 아야의 집은 낡은 2층 건물이고, 집이 있는 곳도 재개발에서 제외된 오래된 주택가였다고 했다. 반면 도로 하나를 사이에 두고 건너편은 신흥 주택지로 깔끔하고 큰 가게들이 속속 들어서고 있다고 했다.

정말로 아야의 아버지가 엘리트에 부자였다면 낡은 이층집에서 살 리가 없다. 아야가 떠들어댄 것은 그저 허세였을 뿐이다.

그리고 허세를 부려야만 했다는 사실에서 아야가 정신적으로 취약했음을 쉽게 짐작할 수 있다. 강한 자는 허세 따위 부릴 필요가 없다. 허세를 부리는 자, 체면을 유지하려는 자는 언제나 나약한 인간이다. 약하기 때문에 자신보다 약해 보이는 상대를 선택한다. 괴롭힐 때는 같이 괴롭힐 자신의 무리가 없으면 손도 대지 않는다. 생각해보면 아야만큼 우스꽝스러운 사람도 없다.

하지만 거기서 유카는 딱히 하고 싶지 않은 생각에 다다랐다. 자신은 이불 속에서 안일함을 탐하면서 농간을 부리거나 정보를 수집하는 데는 나쓰나를 이용하고 있다. 이는 아야가 한 짓보다 더 비겁하지 않은가.

설마, 그럴 리가.

유카는 크게 당황하며 고개를 저었다.

정의감을 가슴에 품은 자신이 그렇게 비열할 리가 없다. 지나친 생각이다.

아직 상태가 회복되지 않은 것이 분명하다. 몸이 피곤할 때는 제대로 된 생각을 할 수 없는 법이다.

유카는 심호흡을 한번 깊게 하고 마음을 가라앉혔다.

괜찮다.

나는 옳다.

나는 결코 약하지 않다.

가슴속으로 세 번 외치니 불안이 사라졌다. 고민할 때, 초조해할 때, 불안에 휩싸일 때 반드시 외는 주문이었다.

평온해진 머릿속에 이번에는 또 다른 의문이 떠올랐다.

엄마는 장을 보러 간다고 했다.

하지만 엄마는 어제도 장을 보러 가지 않았나. 이웃의 시선이 신경 쓰여 한꺼번에 일주일치 식재료를 사오는 게 아니었나.

4
✳

부모님과 면회를 마친 슌은 사카토에게 이끌려 보호실로 돌아왔다.

임의동행을 요구받아 센주 경찰서로 갔을 때 당연히 구치소에 갇힐 줄 알았는데, 보호실이라는 말을 듣고 조금은 의외였다.

열네 살이라 보호실에 머물도록 조치한 것일 테다. 보호실은 보통 방과 별반 다를 게 없었다. 감옥도 아닌 데다가 창문에 철창이 달려 있지도 않았다. 침구와 책상도 있고 중학교 숙직실 같은 느낌이었다. 화장실에 갈 때도 밖을 향해 손짓하면 관리자가 따라붙어 방에서 나오게 해줬다. 감시하고 있어서 그런지 문에 자물쇠도 걸려 있지 않았다.

"면회 시간이 짧아서 안됐구나."

사카토의 말은 거칠었지만 말투는 부드러웠다.

"어쨌든 제한 시간 15분은 규칙이니까."

"형사님 재량으로 조금 연장해주실 순 없나요?"

"안 돼. 상대가 변호사라면 모를까……아니다."

말을 마치고 사카토는 머쓱하다는 듯 입을 다물었다. 아무래도 말하지 않아도 될 것을 말한 것 같았다.

"아하, 변호사가 면회올 때는 제한 시간이 없군요."

"음……변호사를 선임할 거니?"

"설마요. 변호사 선임할 돈 같은 거 없어요."

"아니, 이건 지금 설명하기엔 늦었지만……."

사카토는 더욱 머쓱하다는 듯 말했다.

"국선변호라고 해서, 국가가 비용을 부담해 변호사를 선임하는 제도가 있어."

법률에 대해 자세히 모르는 순은 처음 듣는 이야기였다. 그렇다면 그렇다고 조사 전에 말해줄 것이지.

"오호, 국가가 그런 것까지 해주는군요."

"그렇게 안 하면 경제적 약자만 불리해지니까. 그런 점에서 일본 사법 시스템은 평등해."

"그럼 중학생인 저에게도 변호사를 선임해준다는 말이네요."

"네 경우는 스스로 선임한다기보다도 부모님과 논의해서 변호사협회에 의뢰하는 식이겠지. 어떡할 거니?"

"혹시 형사님이 추천하는 변호사는 없나요?"

"형사가 좋아하는 변호사는 대부분 무능하지."

"……부모님과 상의해서 정할게요."

"그게 낫겠다."

사카토는 쓸쓸한 말을 남기고 보호실을 나갔다.

슌은 사카토가 나간 뒤에도 한동안 그의 뒷모습을 바라보았다. 일반적으로 웬만큼 불량하지 않은 이상 중학생이 형사와 알게 되는 경우는 거의 없다. 그래서 형사와 엮일 일이 없던 슌은 사카토를 처음 봤을 때 그가 극히 평범한 직장인 같아서 당황스러울 정도였다.

물론 몇 시간 동안 면담을 하고 조사를 받다 보니 많은 부분에서 역시 경찰이라는 생각이 들었다. 같은 질문을 반복하고, 모순과 불일치를 놓치지 않는다. 상대방의 표정이나 몸짓에도 신경을 곤두세우고, 조금이라도 당황하면 그곳을 돌파구로 삼아 공격해 들어온다. 조금이라도 방심하면 금세 급소를 찌른다.

온화해 보이는 눈빛은 마치 뱀 같았다. 어눌해 보이는 말투는 집요했다. 첫 신문 당시의 광경은 지금도 머릿속에 생생했다.

"먼저 말해두는데, 네가 열네 살이라는 걸 어드밴티지로 여기지 말아라."

신문을 시작하기 전 첫 마디가 바로 그것이었다.

취조실은 생각보다 좁았다. 기록계 형사와 사카토, 그리고 슌. 세 사람만으로도 이미 비좁았다. 어쩌면 슌의 방보다 더 좁지 않을까 싶다.

"어드밴티지가 뭐예요?"

"네 나이라면 모를 리가 없지. 열네 살은 소년법이 적용되어 사람을 살해해도 형사처벌을 받지 않는다는 속설."

"분명 들은 적은 있는데 자세히는 몰랐어요. 속설인가요?"

"그렇지. 열네 살이어도 가정법원의 판단으로 검찰에 송치해서 형사처벌을 받게 할 수 있어. 그러니 나이를 핑계로 도망치려 해봤자 소용없어."

원래 그런 건 생각도 안 했기 때문에 못을 박아도 전혀 아프지 않았다.

"이런 분위기에서 조사받는 기분은 별로겠지. 나도 열네 살짜리를 상대로 일일이 캐묻고 싶진 않아. 그러니 단도직입적으로 묻겠다. 오오와 아야를 살해했나?"

"아뇨."

"아야가 괴롭힌 탓에 네 여동생인 유카가 자살 시도까지 했어. 오빠 입장에서 보면 아끼는 여동생의 원수를 갚는 거지. 그래서 아야를 미행해 삼각공원에서 살해한 거고."

"아니라니까요."

"어디가 어떻게 아니지?"

"저는 미행도 하지 않았고 죽이지도 않았어요."

"전면 부인하는 건가?"

사카토의 눈이 기분 나쁘게 웃었다.

슌은 어른이 가끔 보이는 이런 종류의 눈빛이 몹시 싫었다.

"그럼 6월 2일, 현장인 삼각공원 근처에는 안 갔겠군."

슌은 머릿속에서 답변을 음미하면서 말을 꺼냈다.

"적어도 그날에는 간 기억이 없습니다. 모이기에는 꽤 좋은 장소라 친구들과 몇 번 간 적은 있지만요."

한 번도 간 적이 없다, 라고는 말할 수 없었다. 경찰의 일이니 현장에서 여러 사람의 머리카락과 족적을 채취하고 있을 것이다. 그중에 자신의 것이 섞여 있으면 항변할 수 없다. 어떻게 내몰려도 도망갈 수 있게 퇴로를 만들어야 했다.

"정말 그날에는 근처에 가지 않았나?"

"네."

"그럼 질문을 바꾸지. 남자 농구부에서 레귤러로 있었지?"

"네."

"실력은?"

"작년에는 도 대회에서 8강에 올랐어요."

"오, 그렇다면 강호 학교*군. 연습도 엄청 힘들겠네."

"연습이 힘든 건 어디나 똑같아요, 아마."

"6월 2일에도 연습이 힘들었나?"

슌은 침묵했다. 당일은 빡빡한 일정 가운데 생긴 틈으로, 빨리 귀가하는 날이었다. 경찰은 물론 이것도 조사했을 것이다.

"그날은 빨리 끝났어요. 시합 직전에 몸을 망치면 말짱 꽝이니까요."

"몇 시에 끝났나?"

"음, 오후 6시 반쯤이요."

"집에 도착한 건?"

"기억이 잘 안 나요."

"오후 7시 40분이다."

아마도 이웃에 물어 시간을 알아냈을 것이다.

"자, 그럼 알려줘. 중학교에서 집까지는 어른 걸음으로 약 10분. 농구부 레귤러인 네 걸음이 더 느리다고는 말하지 마. 네 걸음으로도 10분이면 여유롭게 도착할 수 있지. 그런데 실제로 소요된 시간은 1시간 10분. 제대로 계산하면 한 시간의 공백이 생겨. 그 한 시간 동안 어디서 무얼 하고 있었지? 삼각공원에 가지

＊ 야구부, 발레부 등 어느 면이 특출난 학교.

않았나?"

사카토의 눈빛이 점점 뱀의 그것처럼 보였다.

그날 밤, 주변에 인적은 없었을 것이다.

"안 갔어요. 그날은 오랜만에 빨리 끝나서 게임센터랑 비디오 대여점을 어슬렁거렸어요."

통학로에서 벗어난 곳에는 그런 장소가 곳곳에 있었다. 문제의 6월 2일에 영업 중이었던 것도 확인했으므로 알리바이로는 제격인 장소라고 생각했다.

다음으로 사카토는 예상 밖의 행동을 했다. 그는 수중에 있던 파일에서 서류 한 장을 꺼내 순의 앞에 내밀었다.

"이걸 잘 봐."

영상이 인쇄되어 있었다. 적외선 카메라인지 전체적으로 녹색을 띤 프레임 안에 운동복 차림의 사람이 담겨 있었다. 장소는 틀림없이 삼각공원이다. 우측 하단에는 06/02/19:02라는 날짜가 적혀 있고, 그 안에 찍힌 인물은 틀림없이 순이었다.

도대체 누가, 어디서 이런 걸.

"놀란 것 같군."

"방범 카메라……."

"정답. 다만 삼각공원에는 그런 멋진 것은 설치되어 있지 않지. 맞은편 편의점 카메라에 찍힌 거야. 하지만 그 카메라도 공원을 향하고 있진 않았으니, 설마 찍혔을 거라고는 생각 못 했겠지.

가장자리의 영상을 확대해 분석한 결과가 바로 이거야."

확대했다고 하기엔 너무 선명한 영상이었다. 순간적으로 조작된 사진이 아닌가 의심했지만, 확실히 기억에 있는 위치와 모습이라 변명의 여지가 없었다.

"19시 2분이라는 시간이 또 미묘해. 그런 시간에 공원 근처에 무슨 용무가 있었지?"

사카토는 집게손가락으로 책상을 잘게 두드리기 시작했다.

톡톡.

톡톡.

톡톡.

기분 탓인지 소리가 점점 커지는 것 같았다.

"……몰라요."

"여기 찍힌 건 넌가?"

"닮은 사람 아니에요? 전 아니에요."

"아무리 봐도 넌데?"

"그러니까 모른다고요."

갑자기 사카토가 손을 뻗어 슌의 손목을 잡았다.

"뭐, 뭐예요."

"열네 살치고는 손이 꽤 크네. 농구공을 한 손으로 덥석 쥘 수 있을 만큼 커."

"놔요."

"오. 악력도 있는 것 같네. 초등학교 여자아이의 목 정도는 간단히 조를 수 있겠어."

사카토가 이쪽을 쳐다보았다. 온기도 느낄 수 없는 기분 나쁜 눈이었다.

"아야의 목을 조를 때 어떤 감촉이었지?"

"몰라요."

"모를 리가 없잖아. 네가 그 손으로 졸랐어. 그렇지?"

"모른다고 했잖아요. 놓으라면 좀 놔요!"

그러자 사카토가 싱겁게 손을 놓았다.

"원하는 대로 놔줬어. 하지만 손은 놓았어도 꼬리는 여전히 잡고 있지."

조용한 가운데서도 단호한 말투였다.

"용의자의 범죄를 입증하는 세 가지 요건을 알려줄까?"

"필요 없어요."

"그냥 들어. 그건 범죄를 구성하는 세 가지 요건이기도 해. 알겠어? 동기와 방법, 그리고 기회. 이 세 가지를 갖추면 범행은 가능해. 바꿔 말해 이 세 요건만 입증할 수 있으면 용의자를 밝혀서 검찰에 송치할 수 있다는 말이야. 재판에서 질 가능성이 없으니까. 그리고 넌 이 세 요건을 다 갖추고 있지."

사카토는 눈앞에서 손가락을 하나씩 세우기 시작했다.

"첫째, 피해자는 네 귀여운 여동생을 괴롭혀 자살 시도까지 내몬 원수다. 둘째, 네 악력으로 피해자를 손쉽게 죽일 수 있다. 셋째, 피해자가 살해당한 장소와 시간에 너도 함께 있었다. 만약을 위해 묻겠어. 편의점 방범 카메라가 너처럼 보이는 인물을 찍은 오후 7시 2분, 네가 다른 곳에 있었다는 사실을 증명할 수 있나?"

한심하게도 슌은 꼼짝도 할 수 없었다. 뱀 앞의 개구리란 이런 상태를 가리키는 것일 테다.

머릿속이 혼란스러운 가운데서도 그래도 범행을 인정하지 말라는 목소리가 뚜렷하게 들렸다.

"그 시간에 게임센터와 비디오 대여점에 갔다고 방금 말했잖아요."

"가게 이름 말할 수 있나?"

둘 다 몇 번이나 간 적이 있어서 가게 이름 정도는 말할 수 있었다. 슌이 가게 이름을 말하자 기록원이 그에 맞춰 키보드를 두드렸다.

"가게 사람이 네가 온 것을 기억하거나, 가게 방범 카메라에 네가 찍혔다면 좋을 텐데. 둘 다 해당 사항이 없으면 어떻게 해명할 생각이지?"

다 잡은 먹잇감을 농락하는 눈빛이었다.

이게 진짜 형사의 눈빛인가.

이 남자가 상대라면 괜찮을 거라 얕잡아봤던 자신을 때려눕히고 싶었다.

"어이, 시간 다 됐어."

사카토는 갑자기 친절한 말투로 두 손을 벌려보았다.

"오늘은 이 정도로 하지. 내일도 이 시간쯤에 재개할 거야."

"저기."

"뭐야?"

"신문 담당은 형사님 한 명뿐인가요?"

"아니."

사카토가 빙그레 웃었다.

"나를 포함해 담당자 세 명이 널 상대할 거야. 쓰리 온 쓰리. 다만 네 편은 한 명도 없어. 네가 질문에 지쳐도 이쪽은 교체 요원이 있지. 네가 훨씬 불리하다는 말이야."

그러더니 이쪽으로 얼굴을 가져다댔다.

"아까 한 말 기억해? 열네 살이라고 해도 가정법원의 판단에 따라 소년은 검찰에 송치돼 형사처벌을 받아. 그 가정법원의 판단에는 물론 신문 시 태도나 진술 내용도 포함되지."

"……협박이신가요?"

"조언이야. 최소한 유리한 입장에 있고 싶으면 의미 없는 저항은 그만두는 게 좋아. 솔직한 사람은 어디서든 누구에게든 예쁨받지."

정말 싫은 말투다.

"잠은 보호실에서 자지만 음식은 유치장에 배급되는 것과 똑같아. 성장기에는 부족한 메뉴일지도 모르지만 어떤 사람들은 건강식이라고 좋아해서 인기 있기도 해. 마음껏 맛보도록 해."

위로의 말인지 비꼬는 말인지 판단이 서지 않아 슌은 어떻게 반응해야 좋을지 몰랐다. 당황하는 사이 사카토가 자리에서 일어났다.

이것이 첫 번째 신문의 처음과 끝이었다. 그후 사카토가 말한 대로 다른 형사 두 명이 교대로 슌을 신문했다.

1 대 3 공방은 예상보다 치열했다. 중학생이라는 것을 감안해 슌에게도 휴식 시간이 주어졌지만 상대는 모두 연륜 있는 경찰관들이었다. 그들은 슌을 때로는 달래고, 때로는 협박하고, 회유했다. 슌의 정신상태는 나날이 약해졌다.

단골 게임센터나 비디오 대여점에서는 슌이 범행 당일에 들렀다는 증거를 찾지 못했다고 했다. 그래서 슌은 해당 편의점에 들렀다고 증언을 번복할 수밖에 없었다. 지금쯤 사카토 일행은 편의점의 방범용 비디오를 압수해 분석에 착수했을 것이다.

범죄 드라마에서 끈질긴 신문 끝에 용의자가 자백하는 장면을 몇 번 본 적이 있었다. 보는 내내 왜 그렇게 쉽게 자백하는지 비웃었지만, 실제로 신문을 당하는 입장이 되니 연출 과잉이 아니었음을 새삼 느꼈다. 밥은 세 끼 먹을 수 있고, 화장실도 참지 않아도 되고, 보호실에 자물쇠로 잠겨 감금되는 것도 아니었다.

그런데도 심지가 약해지고 부러질 지경이었다. 중학생인 자신과 달리 성인들은 몇 차례의 휴식 시간을 제외하고는 계속 조사를 받는다고 했다. 도저히 견딜 수 없을 것 같다.

하지만 슌은 좌절할 때마다 스스로를 채찍질했다. 이 정도에서 항복할 수는 없다. 다 토해버리면 여기서 게임 끝. 게다가 패자부활전이 열릴 가능성도 없다.

변호사를 입회시키는 것이 묘안일지도 모른다는 생각이 들기 시작했다. 조사 중에 상대가 손이나 발을 올린 적은 아직 없었다. 하지만 감시 역할보다는 자신의 편과 함께 있다는 안도감에 의지하고 싶은 마음이 있었다.

5장

그리고
뿌리는
남는다

1

✳

다음 날, 호카리는 지요다구에 있는 아사쿠라 건설 본사를 방문했다. 30층이 넘을 것 같은 고층 건물로, 그 위용에 조금 주눅이 들었다.

이곳에 오오와 다이조가 근무한다는 사실을 효도에게 들었다. 들었을 당시에는 차마 직접 찾아갈 엄두가 나지 않았지만, 어제 내내 고민에 고민을 거듭한 끝에 찾아왔다.

게이야는 다이조가 재택근무하는 시간은 밤 10시 이후라고 했다. 물론 게이야의 조언에 따라 밤 10시 이후에 자택으로 찾아가는 것도 생각했지만, 아무리 생각해도 방문하기에 적당한 시간 같지 않았고, 또 상대방의 집에서 호카리 자신이 지나치게 위축될 우려도 있다.

오전 11시 40분, 많은 직장인이 점심시간에 들어가는 시간대를 노려 1층 접수처로 향했다.

"사전 약속은 안 했는데, 오오와 다이조 씨를 만나고 싶습니다."

소속 부서는 몰랐지만 이름을 말하자 바로 내선으로 연결해주었다. 본인과 통화하는 것 같았는데 접수원의 당황한 표정에서 전화기 너머의 상대도 당황하는 모습을 상상할 수 있었다.

"이쪽으로 오실 테니 조금만 기다려주세요."

접수처 앞 의자에 앉아 8분 정도 기다리자 통로 건너편에서 역시나 당황한 얼굴로 다이조가 걸어왔다.

"호카리 씨, 설마 여기까지 쳐들어올 줄은 몰랐네요."

당황스러움 속에 분명한 분노가 묻어났다.

"어쨌든 사람이 없는 곳으로 갑시다."

"감사합니다."

"어차피 민폐라고 말해도 물러설 생각은 없으시겠죠."

"맞습니다. 잘 아시네요."

"그렇게 얌전한 분이시라면 애초에 직장까지 쳐들어오는 짓은 하지 않을 테니까요."

정곡을 찌르는 말이라 반박의 여지가 없었다.

1층 한쪽에는 휴게실 같은 공간이 있었다. 각 테이블이 파티션으로 구분되어 있어 크게 말하지 않으면 프라이버시를 지킬 수 있을 것 같았다.

"정말이지 교사라는 사람들은 막무가내네요."

자리에 앉자마자 다이조는 즉각 항의하기 시작했다.

"분명 호카리 씨와 다음에 대화하자고 한 기억은 있습니다만 그렇다고 직장까지 찾아오는 건 규칙 위반이죠. 교사들은 학생과 학부모밖에 몰라서 세상 물정 모른다고 듣긴 했습니다만."

"무례한 것은 사과드립니다."

호카리는 바로 고개를 숙였다.

"하지만 다이조 씨는 밤 10시 넘어서야 귀가하신다고 게이야 군에게 들었습니다. 그런 시간에 방문하는 것도 실례가 될 것 같아서 이렇게 찾아뵙게 되었고요."

"갑자기 직장에 들이닥치는 것은 실례라고 생각하지 않나요?"

호카리는 다이조가 화를 내는 것도 당연하다고 생각하면서도 이 자리에서는 진심을 전할 수밖에 없다고 생각했다.

"아버지들끼리 이야기를 나누고 싶었던 것도 있었어요. 그랬더니 여기밖에 떠오르지 않더군요."

"아내가 방해가 되는 겁니까?"

"물론 저도 감정적으로 될 때가 있어요. 하지만 이럴 때일수록 이성적으로 이야기하고 싶습니다. 다이조 씨는 딸을 살해당했습니다. 그리고 제 아들은 지금 조사를 받고 있고요. 하지만 범인으로 단정되지 않는 한 그저 참고인일 뿐입니다. 그런데도 며칠 동안 구금 상태라는 점에서 아들도 피해자이고요."

"서로가 피해자라는 논리입니까?"

"한바탕 소동으로 우리 가족도, 오오와 가족도 평온과는 거리가 멀어졌어요."

오오와 가족의 평온을 빼앗은 계기는 호카리가 오오와 아야의 이름을 데이토 TV에 알려준 것이었다. 죄책감이 가슴을 짓눌렀지만 이를 밝히면 대화도 뭣도 성립되지 않기 때문에 침묵할 수밖에 없었다.

"사건이 어떻게 전개될지 전혀 짐작이 안 갑니다. 다만 가정을 원래대로 되돌리고 싶다는 마음은 강렬해요. 그건 다이조 씨도 마찬가지 아닌가요?"

"당연하죠."

다이조는 그렇게 대답한 뒤 무언가를 떠올리는 듯 잠시 침묵했다.

"이런 상황은 피해자나 가해자나 똑같군요. 아야의 괴롭힘 때문에 당신 딸이 자살을 시도한 것이 보도된 후, 우리 집은 비난의 대상이 되었죠. 아침부터 저녁까지 취재진들이 집 앞에 진을 치고, 무단으로 가족들을 찍었어요. TV와 인터넷에서는 얼굴도 모르는 평론가들과 바보들이 제멋대로 떠들어대고요. 얼굴 없는 폭력이란 이런 거구나 싶었습니다."

"저희 집도 똑같아요. 자신들과는 상관없는 이야기인데도 정의라는 기치 아래 가해자를 처단할 수 있으면 철저하게 처단하죠. 일상의 우울함을 달래기 위해 뉴스의 당사자를 짓밟으려 하고요. 사회적으로 매장당한다는 걸 지금까지는 추상적으로만 알고 있었는데……이제 정말 피부에 와닿네요."

"외부의, 그것도 익명의 불특정 다수이니 책임 소재도 없죠. 책임지지 않아도 되니 인간은 얼마든지 잔인하고 비겁해질 수 있고요. 세상이 원래 그렇다는 걸 안다고 생각했는데 막상 당사자가 되니까 확실히 타격을 받네요."

대화하는 동안 당시 상황이 떠올랐는지 점점 다이조의 표정이 험악해졌다. 원래 체격도 좋고 표정도 엄한 편이라 조금만 찌푸려도 꽤 위압감이 있었다. 혼나는 아이에게는 분명 무서운 얼굴로 보일 것이다.

"우리 집사람이 와이드쇼 기자들에게 쫓기는 영상이 나왔어요. 얼굴에 모자이크 처리가 되어 있었는데, 사정을 모르는 사람이 보면 마치 범죄자 같았죠. 그런 취급을 매일 당하다 보면 아무 죄 없는 사람도 힘들어지기 마련이고요. 우리 집에는 대학 입시를 앞둔 아들도 있어서 아내가 더더욱 예민해졌어요."

"게이야 군이군요."

"엄마들은 다 그런 걸까요. 딸보다 아들을 더 챙기는 것 같고, 일련의 소동이 아들의 수험생활에 악영향을 끼치지 않을까, 그 걱정이 가장 컸어요. 그러니 오히려 아야는 아빠인 제가 맡는다는 식으로 역할 분담을 했습니다."

엄마가 아들에게 애정을 쏟는 것도, 그래서 아빠가 딸의 편에 서는 것도 흔한 이야기다. 호카리의 학급에서도 흔히 볼 수 있는 경향으로, 딸의 학부모 면담에 아빠가 참여한 사례도 있었다.

"아야가 같은 반 여자아이를 괴롭혔다는 말을 들었을 때, 처음에는 뭔가 오해인 줄 알았어요. 나름대로 가정교육을 잘했다는 자부심이 있었으니까요. 그런데 본인을 추궁해보니 얼굴을 돌리고 저를 똑바로 쳐다보려고 하지 않더라고요. 아야는 대부분 자기에게 불리한 상황에서 얼굴을 돌리기 때문에 그 보도가 사실일 거라고 생각했고요. 그냥."

다이조의 얼굴이 고통스럽게 일그러졌다.

"그냥 괴롭힘도 문제인데, 상대 아이가 하필이면 자살 시도까지 했고요. 학교 교육이나 부모의 책임을 넘어 이건 경찰로 넘어갈 문제죠. 아무리 초등학생인 아야가 한 일이라고 해도 피해갈 수 있는 이야기가 아니에요. 억지로 아야에게 사정을 확인했을 때, 저 자신도 당황해 이성을 잃었습니다. 그리고 처음으로 딸을 때리고 말았습니다."

그때의 감촉이 떠올랐는지 다이조는 자신의 손바닥을 뚫어져라 쳐다봤다.

"그러고 보니 호카리 씨는 중학교 선생님이잖아요. 어쩔 수 없는 경우 학생을 때리거나 하진 않나요?"

"전혀요. 요즘은 체벌을 하면 큰일납니다. 학생에게 손을 대는 것은 엄격하게 금지죠."

"역시 그렇군요. 그럼 자식은 어떻습니까?"

"아들은 그렇다 쳐도 딸은 좀처럼……아직 초등학생이기도 하고요."

"초등학생인데도 전 아야를 때렸어요. 입찬소리 같은데, 잘못을 했을 때 혼내지 않으면 제대로 혼낸 게 아니라고 생각하거든요. 하지만 저한테 맞은 게 정말 충격이었겠죠. 그 이후로 아야는 저랑 말을 안 하게 됐습니다. 집에서 얼굴을 마주하는 게 몇 시간도 안 됐으니 어쩔 수 없는 부분도 있지만……결국 그 애를 때린 게 마지막 접촉이 된 거예요. 그때의 심정, 호카리 씨는 이해할 수 있겠어요?"

그 질문에 호카리는 고개를 끄덕일 수도, 저을 수도 없었다. 다이조는 처음부터 대답을 기대한 것은 아닌 듯했다. 호카리의 대답도 기다리지 않고 이야기를 계속했다.

"아야가 시체로 발견됐다는 소식을 들었을 때 진심으로 후회했죠. 마지막까지 부녀지간다운 대화도 하지 못하고, 때린 것이 마지막 기억이라니, 정말 최악이지 않습니까?"

호카리는 유카가 초등학교 창문에서 뛰어내렸다는 소식을 들었을 때 자신이 느낀 충격과 당황스러움을 떠올렸다. 아무 생각도 나지 않았고, 그저 유카가 무사하기만을 기원하며 병원으로 달려갔다.

목숨을 건졌으니 다행이지만, 만약 목숨을 잃었다면 분명 마음속 어딘가가 무너졌을지도 모른다.

그렇게 상상하면 다이조의 고통을 조금이나마 이해할 수 있을 것 같았지만, 결과적으로 유카는 살아남고 아야는 돌아오지 못했다. 그것은 종이 한 장 차이일지라도 결코 동일시할 수 없는 사실이었다.

"세상은 우리에게 후회할 시간도 주지 않았어요. 아야가 죽으면 죽은 걸로 또 취재 공세. 아니, 오히려 죽었으니 인권까지 소멸된 것처럼 몰려들었죠. 마치 시체에 몰려드는 하이에나처럼요. 나와 아내뿐 아니라 아들이 현관에서 얼굴을 내밀기만 해도 구름떼처럼 몰려들고요. 덕분에 딸을 잃어 의기소침해 있는데, 이번에는 아들이 집 안에서 화풀이를 하질 않나. 여기서만 하는 이야기인데요, 집에 가기가 싫을 정도예요."

"사실 며칠 전에 다이조 씨네 집 앞까지 찾아간 적이 있어요. 그때 게이야 군이 응대해줘서 잠깐 이야기를 나눴는데, 더는 공부에 방해가 되지 않았으면 좋겠다고 못을 박더군요."

다이조는 짧게 아, 하고 탄식하더니 고개를 저었다.

"그건 정말 죄송합니다. 게이야 본인이 엄마보다 더 예민해져서 아야의 괴롭힘이 발각되었을 때부터 심하게 짜증을 냈어요. 수험생이라 어쩔 수 없는 면도 있지만, 어쨌든 집중하지 못하면 여전히 힘들어해요."

"학원에도 못 간다고 투덜거리더군요."

"아야와 게이야는 학원은 열심히 다녔어요. 학교 공부만으로는 대학 입시를 치르기 매우 힘들다는 것을 잘 알았으니까요."

마치 공교육의 한심함을 논하는 것 같아서 호카리의 귀에 거슬렸다.

"두 아이 다 귀가 시간은 오후 6시 45분으로 정해져 있었어요. 그런데 당일인 2일에만 그 시간이 지나도 아야가 돌아오지 않았어요. 게이야도 길에서 못 봤다고 하고요. 그러는 동안 제가 귀가했고 우선 가족들과 다 같이 동네를 찾아다녔어요. 그래도 찾지 못해서 경찰에 실종 신고를 한 거고요. 그 후……호카리 씨가 알고 계신 대로 상황이 전개됐습니다."

다이조는 안타깝다는 듯이 말했다. 자신이 조금만 더 일찍 귀가했더라면 상황이 달라졌을 거라 생각하는 말투였다.

"딸과의 마지막 접촉이 뺨을 때린 것이란 게 너무 후회스러운데, 사실 또 한 가지 후회되는 게 있어요. 아야가 괴롭혔다는 사실이 들통났을 때, 아니 제가 아야를 때린 후 집안 분위기가 너무안 좋았습니다. 그럴 만하죠. 집 안에 사건의 가해자가 있으니까요. 원래는 그럴 때 가족이 단합해 딸을 보호해줘야 하는데, 저는 직장으로 도망가고, 아내는 세상 물정 모르고, 아들은 자기 논리를 내세우며 짜증을 내고 있었어요. 아야는 학교에서도, 학교 밖에서도, 집 안에서도 몸을 둘 곳이 없었겠죠. 곳곳에 자신에게 돌을 던지려는 사람들만 도사리고 있었고, 자신의 편이 되어주거나 이야기를 들어주는 사람은 아무도 없었습니다. 그런 아이의 심정을 생각하면 후회로 가슴이 꽉 조여오는 것 같아요."

다이조는 고민에 빠진 듯한 표정을 지었다. 평소에도 약간 강직한 표정이라 더더욱 심각해 보였다.

"가해자에서 피해자로 입장이 바뀌어도 괴로운 건 마찬가지예요. 도대체 집단 괴롭힘이라는 게 뭘까요, 호카리 씨. 이런 것에 전문이시니 답을 아시지 않나요?"

"전문이라고 한다면 그렇긴 하지만, 부끄럽게도 명확한 답은 없는 게 현실입니다. 아니, 교사마다 다 의견이 다르다고 말하는 것이 더 적절할지도 모르겠네요."

"그렇다면 호카리 씨 의견을 들려주시죠."

"가해자도 피해자도 모두 약한 인간이기 때문이라고 생각합니다."

호카리는 우선 자신의 반 학생인 도리고에와 모리야마를 떠올렸다. 그 두 사람뿐만이 아니다. 과거에 경험했던 집단 괴롭힘 사건의 당사자들을 떠올리면 공통점이 보인다. 그것은 이번에 호카리와 다이조 가족에게 닥친 재앙의 실상이기도 하다.

"정말 강한 사람은 남을 깎아내리거나 억압하지 않습니다. 자신의 강함을 자각하고 있다면 과시할 필요가 없기 때문이죠. 남을 무시하고 지배하려는 이유는 그렇지 않으면 자신의 약점이 드러날 것 같아서 두려워서고요. 자신의 약점을 감추기 위해 남을 핍박하는 것. 저는 '뒷골목에서 약자가 자신보다 약한 사람을 괴롭히는 것이 집단 괴롭힘이다'라는 말을 자주 합니다. 지금도 이 말은 크게 틀리지 않다고 보고요."

"'뒷골목에서 약자가 자신보다 약한 자를 괴롭히는 것'이라니. 과연 그렇군요."

"당사자만 그런 것도 아니에요. 이번에 우리도, 다이조 씨 가족도 세상 사람들에게 이유 없는 비방과 비난을 받았지만, 우리를 향해 돌을 던지는 사람들도 역시 사회적으로, 경제적으로, 정신적으로 억눌린 사람들이 많다고 생각해요. 자신들의 나약함을 알면서도 절대 인정하고 싶지 않은 마음. 찔리고 싶지 않고 들키고 싶지 않은, 그런 마음이 약한 사람이나 소수자를 배척하려는 토양이 되는 것 같습니다."

"하긴 정말 강인하고 여유가 있다면, 남의 집에 돌을 던지는 짓은 하지 않겠지. 확실히 일리가 있네요."

처음으로 다이조의 표정이 풀렸다. 살짝 미소를 짓는 것 같기도 하고, 맥이 빠진 것 같기도 했는데, 어느 쪽이든 긴장이 풀린 평소의 얼굴 같았다.

"아드님에 대한 조사는 아직 진행 중이신가요?"

"그런 것 같습니다. 경찰에서 아무런 연락도 못 받았어요."

"아내에게 혼날지도 모르겠지만, 아야를 살해한 범인이 호카리 씨네 아들이 아니면 좋겠네요."

잠깐 고맙다는 말을 하려다가 그마저도 도리에 어긋나는 것 같아 호카리는 대답하지 못했다.

호카리는 아사쿠라 건설을 나와 곧장 집으로 향했다. 집 앞에는 여전히 기자들이 몰려들어 취재진을 기다리고 있었다.

"호카리 씨. 슌 군은 아직 조사 중인가요?"

"진술 내용은 파악하셨습니까?"

"혹시 체포된 건가요?"

"아야의 부모님께 하고 싶은 말씀은 없으십니까?"

"부모로서 어떤 책임을."

"호카리 씨는 중학교 선생님이시죠? 이번 일을 반 학생들은 알고 있습니까?"

창처럼 튀어나오는 마이크와 IC 레코더를 뿌리쳤지만 계속 날아들어왔다. 방금 다이조와 이야기를 나눈 지 얼마 안 됐고, 학교에는 병가를 냈다. 취재진들의 기세에 눌려 말을 쏟아낼 것 같은 기분을 가까스로 참았다.

폭우처럼 쏟아지는 공세를 뚫고 현관으로 들어섰다. "다녀왔습니다"라고 목소리를 높였지만 반응이 없었다.

"외출했나."

다이닝룸에 가보니 사토미가 식탁에 엎드려 있었다. 잠이 든 채로, 작게 울음을 터뜨리고 있었다.

흔들어 깨우려고 손을 뻗으려다 그만두었다. 원래부터 섬세한 데다 사건 사고가 연이어 터지면서 정신이 불안정해졌다. 그렇다 보니 쉽게 외출도 할 수 없어 울분도 쌓이기 쉽다. 순이 돌아오길 기다리며 마음고생도 심해지고 있었다.

자연스럽게 깰 때까지 내버려두는 편이 좋을 것 같았다.

싱크대에 가서 찬물을 들이켜고 나니 겨우 마음이 가라앉았다. 학교에서의 처우와 밖에서의 광란의 모습들이 일단 머릿속에서 사라졌다. 마음고생이 겹치는 것은 호카리 자신도 마찬가지다. 남자가 아니라면, 아버지가 아니라면 온종일 침대에 웅크리고 있고 싶을 정도로 가끔 나약한 자신이 얼굴을 내밀었다.

다시 주방과 다이닝룸을 둘러보았다. 역시 집안을 지배하고 관리하는 건 주부라는 사실을 통감했다. 평소에는 눈에 띄지 않던 주방의 얼룩과 씻지 않은 식기, 바닥에 떨어진 머리카락이 흩어져 있다. 사토미의 컨디션이 좋지 않은 만큼 청소나 뒷정리가 제대로 되지 않았다.

황폐한 건 정신뿐만 아니라 생활 환경에도 영향을 끼쳤다. 어느 것이 먼저인지는 달걀이 먼저인지, 닭이 먼저인지를 논하는 것과 비슷하며, 그리 중요하지 않다. 확실한 건 정신적인 피로가 쌓이면 방에 쓰레기가 쌓인다는 사실과 방에 쓰레기가 쌓이면 정신도 안정을 찾지 못한다는 부정적인 연쇄다.

아직 그리 어지럽힌 상태는 아니지만 순의 구속과 세간의 비난이 계속될수록 분명 더욱 황폐해질 것이다. 그 모습을 상상하면 소리 없는 오한에 등골이 오싹해졌다.

적어도 쌓인 쓰레기만이라도 버려야겠다고 생각했다. 큰 도움은 되지 않겠지만 아무것도 안 하는 것보다는 나을 것이다.

냉장고 옆에 가연성 쓰레기와 불가연성 쓰레기가 각각 45리터 봉투에 들어 있었다. 봉투가 거의 꽉 차서 내용물이 넘칠 것만 같았다.

자주 내놓는 것도 귀찮아진 건가.

사토미를 안쓰럽게 생각하면서 봉투를 묶으려고 하다가 익숙하지 않아서 그런지 쓰레기 봉투를 통째로 넘어뜨렸다.

설상가상이란 말이 딱 어울리는 상황이었다. 혼자서 바닥에 흩어진 쓰레기를 줍다가 그 종잇조각이 눈에 들어왔다.

택배회사의 부재중 연락표였다.

평소라면 그냥 지나쳤을 별것 없는 종잇조각에 왜인지 시선을 빼앗겼다.

이상했다.

사토미도 유카도 집 앞에 진을 친 취재진 때문에 외출이 쉽지 않다. 집에 틀어박혀 있는 것이 현 상황이다. 그런데도 부재중 연락표가 있다는 사실이 모순이었다.

부재중 연락표를 집어들었다.

— 호카리 사토미 님, 6월 2일 18시 배달 예정이었으나 부재
중.

택배를 보낸 사람은 통신판매 회사였다. 사토미가 통신판매로
생필품을 구입한다는 사실은 알고 있었다. 하지만 문제는 배송
일자였다.

6월 2일 18시.

아야가 살해당한 것으로 추정되는 시간은 그날 18시에서 20
시 사이였다. 즉 그 시간에 적어도 사토미는 집에 있지 않았다는
뜻이다.

잠깐.

호카리는 동요하는 마음을 억제하고 생각을 정리했다.

유카가 자살을 시도한 사건 이후, 호카리네 집 앞에는 취재진
이 몰려들었다. 취재를 위해 자주 인터폰을 눌렀기 때문에 인터
폰 볼륨을 작게 설정해 놓았다. 몇 분 자리를 떴다면 방문객이 있
어도 인터폰 소리를 듣지 못했을 수 있지 않은가.

본인에게 직접 물어보려고 재차 사토미의 어깨에 손을 대다가
도중에 멈췄다.

내 입장이라면 과연 나는 속내를 털어놓을 수 있을까.

만약 사토미도 숨겨야 할 일이라면 어떻게든 거짓으로 꾸미려고 하지 않을까.

한 번 떠오른 의심은 떨쳐버리려 해도 자꾸만 들러붙었다. 게다가 사토미의 답을 듣는 것이 두렵기도 했다.

부재중 연락표를 보면서 생각했다. 연락표에는 접수번호가 기재되어 있다. 이 번호로 조회를 해보면 대략적인 수령 상황을 알 수 있을 것이다.

호카리는 잠들어 있는 사토미를 그대로 두고 자기 방으로 향했다. 책상 위에 있는 컴퓨터를 켜고 택배업체 홈페이지에서 접수번호를 입력해 보았다.

6월 2일 18시 부재중 택배 보관
6월 3일 14시 재배송 배송 완료

온몸의 털이 곤두선 것 같은 착각에 빠졌다.

뭐지, 이건.

만약 몇 분 자리를 비웠다고 해도 18시라면 당일 재배송 시간에 맞출 수 있을 것이다. 하지만 다음 날 배송되었다는 사실은 부재중 연락표를 18시보다 더 늦게 확인했음을 뜻한다. 그렇다면 사토미는 그 시간에 집이 아닌 다른 곳에 있었다는 말인가.

그날, 호카리가 귀가한 시간이 19시 30분.

가령 사토미가 집을 나와 어떤 행위를 끝내고 돌아온다고 해도 시간은 충분하다. 아무것도 모르는 표정으로 호카리를 맞이하는 것도 가능했다는 뜻이다.

의심으로 머릿속이 새까맣게 타들어가는 것을 느끼면서도 호카리는 탈출구를 찾았다. 어딘가에 사토미의 결백을 증명할 수 있는 게 있지 않을까?

직접 본인에게 물어, 라는 목소리가 재차 들려왔지만 이미 사토미의 말을 전면적으로 믿을 수 있을지 자신이 없어졌다. 망설인 끝에 그 시간에 집에 있던 다른 식구에게 물어보기로 했다.

유카의 방으로 향했다. 사건 당일 유카가 16시 30분에 귀가한 것을 이웃 주민이 목격했다. 유카라면 사토미의 외출 여부를 알고 있을 터였다.

"방에 있니?"

방 앞에 서서 말을 걸었다. 답은 없었다.

"자니?"

그래도 답이 없었다. 한참 문을 두드렸지만 여전히 아무 반응이 없었다.

"문 연다."

손잡이에 손을 얹는 순간 안쪽에서 문이 열렸다.

"일어났어요."

유카는 몹시 심술 궂은 얼굴을 내밀었다.

"무슨 일이든 제 방에는 들어오지 마세요."

"물어볼 게 있어."

"학교에 관한 거라면⋯⋯."

"그런 거 아니야. 6월 2일 아야가 살해당한 일에 관해서야."

딱 잘라 말하자 유카의 표정이 의아하다는 듯 바뀌었다.

"그날 귀가했을 때 엄마는 집에 있었니?"

"있었어요."

"내가 집에 올 때까지도 계속?"

유카는 여전히 의아해했다.

"밖에는 안 나간 것 같은데⋯⋯."

"같은데, 라니 그건 무슨 말이야."

"내 방에 있으면 누가 밖에 나가는지 잘 몰라요. 그날은 계속 이불을 꽁꽁 싸매고 있었고요."

유카의 말은 수상했다. 이 집은 지은 지 오래되어 각 방의 방음도 잘되지 않았다. 아무리 문을 닫고 있어도 현관이나 뒷문이 열고 닫히는 소리는 들릴 터였다. 그렇다고 해서 유카를 추궁한다고 도대체 무슨 성과가 있을까.

"물어볼 게 그게 다예요?"

"그래, 미안하다."

조용히 다시 방문이 닫혔다. 호카리는 복도를 걸어가 뒷문을 바라보았다.

집 앞에는 취재진이 진을 치고 있어 외출할 수도 없었다. 하지만 뒷문은 다르다. 좁은 골목길로 되어 있고 길 양옆이 이웃집 담벼락으로 둘러싸여 있다. 담벼락은 어른 키보다 높아서 여기로 드나들면 사람들의 눈에 띄지 않는다. 호카리뿐 아니라 가족 모두가 알고 있는 사실이었다. 다만 이 사실이 취재진이 알게 되면 번거로워지니 당분간은 뒷문으로 드나들지 말자고 가족끼리 정했다.

이불을 싸매고 있어서 뒷문을 드나드는 소리가 들리지 않았다는 유카의 증언은 일단 신뢰해도 좋다. 그러자 역시 사토미가 외출했을 가능성이 다시 떠올랐다.

급한 일이 생겼는지, 아니면 무언가 깜빡 사지 못한 물건이 있어 되돌아간 건지.

생각만으로는 답이 나오지 않았다. 호카리는 다이닝룸으로 돌아왔다. 사토미는 여전히 잠들어 있었다.

이번에야말로 주저하고 있을 때가 아니었다. 호카리는 그 가냘픈 어깨에 손을 뻗었다.

"일어나 봐."

두세 번 흔들자 사토미가 고개를 갸웃거리며 잠에서 깼다.

"아, 자기, 왔네."

호카리를 바라보는 눈은 아직 졸려 보였다. 판단력이 완전히 돌아오지 않은 상태에서 물으면 대답을 그럴싸하게 얼버무릴 여유도 없을 것이다.

"묻고 싶은 게 있어. 오오와 아야가 살해당한 날, 그러니까 6월 2일에 당신 장 보러 나갔다가 4시에 돌아왔지?"

"응."

"그 후 내가 돌아올 때까지 계속 집에 있었어? 아무 데도 안 나갔어?"

"……왜 그런 걸 물어?"

"다음에 사카토 씨가 사정 청취할 때 말이 엇갈리면 곤란하니까. 일단 확인해둬야 할 것 같아서."

사토미의 눈빛에 경계심이 떠오르는 것을 호카리는 놓치지 않았다.

"한 발자국도 안 나갔어."

호카리의 마음속에 의심이 한꺼번에 솟구쳤다. 무슨 일이 생겨서 외출했다고 말해주면 이렇게 의심하지 않아도 될 텐데.

도대체 사토미는 무엇을 숨기려고 하는 걸까.

"사정 청취라니……그 형사가 또 온다는 거야?"

"말해두는데, 사카토 씨는 보기보다 만만찮은 사람이야."

다음에 입 밖으로 나온 말은 의도치 않게 이중적 의미에서 경고가 되었다.

"그리고 언제까지나 숨길 수 있는 건 그리 많지 않아."

2

※

점심 메뉴는 냉동 새우볶음밥이었다.

간단히 전자레인지에 데우기만 하면 아무 맛도 안 나고 밋밋
하지만, 시기가 시기인지라 대충 해 먹는 것에 불평할 생각도 없
었다. 하지만 사토미의 싸늘한 태도가 신경 쓰였고, 몹시 맛없는
식사가 된 것은 분명했다.

의무적으로 새우볶음밥을 먹은 후, 호카리는 서둘러 외출 준
비를 했다.

"또 나가는 거야? 무슨 일로?"

"나름대로 확인해보고 싶은 게 있어서."

"형사 흉내 내는 거야?"

아니, 라고 말하며 호카리는 등을 돌렸다.

"아빠 흉내."

"무슨 뜻이야?"

"자기 아들이 살인 혐의를 받고 있는데도 집 안에 틀어박혀서
기다리고만 있는 게 한심하지 않아?"

"그래도 아마추어인데?"

"제대로는 못할 수도 있겠네."

그렇다고 발버둥조차 치지 않는 것은 아버지로서 의무를 포기
하는 것과 같다. 뒷부분의 대사를 목구멍으로 삼키며 현관문을

열었다.

호카리는 몰려드는 취재진을 뿌리치면서 시신 발견 장소인 삼각공원으로 향했다. 지금 와서 간다고 해도 이미 경찰이 여러 가지 증거를 가져간 뒤였다. 아마추어인 자신이 어슬렁거리며 새롭게 발견할 수 있는 것은 없겠지만, 일단 현장을 보지 않으면 조사할 수 있는 단초를 잡을 수도 없다.

사토미의 알리바이가 불확실해진 것에 대해서는 그녀도 솔직히 반응했다. 순이 임의동행으로 끌려갔을 때 가족을 의심했지만, 효도의 정보로 일단 의심을 거두고 있었다. 안심하고 있던 찰나에 밝혀진 거짓은 더더욱 죄질이 나쁘다. 오랜 세월을 함께한 아내이기에 믿고 싶은 마음도 있지만, 먹구름처럼 피어오르는 의심은 어쩔 수 없었다. 호카리가 시신 발견 현장으로 향하려 한 이유에는 의심을 품은 채 사토미와 얼굴을 마주하기 힘들다는 이유도 있었다.

문제의 삼각공원은 미나미센주, 오오와네 동네에 있었다.

현장에 가까워질수록 공원의 전체 모습이 드러났다. 재개발 이전, 쇼와 시대에 구획정리된 잔재라고 할 수 있는 초라한 공원이었다. 사카토의 설명에 따르면 필요에 의해서가 아니라 도시계획법의 조건을 충족시키기 위해 설치한 시설이라 음산해 보이는 것도 당연했다.

더 가까이 다가가자 조그마한 모래밭 옆에 서 있는 인물이 눈에 들어왔다.

"사카토 형사님."

"아, 호카리 씨였습니까?"

사카토는 이쪽을 보며 가볍게 인사했다. 여전히 선량한 얼굴로 이렇게 서 있는 모습은 마치 잠시 쉬러 공원에 들른 영업맨처럼 보였다.

현장에 있는 것이 당연하다는 분위기를 풍기는 사카토에 대해 호카리는 놀라움을 감추지 못했다.

"이미 여기는 경찰이 전부 조사하지 않았나요?"

"네. 이렇게 좁기도 하고요. 공원 내부는 물론이고 반경 10미터 범위는 고양이 털 한 올까지 다 채취했을 거예요. 저녁 시간에 한하지 않고 이곳을 지나는 사람들에게도 빠짐없이 이야기를 물어보고, 방범 카메라를 설치한 가게는 구석구석 다 조사하고 있습니다. 실제로 그렇게 해서 수사망이 좁혀지고 있기도 하고요. 게다가 아야의 시신은 이미 검시와 부검도 끝났고, 보고서도 나왔습니다. 발견 당시 이곳에 있던 증거물들은 모두 분석이 끝났고요."

"그런데 왜 또 여기에? 감식원이나 다른 형사가 뭔가 놓쳤다고 생각하시는 건가요?"

"아뇨. 경시청 수사1과는 워낙 우수한 수사원들이 모인 곳이라서요. 제가 끼어들 여지는 전혀 없습니다. 다만."

사카토의 표정이 싹 굳었다.

"저는 감각을 비교적 중요하게 생각합니다. 누군가가 무언가를 한 뒤에는 반드시 흔적이 남아요. 아, 지문이나 발자국을 말하는 게 아니라, 뭐랄까, 분위기라고 해야 할까요."

"……요즘은 과학수사가 주류라고 들었는데, 사카토 씨는 상당히 아날로그적이시네요."

"과학수사가 주류라는 말은 틀린 말은 아니지만 정확하지도 않습니다. 과학수사로 얻을 수 있는 것은 물적 증거의 신뢰성인데, 그것만으로 범인을 특정할 수는 없으니까요. 데이터는 데이터. 최종적으로 범인을 찾아내는 건 결국 진흙탕 같은 경험을 쌓은 사람이죠. 같은 식구의 치부를 드러낼 생각은 없지만, DNA 감정 결과만 중시해 억울한 누명을 씌운 전례도 있습니다."

"감각이라는 건 다분히 혼란스러운 것 아닌가요?"

"호카리 씨는 교육자시죠. 혹시 학생 개개인의 개성을 성적이나 IQ 등으로 판단하고 분류하십니까?"

"설마요. 수치를 참고할 때도 있긴 하지만 일반적으로 학생의 개성이란 표정이나 반응, 성격 등 여러 가지 요소의 집합체라고 생각합니다."

"범인상도 비슷한 것 같아요. 모든 물증과 정황증거가 다 갖추어져 있다고 그것으로 범인을 단정 짓는 건 성급한 판단이에요. 결국은 취조실에서 주고받는 대화로 결정된다는 게 제 생각입니다. 사람 대 사람이니 그거야말로 혼란스러운 거 아니냐는 의견도 있지만, 현장에서 쌓은 경험은 결코 어리석지 않아요."

호카리는 마지못해 고개를 끄덕일 수밖에 없었다. 같은 교사여도 신입 교사와 베테랑 교사는 학생을 바라보는 시각이 전혀 다르다. 옳고 그름이 아니라 그 사람을 얼마나 깊이 이해하느냐의 문제다. 신입 교사가 피상적인 관찰에 그치는 반면, 노련한 교사는 학생 자신마저 의식하지 못하는 깊은 곳까지 분석하려고 애쓴다.

"여러 비판이 있긴 하지만 사람을 보는 것은 역시 사람이라고 생각합니다."

"말씀대로라면 슌이 범인이라는 것도 형사님의 경험에서 그렇다는 말입니까?"

"슌 군은 하루 이틀 안에 돌려드릴게요."

호카리에게 가장 중요한 사안을 사카토는 아무렇지도 않게 말했다.

"정말입니까?"

"정말이고 뭐고, 미성년자 참고인을 더 이상 구속할 수는 없으니까요. 그리고 처음부터 저는 슌이 범인이라고 생각하지 않았습니다. 누군가를 감싸는 것 같긴 하지만, 결코 스스로 범행을 저지른 것 같지는 않아요."

"누구를 감싸고 있다고 생각하십니까?"

"중학교 2학년, 열네 살이었나요. 제게도 그때가 기억납니다. 이상하게 비뚤어지고, 이상하게 순수했죠. 영웅적 욕망이 있으면서도 한편으론 허세를 부리고요. 다른 사람을 위해 자기희생도 마다하지 않습니다. 그런데도 부족한 경험과 생각을 그대로 행동으로 옮기는 실행력 때문에 결국 쓸모없는 존재로 끝나죠. 세상은 이렇게나 넓은데 자신의 시야에 있는 것만이 전부라고 착각하고요. 호카리 씨, 슌 군은 좋든 나쁘든 열네 살 소년입니다. 대화하면서 저는 바로 그런 생각이 들더군요."

사카토의 말은 정곡을 찔렀다. 슌의 거침없음과 무모함 전부 유치한 정의감에서 비롯된 것이다. 그리고 어리기 때문에 슌이 지켜야 할 대상은 극히 한정적이다.

호카리는 신중하게 말을 골랐다.

"슌 이외의 우리 가족은 전부 알리바이가 성립할 텐데요. 그러니 슌이 감싸고 있는 사람이 가족은 아니겠고요."

"누가 그런 말을 했습니까?"

사카토는 옅은 미소를 지으며 말했다.

"저는 호카리 씨, 당신의 알리바이만 언급했습니다. 아내분도, 따님도 혐의에서 벗어난다고는 한마디도 하지 않았는데요."

"하지만, 이웃이."

"아, 언론에 보도된 목격담으로는 그럴지도 모르겠습니다. 하지만 호카리 씨, 호카리 씨네 집 뒷문이 양옆으로 높은 담벼락에 가려져 있는 걸 경찰이 모를 거라고 생각하셨나요? 눈가리개로 아주 딱이던데요, 그래서 더 의심스럽고요."

호카리는 무심코 낯이 뜨거워졌다. 다른 사람이 보면 부끄러워서 얼굴이 빨개지는 줄 알았을 것이다. 실제로 호카리네 집 뒤쪽만 돌아보면 알 수 있는 사실을 왜 경찰이 모른다고 생각했던 걸까.

"아내분이나 따님이나 문제의 시간에 외출했다는 확증은 없습니다. 그러니 알리바이가 불확실하더라도 적극적으로 의심할 수 없죠. 그 점에서 슌 군은 편의점 방범 카메라에 찍혔으니 참고인이 될 수 있는 거고요."

"이런 장소에 서 계시면 누가 거짓 진술을 하고 있는지 밝힐 수 있다는 말씀이십니까?"

"아, 아까 이야기로 돌아가는 건가요. 아뇨. 딱히 감식이나 수사본부의 허점을 잡을 생각은 조금도 없습니다. 조금 전에 분위기라고 말했습니다만 여기 서 있으면 살인 사건이 발생한 당시의 분위기가 되살아나는 듯한 느낌이 들어서요."

사카토는 모래밭에서 조금 떨어진 곳에 있는 가로수로 발걸음을 옮겼다.

"호카리 씨. 그런 말씀을 하시는 걸 보니 아야의 시체 상태에 대해 어디선가 정보를 입수하신 것 같네요."

"손으로 목 졸려 살해당했다. 아야의 목에 남아 있던 흔적도 그렇게 크지 않았다. 슌이 의심당한 것도 그 조건에 일치했기 때문이라고요."

사카토는 이에 답하지 않고 가로수 하나를 가리켰다.

"가족들이 일찍이 수색을 요청했고, 게다가 공원도 집에서 그리 멀지 않았습니다. 그런데도 아야 양의 시체가 늦게 발견된 건 가로수 그늘에 가려져 있었기 때문이죠."

마치 그곳에 시체가 있기라도 한 듯 사카토는 시묘한 기분으로 시선을 떨어뜨렸다.

"겁에 질린 피해자의 모습, 범인의 흥분, 두 사람의 행동, 절체절명의 순간, 범인의 안도감과 공포. 망상이라고 한다면 그뿐일 테지만 감식반이 채취한 물증과 목격자의 증언을 통해 망상은 더욱 구체화됩니다. 실제 범인의 행동에 가까워지는 거죠. 그러다 보면 범인이 범행 후 무슨 생각을 해 어디로 도망쳤는지 어렴풋이 떠올라요. 십인십색이라고 하지만 극한 상황에 처한 인간의 행동은 정신이상자가 아닌 한 그리 일탈적이지 않거든요."

"추체험 같은 건가요?"

"뭐, 그런 셈이죠."

"형사님. 혹시 누군가 특정하고 계신 사람이 있으신 건가요?"

"네, 있습니다."

너무 쉽게 말해서 역으로 호카리 쪽이 당황했다.

"어디까지나 제 개인적인 직감이고 수사본부와는 전혀 방향이 다르지만요.”

“누구죠?……아니, 이렇게 물어도 답할 수 없으시겠죠.”

“증거도 없는데 그런 걸 내뱉으면 안 되니까요. 그런데 호카리 씨는 왜 여기 오셨습니까?”

호카리가 입을 다물고 있자 사카토가 다그치듯 말했다.

“혹시 아버지로서의 의무감 때문입니까? 그렇다면 그건 가슴에 묻어두는 게 좋을 것 같네요.”

“형사님, 자신을 범죄 수사의 프로라고 생각하시는지요?”

“그건 뭐. 형사 일만 10년째 하고 있으니까요.”

“저는 아버지를 14년째 하고 있습니다.”

사카토는 의표를 찔린 것 같았다.

“아버지로서는 프로라는 말씀이십니까? 과연, 그건 부정할 수 없는 사실이네요. 하지만 아버지로서의 일이 범죄 수사에 적합하냐고 물으면 절대 고개를 끄덕일 수 없군요.”

“형사님께 인정받을 생각은 없습니다. 가족에게 얼굴을 들 수만 있다면 그걸로 충분해요.”

“존경합니다. 그럼 아버지의 의무를 다해주세요. 도움은 드릴 수 없지만요.”

그렇게 말하며 사카토는 공원을 나갔다. 그가 현장에서 무엇을 얻었는지 확인하지 못한 것은 아쉬웠지만 그의 됨됨이를 일부 파악한 것 같아 헛되지 않았다.

호카리는 아야의 사체가 있었다고 생각되는 곳에 서서 조용히 합장했다.

한참을 공원에 서 있었다. 한낮인데도 불구하고 인적이 드물었다. 주택가 근처에 있으면서도 이렇게 적막한 것은 대로변에서 멀리 떨어져 있기 때문이기도 했다. 하지만 무엇보다 신흥 주택지를 눈앞에 두고 법률상의 필요에 의해서만 존재하는 공원은 도시의 사각지대라고 할 수 있었다. 필요가 없으니 아무도 이용하지 않았고, 아무도 이용하지 않으니 사람도 모여들지 않았다.

다음으로 호카리는 슌의 모습이 찍힌 방범 카메라가 있는 편의점을 찾았다. 멀리서 바라다보니 그 매장이 대번에 눈에 들어왔다. 협소한 주차장에 비해 점포가 넓은 건 근처 주민의 수요를 반영한 것일 테다.

매장 입구에는 방범 카메라 한 대가 설치되어 있었다. 호카리는 방범 카메라에 관해 잘 모르지만 카메라 화각은 분명 공원 쪽을 향하고 있었다.

매장은 깔끔하게 정리되어 있었다. 중장년층과 젊은이들, 새로운 주택가와 옛 주택가 손님이 골고루 섞여 있는 인상이다.

사건 당일 영상을 확인하고 싶어 계산대에 있는 아르바이트생으로 보이는 청년에게 말을 걸었다.

"음, 방범 카메라 영상이요? 혹시 경찰 관계자분이신가요?"

"경찰은 아니지만 사건 관계자입니다."

아르바이트생은 잠깐 기다려 달라는 말을 남기고 가게 안쪽으로 사라졌다. 다시 모습을 드러냈을 때는 미안하다는 듯한 표정을 짓고 있었다.

"확인해보니 경찰 관계자 외에는 보여드릴 수 없다고 하네요."

"그래도 좀 부탁드립니다."

"규정이라서요."

계산대에서 재차 물었지만, 규칙을 엄격히 준수하는 듯 답이 번복되지는 않았다.

"죄송합니다. 다른 손님이 기다리고 계셔서요."

그 말에 뒤를 돌아보니, 다섯 명 정도의 손님이 민폐라는 표정으로 줄을 서 있었다. 호카리는 맥없이 계산대를 떠났다. 역시 경찰도 아닌 일반인이 독자적으로 범죄 수사를 한다는 건 당랑지부*구나, 하고 깨달았다.

점점 발걸음이 무거워졌다.

아버지로서 의무를 다한다고 큰소리치면서도 실제로는 헛수고만 계속할 뿐 얻을 수 있는 실마리는 없다. 범죄 수사를 생업으로 삼지 않더라도 나름의 성과가 있을 거라 생각한 것부터 잘못

✱ 螳螂拒轍, 자기 분수를 모르고 상대가 되지 않는 사람이나 사물과 대적한다는 뜻.

이었다.

무력감에 휩싸여 걷고 있는데, 세련된 카페가 눈에 들어왔다. 간판에는 '와이너리'라고 적혀 있었다. 카페와는 어울리지 않는 이름이지만 사토미가 와인을 좋아해 조금 관심이 생겼다. 마침 목이 말라서 안으로 들어갔다.

카페에 들어가니 카페 이름이 왜 와이너리인지 알 수 있었다. 카운터 주변과 벽에는 다양한 와인병이 쭉 진열돼 있었다. 메뉴 판에는 트렌디한 스낵도 쓰여 있다. 낮에는 카페지만 저녁 시간에는 서양식 선술집으로 바뀌는 곳 같았다.

의외로 인기 있는 듯 테이블석은 거의 다 꽉 차 있었다. 빈자리는 카운터석뿐이라 호카리는 어쩔 수 없이 카운터로 향했다.

사이폰* 몇 대 앞에서 여유롭게 일하고 있는 초로의 남자가 사장일 것이다.

다른 직원으로 보이는 사람은 여직원 두 명으로, 카페의 분위기를 거스르지 않는 인테리어와 어우러져 차분한 분위기를 연출하고 있었다. 늦은 시간에 와인 한 잔을 기울이기에 더할 나위 없이 좋은 장소다.

메뉴에는 대강 다 있었지만 처음 방문하는 카페인지라 무난하

---

* 용기를 기울이지 않고 높은 곳에 있는 액체를 낮은 곳으로 옮기는 연통관. 이 사이폰 하단 유리구에 압력이 차게 되면 물이 위로 빨려 올라가 커피 가루를 적시면서 커피를 추출한다.

게 블렌드를 선택했다.

"블렌드 주세요."

"알겠습니다."

낮은 목소리가 귀에 착착 감겼다. 이 가게가 인기 있는 이유에는 사장도 한몫하지 않았을까 싶다.

카운터 근처 벽면에는 코르크 재질의 게시판이 걸려 있었는데, 와인 사진과 손님들의 미소를 담은 스냅사진으로 가득했다. 대충 세어봐도 백 장은 넘을 것 같았다.

"사진이 정말 많네요. 사장님 취미인가요?"

사장님이라고 불러도 부인하지 않는 걸 보니 역시 사장인 듯했다. 초로의 남자는 "설마요"라고 답했다.

"전부 손님 인스타예요."

낯선 단어에 그게 뭐냐고 묻자 사장이 수줍은 미소를 지었다.

"저도 잘 모르는데 사진 공유 앱 같은 거라고 하더라고요. 휴대폰으로 찍은 사진을 인터넷에 퍼뜨리는 거죠. 그래서 가게의 와인이나 메뉴라든가, 있어 보이는 것들을 얼마 전부터 이렇게 스냅사진으로 만들어서 붙이고 있어요."

취미가 아니라 일종의 홍보라고 이해했다. 유명인이 다녀갔다는 사인을 붙이는 것보다 인터넷에서 평판이 좋은 가게임을 보여주는 것이 더 홍보 효과가 있다고 판단했을 것이다.

커피가 나오기 전까지 따분하기도 해 사진을 구경하기로 했다. 카메라 기종이나 촬영자의 사진 솜씨 차이인지, 메뉴판에 그 대로 실어도 될 것 같은 사진과 아마추어가 찍은 것이 고스란히 드러나는 사진이 뒤섞여 있었다. 아마추어가 서투르게 찍은 사 진으로, 자신뿐만 아니라 다른 손님이 배경으로 찍힌 것까지 뒤 죽박죽이었다.

하지만 이렇게 쭉 늘어서 있는 사진 사이에서는 아마추어의 서투름도 용납할 수 있다. 어느 사진이든 맛과 분위기를 즐기는 손님들의 모습에 저절로 웃음 짓게 된다.

불현듯 아쉬움이 느껴졌다. 나와 내 가족에게 이런 식으로 술 과 식사를 즐길 수 있는 기회가 또 올까. 화목한 가정도 화기애애 한 분위기도 이제는 공허하게만 들릴 뿐이었다. 감정을 억누르 지 않으면 사진 속 웃고 있는 커플이나 친구들에게 왠지 모를 질 투심이 솟구쳐 올랐다.

남의 불행을 바라는 사람이 되지 말아라.

슌과 유카뿐만 아니라 학생들에게도 계속 해왔던 말이다. 설 마 스스로를 이렇게 훈계하게 될 줄은 꿈에도 몰랐다.

의심과 초조함이 이렇게 사람을 옹졸하게 만드는 걸까.

타인을 향한 질투가 자기혐오로 변하기 시작할 무렵, 나른하 게 방황하던 시선이 스냅사진 한 장을 포착했다.

카운터석으로 보이는 자리에서 금빛 와인 잔을 들고 있는 20 대 커플. 하지만 호카리의 시선을 사로잡은 것은 그 배경에 찍힌 또 다른 커플이었다.

초점은 앞쪽 커플에 맞춰져 있지만, 배경도 함께 찍혀 있었다.

한쪽 여자가 사토미와 매우 닮아 있었다.

윤곽이 흐릿한 옆얼굴이지만 볼수록 사토미가 떠올랐다. 입고 있는 옷도 어디선가 본 적이 있는 원피스였다.

상대는 사진에서 딱 잘려서 얼굴도 알 수 없다. 테이블 위에 놓인 재킷의 팔로 보아 남자라는 것을 짐작할 수 있을 정도다.

사진 속 사토미는 상대에게 아주 환하게 미소를 짓고 있다. 최근에는 호카리에게도 보여주지 않았던 표정이었다.

또 다른 의심이 솟구쳐 올라 호카리는 사진에 얼굴을 가까이 가져갔다. 사진 왼쪽 하단에 촬영 날짜와 시간이 새겨져 있었다.

06. 02. 18:42

심장이 빨리 뛰기 시작했다.

6월 2일 18시 42분.

삼각공원에서 아야가 살해된 것으로 추정되는 18시부터 20시 사이에 해당한다.

이게 무슨 일인가.

사토미는 그 시간에 범행 현장 근처에 있던 것이다.

호카리는 사진을 떼어내면서 사장에게 말을 걸었다.

"이 사진 말인데요."

"앗, 떼어내셨군요. 함부로 그러시면 곤란해요."

"사진 속에서 저 뒤에 앉아 있는 여자, 아세요?"

사장은 귀찮다는 듯이 사진을 바라봤다.

"아, 가끔 여기 오시는 손님이에요. 이름은 모르겠고 어제도 오셨어요."

"항상 남자를 데리고 오나요?"

자신의 아내라고 말하려다 말문이 막혔다. 사진 속 여자는 사토미와 몹시 닮았지만 그렇다는 확증은 없다. 입고 있는 원피스도 평범한 기성품이라 본인을 특정하기에는 무리가 있다.

"혹시 형사님인가요?"

"아닌데요······."

"그럼 좀 봐주세요."

사장은 사진을 빼앗으며 항의의 눈빛을 보냈다.

"개인정보예요. 요즘은 스토커도 흔해서 함부로 손님 정보를 알려줄 수 없어요."

"제가 아는 여자와 꼭 닮아서요."

"그렇다고 알려드릴 수는 없어요. 알려드리지 않을 때보다 알렸을 때의 리스크가 더 크거든요. 그리고 다른 손님에 관해 이러쿵저러쿵 떠드는 건 좋지 않고요."

집으로 돌아오니 또다시 우울한 기분에 휩싸였다. 불안과 두려움은 눈에 보이지는 않아도 그 느낌은 머리 위로 내려앉았다.

이유는 분명했다. 호카리가 사토미를 의심하고 있었기 때문이다. 그리고 그 의심의 기운은 본인에게도 전파되어 점점 더 암울해졌다.

6월 2일, 사토미는 16시에 장을 보고 돌아와 호카리와 슌이 귀가할 때까지 집에 있었다고 밝혔다. 하지만 쓰레기 봉투에서 발견된 택배 부재중 연락표와 '와이너리'에 있던 사진으로 그 증언에 커다란 균열이 생겼다.

부엌으로 가보니 사토미가 서 있었다.

"어디 갔다 왔어?"

"삼각공원."

"뭔가 알아냈어?"

"아니……사카토 씨가 있었어."

"아직 현장에서 수사가 계속되는 건가."

"수사가 끝난 뒤에도 몇 번인가 가본 것 같더라고. 범행 현장에 서 있으면 피해자가 공격당한 순간의 분위기를 알 수 있다나."

"그게 뭐야. 초능력인가."

사토미는 어이없다는 듯이 말하고는 다시 등을 돌렸다.

등을 보고 있는 사이 가슴속 깊은 곳에서 의심이 마그마처럼 솟아올랐다.

그 카페에 드나들던 게 너였나.

남자는 도대체 누구냐.

"도중에 '와이너리'라는 카페에 들어갔어."

카페 이름을 말해도 사토미는 반응이 없었다. 어떤 동요도 없이 손을 움직이고 있었다.

"알아?"

"아니. 무슨 카페야?"

"카페인데 술도 팔아. 장 보러 가는 길에 들른 적 있지 않아?"

"삼각공원 쪽에 마트도 없잖아. 몰라."

억양에 어색한 변화도 없이 사토미는 담담하게 답했다. 단조로운 말투가 호카리의 가슴을 쥐어 뜯었다.

등을 보고 있자니 이성을 잃을 것 같아 호카리는 말없이 부엌을 나왔다. 자기 방으로 들어가 의자에 앉아 책상에 주먹을 휘둘렀다. 철제라 깨지지는 않지만 둔탁한 소리와 함께 책상 위 소품들이 굴러 떨어졌다.

의심, 질투, 분노, 자기혐오 등 여러 가지 감정이 출구를 찾고 있지만, 토해낼 수도 없어 호카리는 계속 책상을 두드리며 괴로워했다.

이혼이라는 두 글자가 떠오른 것은 그 후 얼마 지나지 않아서였다.

3

✳

다음 날, 호카리는 아침을 먹자마자 외출했다.

결국 어젯밤은 한숨도 못 잤다. '와이너리'에서 본 사진이 망막에 새겨져 떨어지지 않았다. 사토미와 함께 찍힌 사람은 누구일까. 도대체 어떤 관계일까. 질투와 의심이 열을 내며 솟구칠 것만 같았다.

일어나서도 사토미의 얼굴을 제대로 볼 수 없었다. 슌이 연행된 이후, 사토미의 말수가 줄어든 것이 다행일 정도였다. 예전처럼 이런저런 말을 걸어와도 냉정하게 대답할 자신이 없었기 때문이다.

오오와 아야가 살해당한 것으로 추정되는 시간, 사토미는 외출해 다른 남자를 만나고 있었다. 사건과 어떤 연관이 있는지는 알 수 없지만, 사토미가 거짓말을 하고 있다는 것만은 확실했다.

불편한 이야기가 아니라면 굳이 거짓말을 할 필요가 없다. 사토미도 스스로 떳떳하지 못하다고 생각하기 때문에 침묵하는 것이다.

사진을 발견했을 때, 사장에게 억지를 부려서라도 사진을 가지고 돌아와야 했다. 발견 당시에는 충격이 너무 커서 자세히 관찰할 수 없었다. 방에서 차분히 들여다보면 뭔가 새로운 정보를 얻을 수 있을지도 모른다. 상대방의 옷차림을 보고 신원을 특정할 수 있을지도 모른다. 아니, 어쩌면 사진 속 여자가 사토미와 닮은 다른 사람이라는 증거를 발견할 수도 있다.

실타래처럼 가느다란 가능성이었지만 지금은 그것에 매달릴 수밖에 없다. 어쨌든 사진을 입수하는 것이 시급하다.

카페 앞에 다다르자 창밖으로 가게 안이 북적이는 모습이 보였다. 모닝 서비스 때문에 온 손님들일 것이다. 가게 앞에는 자전거 몇 대가 놓여 있었다.

문을 열고 들어가니 예상대로 대부분의 자리가 아주머니들로 채워져 있었다. 그리 넓지 않은 가게라 테이블석이 꽉 차 있는 것만으로도 사람의 열기가 느껴졌다. 다행히 카운터석에 한 자리가 비어 있어 슬그머니 들어가 자리를 잡았다.

"어서 오세요."

사장은 카운터 안쪽에서 바쁘게 일하고 있었다. 옆쪽 벽에는 주문표가 겹겹이 쌓여 있어 아직 처리하지 못한 주문이 많은 상황을 나타냈다.

카운터 근처 게시판에는 어제와 변함없이 사진이 붙어 있다. 호카리는 얼른 그 사진을 찾기 시작했다.

하지만 찾을 수 없었다.

그럴 리가 없다며 게시판을 샅샅이 훑어보았지만 역시 찾을 수 없었다. 자세히 보니 그 사진이 있던 것 같은 곳이 텅 비어 있었다.

분명히 떼어낸 흔적이었다.

도대체 누가 떼어낸 걸까.

당황해서 사장에게 사정을 물어보려는데, 옆자리에 앉아 있던 손님이 말을 건넸다.

"무엇을 찾으시나요?"

호카리는 무심코 목소리를 높였다. 그곳에 있던 사람은 사카토였다.

"아니, 그게."

"붙어 있던 사진이라면 제가 사장님께 빌렸습니다."

사카토는 호카리의 당황한 표정을 무시한 채 덤덤하게 말했다.

"왜 형사님이 여기에?"

"어제 호카리 씨가 나간 직후에 저도 이 카페에 들어왔어요."

"설마 미행하셨습니까?"

"참고인의 아버지가 범행 현장을 어슬렁거리는데, 담당자로서 그냥 내버려둘 수 있다고 생각하시나요?"

"어슬렁거리다뇨……."

"아마추어가 프로를 흉내 내려고 해도 방해가 될 뿐이다. 그렇게 말했을 텐데요."

사카토는 커피를 마시며 호카리를 비난하는 눈빛으로 바라보았다.

"사장님한테 들었는데, 호카리 씨가 게시판에 붙어 있는 사진에 몹시 집착했다고요. 사진을 보니 낯익은 여자분이 찍혀 있더군요. 호카리 씨 일이니 한 번 거절당했어도 다시 오실 줄 알았습니다."

"그래서 잠복하고 있던 겁니까?"

"잠복이라니 말이 좀 그렇네요. 호카리 씨와 대화할 기회를 바랐을 뿐입니다."

사카토가 가볍게 노려보았다.

"도대체 몇 번째 경고입니까. 가족들이 걱정되는 심정은 이해하지만, 수사에 방해가 되는 행동은 삼가주세요."

쌀쌀맞은 말투에 분노가 치밀어 올랐다.

"형사님, 당신 같으면 어땠을까요?"

내뱉은 목소리는 자신의 목소리 같지 않았다.

"자기 가족이 범죄에 연루되어도 평소대로 있을 수 있을까요? 가족이 이해할 수 없는 행동을 하는데도 가만히 보고만 있을 수 있을까요?"

사카토는 놀란 듯이 눈을 크게 떴다. 설마 호카리가 이리 격정에 휩싸이게 될 줄을 상상도 못한 것 같다.

"지금까지 당연하다고 생각했던 것들이 당연하지 않게 되었습니다. 밖에 나가기만 해도 카메라나 마이크가 달려들죠. 가족들은 더 이상 웃지 않게 되었고, 식탁 앞에 앉아 있는 사람을 믿지 못하고요. 함께 있어도 의심 때문에 가슴이 괴로워집니다. 이런 상황을 겪어본 적 있습니까?"

"저기, 손님."

자신도 모르게 큰 소리로 말하다가 사장에게 주의를 받았다.

"다른 손님들께 폐가 되어서요."

주위를 둘러보니 손님들이 모두 민폐라는 듯이 호카리를 쳐다보고 있었다. 호카리는 당황하며 고개를 숙일 수밖에 없었다.

"구석 테이블이 비었네요. 더 하실 이야기가 있으면 자리를 옮길까요?"

사카토의 제안에 호카리도 테이블을 옮겼다. 다른 손님들의 차가운 시선이 따가웠다. 평소 같으면 가게 안에서 큰소리를 내는 건 생각할 수도 없는 행동이다. 결국 자신을 제어할 수 없게 된 것인지, 불안과 수치심에 얼굴을 들지 못했다.

잠시 후 호카리가 주문한 커피가 나와 한 모금 마셨다. 갓 내린 커피 향이 은은하게 코끝에 스며들었다.

"진정되셨나요?"

"네, 뭐."

"조급해하시는 심정도 이해할 수 있어요. 일방적으로 말씀드린 건 죄송합니다."

"저야말로. 저도 모르게 목소리가 커졌네요."

"생각지도 못한 행동을 하신다는 건 상당히 초조하다는 증거일지도 모르겠네요. 제가 보기에 호카리 씨는 굉장이 이성적인

분이시니까요.”

 “과대평가 하지 마세요.”

 “이성적이지 않으면 중학교 교사는 할 수 없을 겁니다.”

 “사건이 있기 전에는 저도 제가 이렇게 정서적으로 불안정해질 줄은 몰랐네요.”

 자신도 모르게 말투가 언짢아졌다. 이성에는 자신감이 있었기 때문에 자신의 연약함을 상기시키면 괜히 당황했다. 마치 내면의 추악한 모습을 드러내는 것 같아 불쾌했기 때문이었다.

 사카토는 호카리의 얼굴을 가만히 지켜보다가 이내 표정을 풀었다.

 “아내분을 의심하십니까?”

 “저런 사진을 보면 의심하고 싶지 않아도 의심하게 되죠.”

 “결론부터 말씀드리자면, 아내분은 불륜을 저지르지 않으셨을 겁니다.”

 “왜 그렇게 생각하시죠?”

 “어디서부터 어디까지를 불륜이라고 해야 할지 모르겠지만 어쨌든 남의 눈을 피해 다니는 불륜 커플이 집에서 멀지 않은 카페에서 만난다는 것은 좀처럼 생각하기 어렵죠. 기껏해야 대화 상대 정도일 것 같군요.”

 “증거도 없는데 설부른 말은 하지 말아주십시오.”

 “증거라면 있는데요. 이 사진 속 남자에게 방금 확인을 받아왔거든요."

호카리는 놀라서 사카토를 물끄러미 바라보았다.

"설마. 농담이겠죠?"

"저도 이런 상황에서 농담을 할 수 있을 만큼 여유가 있었으면 좋겠군요."

사카토는 양복 주머니에서 사진을 꺼내 테이블 위에 올려놓았다.

"보시다시피 상대 남자는 재킷의 팔 끝부분만 찍혔습니다."

"네. 그래서 이 남자의 신원을 어떻게 알았을까 궁금하네요."

"지금은 자세히 말씀드릴 수 없지만 이 셔츠의 소매 부분에 특징이 있습니다."

그 말을 듣고 그 부분을 유심히 살펴봤지만, 파란색이라는 것 외에는 평범한 셔츠처럼 보였다.

"그래도 본인을 특정하는 데 온종일 걸렸지만요."

"단 하루 만에 특정할 수 있었다는 게 오히려 더 놀라운데요."

"제 일이 그런 일이니까요. 안심하세요. 그도 단순한 상담 상대로 만났다고 증언했습니다."

단정적인 말투에 반신반의했지만, 적어도 의심은 옅어졌다. 사카토 같은 남자는 거짓말을 하지 않을 것 같았기 때문이다.

"그럼 사토미의 외출은 아야의 사건과 무관한 건가요?"

"아뇨. 그렇지 않아요. 이것도 역시 사건의 일부분이에요. 근처 삼각공원에서 여자아이가 살해당했고, 그 근처를 순이 지나

갔고, 게다가 아내가 근처 카페에 왔다. 게다가 이것들은 범행 시간을 중심으로 한 시간대에 일어난 일입니다. 형사로서 당연히 의심할 수밖에 없죠."

다만, 이라며 사카토가 덧붙였다.

"호카리 씨는 의심할 필요가 없습니다. 순도 하루 이틀 안에 돌려보내겠다고 말씀드린 것은 이미 붙잡아둘 이유가 없어졌기 때문이에요."

"이유를 물어도 어차피 답 안 해주시겠죠?"

"몇 번이나 말씀드리지만 수사는 저희의 몫입니다."

"그런 건 잘 알아요!"

다시 목소리가 커질 뻔했다. 호카리는 일단 말을 끊고 마음을 가라앉혔다.

"폐를 끼친다는 건 잘 알고 있습니다. 그렇다고 가족이 이렇게 되어 가는데 손가락만 빨고 있을 수만은 없어요. 형사님도 가정을 꾸려봤으니 아시잖아요."

사카토의 얼굴에 동정 어린 빛이 감돌았다. 자신이 비참하게 느껴졌지만, 어차피 이 남자에게는 자주 약점을 들키고 있었다. 이제 와서 동정을 받아도 잃을 게 없다.

"앞으로 사건이 어떻게 전개될지 아무도 알 수 없어요. 분명한 것은 더 이상 원래의 가족으로 돌아갈 수 없다는 것입니다. 우리 가족은 이번 일로 많은 것을 잃었어요. 분명 되돌릴 수 없을 거예요.”

“그럴 리가요. 아직 늦지 않았습니다.”

“위로의 말은 사양할게요. 형사님한테도 유치원생 자녀가 있으시잖아요. 무척 귀엽겠죠. 아내분도 경찰관이라는 직업을 이해하는 분이실 테고요. 화목한 가정을 꾸리고 계신 분은 지금 제 심정을 도저히 이해할 수 없을 겁니다.”

“화목한 가정이라니, 누가 언제 그런 말을 했습니까?”

심하게 각성된 목소리였다.

“유치원생 자녀가 있으시다고…….”

“같이 살지는 않습니다. 친권은 전 부인에게 있고, 저는 한 달에 한 번 정도 만날 수 있을 뿐이고요. 그마저도 형사 일이 바빠서 못 만나고 있어요. 그래서 제가 말하는 겁니다. 호카리 씨 가족은 아직 늦지 않았다고요.”

“형사님은 굉장히 가정적인 사람이실 것 같은데요.”

“범인의 심리는 훤히 알 수 있으면서 아내의 마음은 전혀 못 읽겠더군요. 형사 중엔 저 같은 사람이 꽤 많습니다.”

“저도 마찬가지예요. 학생들의 마음은 패턴으로 이해할 수 있는데, 아내가 저 말고 다른 상담 상대가 필요했을 거라고는 상상도 못 했네요.”

“저희 둘 다 서투르네요.”

사카토가 다시 커피잔에 입을 가져다 댔다.

사카토는 무엇을 놓친 걸까.

궁금했지만 아무래도 알려줄 생각은 없는 모양이었다.

"제가 늦지 않았다고 말한 건, 호카리 씨네 가족들이 서로를 배려한다는 걸 알 수 있어서예요. 어떤 사정 때문에 전부 드러내지 않아 오해가 생겼을 수도 있지만, 반대로 말하면 오해만 풀면 다시 회복할 수 있어요. 호카리 씨 가족을 이어주는 끈은 아직 끊기지 않았습니다."

"……그런가요?"

"물론 노력은 필요하겠지만요. 하지만 노력할 만한 가치는 있어요. 가족이나 가정이란 그런 것이니까요."

사카토는 옅은 미소를 지었다. 자비라고도 자학이라고도 할 수 있는 그 미소에 호카리는 어떻게 반응해야 할지 몰랐다.

"형사님 말은 저희 가족은 전부 결백하다는 것처럼 들리네요."

"네, 그런 뜻으로 말씀드렸습니다."

"한 가지만 알려주세요. 사건이 터지고 나서 저도 여기저기서 지식을 얻었는데, 계속 이상하다는 생각이 드는 지점이 있어요. 바로 지문입니다."

지문이라는 말에 사카토가 한쪽 눈썹을 찡그렸다.

"저는 유리나 철 같은 물건에 묻은 지문만 채취할 수 있는 줄 알았는데 최근 과학수사에서는 천이나 사람의 피부에서도 지문을 채취할 수 있다고 하더라고요."

"과학은 나날이 발전하고 있으니까요."

"아야는 손으로 목을 졸라 살해당했잖아요. 그렇다면 시신의 목에서 범인의 지문을 검출할 수 있었을 텐데요. 그래도 범인을 특정하지 못한 건가요?"

"장갑입니다."

사카토는 불만이라는 듯 입술을 비틀었다.

"범인은 장갑을 끼고 있었던 것 같아요. 그래서 목을 졸라 죽인 것은 확실하지만, 지문은 발견되지 않았습니다. 장갑을 끼고 있었다는 사실은 범행이 계획적이었다는 것을 보여주고요. 어차피 벌써 6월입니다. 이 시기에 항상 장갑을 끼고 있으면 반드시 의심받게 되겠죠. 범인은 처음부터 아야를 목 졸라 살해하려고 삼각공원까지 미행했고, 그곳에서 숨겨둔 장갑을 끼고 범행을 저질렀습니다. 경찰의 생각은 이렇습니다."

호카리는 이야기 중간부터 당황스러웠다.

사카토의 설명은 일목요연하지만 근본적인 부분에서 무언가 어긋난 것 같았기 때문이다.

그 어긋남의 원인이 무엇일까 고민하다가 잠시 후 깨달았다.

"6월에 장갑을 끼고 있어도 의심스럽지는 않아요."

사카토는 뜻밖이라는 표정을 지었다.

"뭐라구요?"

"한여름에도 장갑을 끼고 다니는 사람이 꽤 많다고요."

"아, 확실히 일부 운전기사들은 여름에도 장갑을 끼고 다니죠. 공사 관계자들도 그렇겠고요. 물론 그 가능성을 따져 봤지만 현장 근처에서 수상한 차량을 목격했다는 증언도, 근처에서 공사를 하고 있었다는 사실도 없었습니다."

"아뇨, 형사님. 요즘은 컴퓨터나 스마트폰을 만질 때가 많잖아요. 키보드를 두드리며 일하는 사람들도 많고요. 그중에는 손에 땀을 흘리는 사람들도 있어요. 그래서 그런 사람들은 컴퓨터를 조작하기 위해 얇은 장갑을 끼고 있습니다. 스마트폰도 마찬가지라 땀 방지용 장갑을 따로 판매할 정도예요."

"흐음. 잘 아시는군요."

"컴퓨터 수업할 때 그런 장갑을 끼고 있는 반 학생을 몇 명 본 적이 있거든요."

터치패널의 조작은 패널과 손가락 사이에 발생하는 전류를 읽어내는 원리로 작동한다. 스마트폰 장갑은 손가락 끝을 전도성 실로 꿰매어 조작할 수 있게 한 것이다. 처음에는 호카리도 이해할 수 없었지만, 친한 학생이 알려주었다.

갑자기 사카토가 생각에 잠긴 표정을 지었다. 테이블을 쳐다보며 무언가를 중얼거리고 있었다.

"호카리 씨. 하나 여쭤봐도 될까요? 이건 호카리 씨에게 물어보는 게 좋을 것 같아서요."

"제가 대답할 수 있는 거라면 뭐든."

그러자 사카토는 어떤 동기에 대해 가설을 세웠다. 즉, 그런 이유가 사람을 죽이는 동기가 될 수 있느냐 없느냐의 문제였다.

과연, 자신에게 물어보는 것이 타당하다고 생각되는 질문이었다. 호카리는 한참을 고민하다가 충분히 그럴 수 있다고 답했다.

"궁지에 몰린 사람이라면 그런 행동을 할 수도 있습니다. 인생이 걸려 있다고 생각하는 사람도 있고, 궁지에 몰린 사람은 시야가 좁아지기 쉽고요."

"그렇군요."

사카토는 눈가에 주름을 잡으며 다시 생각에 잠겼다.

그 모습을 지켜보던 호카리도 사카토가 고민하는 이유를 대충 짐작할 수 있었다.

"특정 인물을 의심하고 계시는군요."

"여자아이를 살해한 동기로는 완전히 상상을 초월하네요. 장갑 건과 함께 범인상은 크게 바뀔 수밖에 없을 것 같습니다."

드디어 호카리에게도 사카토가 의심을 품고 있는 인물이 보이기 시작했다.

"형사님, 혹시?"

"가능성은 버릴 수 없습니다. 게다가 힌트를 준 것은 호카리 씨고요."

호카리는 절규했다.

가능성을 암시한 것은 분명 자신이지만, 막상 말로 표현하니 현실감이 떨어졌다. 만약 그런 이유로 살해당했다면 아야가 몹시 불쌍할 뿐이다.

"호카리 씨. 지금 한 말은 당분간 누구에게도 말하지 말아주세요. 어쩌면 이게 핵심이 될지도 모르니."

이쪽을 노려보는 사카토의 눈빛에서는 위압감마저 느껴졌다. 호카리는 절로 고개가 끄덕여졌다.

하지만 겉으로는 그렇다 치더라도 속으로는 아직 수긍할 수 없었다.

그 인물이 아야를 살해했다는 것. 상상력을 동원해도 좀처럼 머릿속에 그려지지 않았다.

"호카리 씨."

사카토는 호카리의 속내를 꿰뚫어 본 듯한 얼굴로 다가왔다.

"지금 무슨 생각을 하고 계시는지 대충 짐작할 수 있을 것 같아요. 더는 이 사건에 관여하지 마십시오."

"어떻게 짐작할 수 있으시죠?"

"무례하게 들릴지 모르겠지만 호카리 씨는 흔치 않을 정도로 정직한 분이라서요. 적어도 전 부인보다는 훨씬 더 알기 쉽네요. 어쨌든 경고했습니다."

사카토는 그렇게 말하고는 두 사람 사이에 있던 영수증을 빼앗아 재빨리 계산대로 향했다.

말릴 틈도 없이 호카리는 눈앞의 커피에 시선을 떨어뜨렸다. 정보 제공료인지, 아니면 입막음용인지, 어느 쪽이든 커피 한 잔 값으로는 상당히 싸게 느껴졌다.

완전히 식은 커피를 마시면서 가게를 나가는 사카토의 뒷모습을 계속 눈으로 좇았다.

미안하지만, 사카토 형사.

당신은 나를 충분히 이해하지 못했어.

난 그렇게 정직하지도 않고, 형사의 충고에 순순히 따를 만큼 고분고분한 사람도 아니야.

4

✳

시곗바늘은 오후 6시 45분을 가리키고 있었다.

밤이 깊어지기 시작한 삼각공원은 인적이 드물었고 미지근한 공기로 가득했다. 기온은 그다지 높지 않은데도 불쾌한 것은 습기를 많이 머금고 있어서다.

호카리는 공원 입구 근처에 서서 공원 안을 둘러보았다. 외등은 반대편에 한 개만 있었는데, 손바닥만 한 크기라 거의 전체를 어둡게 비추고 있었다.

식수대 밑에는 시들어가는 꽃다발과 5백 밀리미터짜리 페트

병이 놓여 있었다. 아마 아야의 가족이나 같은 반 학생이 놓아둔 것 같다.

생각해보니 아야의 명복을 빌어본 적이 없었다. 처음 범행 현장을 방문했을 때도 정보 수집이 최우선이라 죽은 자를 애도할 여유가 없었다.

아니, 여유 운운하는 이야기가 아니다.

가족을 믿지 못하고 의심에 사로잡혀 있던 호카리는 살해당한 아야의 심정과 억울함을 헤아릴 수 없던 것이다.

아야가 유카를 괴롭힌 주동자라는 사정도 있었다. 자신의 딸을 자살 시도까지 몰고 간 사람의 죽음을 애도해야겠다는 마음은 쉽게 들지 않았다.

하지만 교사로서, 부모로서 호카리는 깨달았어야 했다. 아무 문제도 없고, 모든 것이 만족스러운 사람이 누군가를 괴롭힐 리가 없다. 아야 역시 누군가에 의해 궁지에 몰리고 위협받는 존재였다. 그래서 자신보다 약한 자를 필사적으로 찾아다니며 일상의 울분을 풀고 있었다. 그렇지 않으면 자신을 파괴할 위험이 있었을 것이다.

호카리는 합장하고 고개를 숙였다. 무신론자였지만 지금만큼은 하나님과 부처에게 기도하고 싶은 심정이었다. 연약하고 어린 영혼이 평안하기를, 그리고 오오와 집안사람들의 상처가 하루빨리 치유되기를 바랄 뿐이었다.

환경에 겁을 먹고 안식을 찾아 발걸음을 재촉한 것은 호카리 네 가족도 마찬가지였다. 호카리도, 사토미도, 슌도 유카도 불합리와 싸우며 겉치레를 벗어던지고 정신의 맨살을 드러냈다.

아야 사건이 종결된 후, 호카리 가족의 행방이 어떻게 될지는 지금으로서는 알 수 없다. 싸구려 드라마도 아니고, 사건 해결과 함께 가족이 원상 복귀하는 일은 있을 수 없다. 서로의 민낯을 본 사람들이 이를 기억에서 완전히 지우는 것은 불가능하다.

네가 나쓰나와 유카에게 한 행동은 용서하마.

그러니 더 이상 괴로워하지 않아도 돼.

미움에서 해방되어 잠들었으면 좋겠어.

한동안 합장하고 있는데, 누군가가 다가오는 기척이 느껴졌다. 돌아보니 그가 서 있었다.

"무슨 생각으로 이런 곳으로 불러냈어요?"

그는 처음부터 다혈질이었다. 집에 전화했을 때만 해도 놀란 기색이 역력했는데, 몇 시간 만에 기분이 변한 듯했다.

"지금 너무 바빠요. 지난번에도 말했잖아요."

"알아. 그러니 최대한 빨리 끝내고 싶고. 그게 서로를 위한 일이기도 하니."

"서로를 위해서? 잘도 말하네요."

그가 코웃음 쳤다.

"원래는 당신 딸이 일으킨 일이잖아요. 그 애가 자살 시도를 해서 일을 키우는 바람에 사망자까지 나왔어. 계속 참았으면 좋았을 텐데. 아무리 괴롭힘을 당해도 참고 견디고 아무한테도 말하지 않았어야죠. 어차피 학년이 바뀌면 괴롭히는 녀석들과는 멀어질 테니 그때까지 기다리면 됐잖아요."

"그런 식으로 말하면 안 되지."

역시 호카리도 화가 났다.

"높은 곳에서 뛰어내리기까지 얼마나 절망이 컸을까. 죽음과 맞바꾸어 안식을 얻으려 한 거야. 본인에겐 지옥 같은 고통이었어. 내장이 파열되고 손목과 발목이 골절됐고. 얼마나 극심한 고통이었을지 상상이나 할 수 있겠어?"

"남의 아픔 따위 알 바예요?"

그는 거만하게 말했다. 무감각한 것, 남을 배려하지 않는 것을 미덕으로 여기는 듯한 말투였다.

"남들에게 민폐라는 생각을 조금만 하면 되잖아요. 자신은 뛰어내려서 한 건 해결됐을지 모르지만, 남아 있는 사람들한테는 엄청나게 민폐야. 사실 당신도 그랬던 거 아니야? 딸이 자살 시도만 안 했으면, 보통 아버지에 보통 선생님도 할 수 있었겠지. 그런데 그게 지금 어때요? 평일 대낮부터 남의 주변을 어슬렁거리며 돌아다니는 꼴이잖아. 어차피 퇴직 권고 같은 것도 받았겠지. 당신한테도 민폐를 끼친 거 아니야?"

"민폐를 끼치는 사람은 방해꾼이라는 건가?"

"당연하지."

"그래서 아야를 살해했고?"

상대는 잠시 침묵을 지키다가 허세처럼 코를 찡긋했다.

"갑자기 무슨 말을 하나 했더니. 잠 덜 깼나?"

"처음엔 이렇게 생각했어. 아야를 살해한 범인은 아야가 미워서 견딜 수 없는 거라고. 그래서 우리 가족을 의심했지. 유카가 자살을 시도한 단계에서 우리 가족은 모두 아야를 증오했으니까."

"좋은 발상 같은데."

"솔직히 가족을 의심하는 건 힘들었어. 하지만 그 후로 다른 생각을 하게 되었지. 아야가 죽어서 이득을 보는 사람은 누구일까, 하고. 다만 자산도 인간관계도 별로 없는 초등학생 여자아이에게 경제적 가치가 있다고는 생각되지 않아."

"그건 그렇군."

"그래서 관점을 바꿔봤어. 이득을 얻는다는 건 다른 말로 하면 손해를 배제하는 것이기도 하지. 성가신 방해꾼을 제거한다. 이건 훌륭한 이익이 될 수 있지 않을까 싶은데."

순간 상대의 표정이 달라졌다. 호카리를 분명한 적으로 인식하고 전투 태세에 돌입한 눈빛이었다.

"발단은 확실히 유카의 자살 시도였지. 하지만 그 후 언론과 세상은 유카네 가족을 적으로 돌렸어. 아침부터 집 앞에 진을 친

기자들, 구경꾼 근성과 저급한 정의감으로 유카네 가족의 사생활을 폭로하는 네티즌들. 사시사철 쉴 틈도 없이 외출조차 할 수 없는 상황이 계속되었지. 집에 있어도 무음 전화가 쉴 새 없이 울려 퍼져. 평온은 꿈도 꾸지 못하고, 차분히 책을 읽을 수도 없었을 테지. 우리도 같은 일을 겪어서 잘 알아."

상대는 입을 다물고 있었다. 이런 장면을 여러 번 겪어본 호카리는 알 수 있었다. 이 침묵은 긍정의 증거다.

"내버려두면 언젠가는 소란이 가라앉겠지만, 언제까지 기다려야 할지 아무도 모르지. 하지만 네게는 시간이 없어. 내년 1월 시험을 앞두고 지금이 바로 고비였으니. 사건의 원인인 아야만 사라지면 이 소동도 잠잠해질 테고 너도 시험 준비에 전념할 수 있다⋯⋯. 그게 바로 아야를 살해한 동기였어. 아닌가?"

오오와 게이야는 한순간도 호카리에서 눈을 떼지 않았다.

"헛소리 하지 마. 무슨 증거 있어?"

"교사로 오래 일한 만큼 시험을 앞둔 수험생들이 얼마나 예민한지 누구보다 잘 알아. 시험의 당락에 인생이 걸려 있고 높은 점수를 받지 못하면 패배자가 되지. 다른 일들은 어찌 되든 다 상관없고, 가족은 내가 알 바 아니야. 어쨌든 공부할 수 있는 환경이나 만들어주고 조용히 해. 다들 닥치고 있어. 너무 내몰려서 제대로 된 판단도 할 수 없지. 시야가 좁아진 거야."

"그건 인정해."

게이야의 말투가 몹시 날카로웠다. 원래 그런 성격인지, 아니면 자포자기한 것일까. 후자라면 조심해야겠다고 호카리는 몸을 움츠렸다.

"그런데 그게 무슨 상관이야. 시야가 좁아지지 않으면 이길 수 없잖아. 주변에는 적들만 있고, 항상 B나 C를 받고, 게임도 만화도 빼앗기고, 수면 시간도 빼앗기고. 이쪽이 얼마나 필사적인지 알기나 해?"

"그 논리로 여동생을 죽인 건가?"

"짜증 났어. 아야도, 그 녀석을 둘러싼 파리떼도. 시험에 실패하면 전부 다 저 녀석들 때문이야."

"넌 아야가 학원이 끝나고 어느 길로 오는지 알고 있었어. 너도 같은 학원을 다녔으니 삼각공원 근처에서 만났겠지. 두 사람 사이에 어떤 대화가 오갔는지는 알 길이 없어. 하지만 살해한 건 아마 충동적인 행동이었을 거야. 아야가 없으면 평온이 돌아온다. 수험에 집중할 수 있다. 그렇게 생각한 너는 여동생의 목을 졸라 살해하고, 시체를 방치하고 도망쳤어. 이게 사건의 개요다."

"증거가 없잖아."

게이야는 여전히 자신이 우위에 있다고 생각하는 듯했다. 표정은 다급해 보이지만 웃음기가 남아 있었다.

"증거는 없어."

"그것 봐."

"나한테 없다는 뜻이야. 어차피 난 아마추어야. 하지만 경찰은 다르지. 전문가의 경험과 지식을 얕보지 마."

"……무슨 말이지?"

"아야의 목에는 범인의 지문이 남아 있지 않았어. 네가 범행 당시 장갑을 끼고 있었기 때문이지. 처음 만났을 때도 손의 땀을 많이 신경 쓰던데. 꽤 예민한 것 같으니 외출할 때는 장갑을 끼고 다닐 텐데, 어쨌어? 그렇게 많은 언론의 감시를 받으면, 그냥 버릴 수도 없겠지. 집 안에서 할 수 있는 일이라곤 몇 번씩 빨아서 책상 서랍에 넣어두는 것 정도? 하지만 아무리 빨아서 범행의 흔적을 지우려고 해도 지워질 리가 없어. 현재 과학수사는 우리의 상상을 훨씬 뛰어넘는 수준이라고 하니. 센주 경찰서 형사에 따르면 장갑으로 목을 졸라 죽이면 그 장갑의 재질과 실밥까지 분석할 수 있다던데. 그 분석 결과가 네 장갑과 일치하면 어떻게 변명할 셈인가?"

게이야가 눈을 크게 떴다. 아무래도 변명의 여지가 별로 없다는 것을 눈치챈 듯했다.

"너에게는 알리바이가 없어. 게다가 범행의 기회와 동기는 있지. 스마트폰 장갑이 물증이 될 수도 있고. 더 이상 도망갈 곳은 없어."

다음 순간이었다.

호카리는 생각해야 했다.

도망갈 곳을 잃은 짐승은 이쪽을 향해 달려들 것이다.

게이야는 알아차릴 수 없을 정도로 재빨리 땅을 걷어차며 호카리에게 달려들었다.

가냘픈 몸 어디에 그런 힘이 숨겨져 있었는지, 게이야는 아무렇지도 않게 호카리를 바닥에 쓰러뜨렸다.

얼굴에 주먹이 한 번, 그리고 또 한 번.

젊음이 넘치는 주먹에 의식이 멀어졌다.

"너만 입 다물고 있으면 돼."

게이야의 양손이 호카리의 목을 잡고 조르기 시작했다.

맨손으로 조르면 지문이 남는다. 혼탁한 의식 속에서 엉뚱한 생각이 떠올랐다.

국어가 아니라 체육을 전공했어야 했다.

다리를 들어 게이야의 목을 감싸안으려 했지만 닿지 않았다. 게이야는 핏발 선 눈을 한 채 더욱 세게 목을 조여왔다.

점점 시야가 좁아지기 시작했을 때, 슬그머니 게이야의 손이 떨어졌다.

"놔, 이 자식."

"오오와 게이야. 살인 미수 현행범으로 체포한다."

천천히 일어서자 사카토가 게이야에게 수갑을 채우고 있었다.

"하, 둘이서 함정에 빠뜨린 거군."

"아니야. 우연히 지나가다가 네가 호카리 씨를 공격하는 모습을 우연히 발견한 것뿐이야."

사카토는 비난하는 듯한 눈빛으로 호카리를 쳐다봤다.

"둘이 짰다면 더 스마트하게 했겠지."

"젠장, 젠장."

"다만 도중에 이야기가 들렸으니. '너만 입 다물고 있으면 돼'라는 말의 의미를 자세히 설명해줬으면 좋겠군. 그리고 네가 애용하는 장갑도 꼭 한번 보고 싶고."

한동안 게이야는 몸을 비틀었지만, 저항이 무의미하다는 것을 알았는지 이내 움직이지 않았다. 게이야를 확보한 후, 사카토는 역시 비난 섞인 눈빛을 던지며 말했다.

"호카리 씨는 정말 충고를 듣지 않는 선생이군요. 만약 내가 당신을 쫓아가지 않았다면 어떻게 하실 생각이셨어요?"

"딱히 생각해보지 않았습니다."

"어이가 없네요. 내 아이가 중학생이 되어도 절대 당신 학급에는 보내고 싶지 않아요."

교환하는 건 아니었지만 게이야가 센주 경찰서로 연행되는 동시에 슌이 석방되어 신병을 인도받았다.

"잘 생각해보면, 고집불통에 남의 의견을 무시하는 점은 아들이나 아빠나 똑같네요."

마지막으로 사카토는 이렇게 말하며 혀를 찼다.

돌아오는 길, 슌은 내내 조용했다. 묻고 싶은 것은 별로 없었다. 슌이 진술을 번복한 이유도 사카토가 제시한 추론으로 호카리는 납득할 수 있었다.

사카토의 추론은 다음과 같다.

6월 2일, 택배기사가 호카리 집에 방문한 오후 6시 전, 사토미는 외출했다. 상담 상대인 파출소 근무자 이소무라 다쓰로 순경을 만나기 위해서였다. 사토미와 이소무라의 풋풋한 교제는 작년 여름 슌이 게임 센터에서 지도를 받은 이후부터인 듯했다. 사카토는 '와이너리'에 걸린 사진을 보자마자 상대 남자의 소매 사이로 보이는 셔츠의 색이 관공서에서 제공하는 것과 매우 유사하다는 것을 알아차렸다. 나머지는 간단했다. 관내에서 호카리 가족과 관여하고 이틀 동안 비번이었던 경찰을 찾아내면 됐다.

조건에 부합하는 사람이 이소무라 순경이었다. 사카토의 추궁에 이소무라는 불륜 관계를 단호하게 부인했다고 한다. 그 진위는 차치하고서라도 이소무라와 잠시 함께 있었다는 사실로 사토미의 알리바이가 증명된 셈이다.

— 여기부터는 제 상상입니다만, 호카리 씨. 슌 군은 집으로 돌아가는 길에 사토미 씨와 이소무라 순경이 함께 있는 것을 목격하지 않았을까요. 슌 군은 이소무라와도 친분이 있기 때문에 더더욱 의심했겠죠. 그리고 19시경에 사토미 씨는 집으로 돌아갔지만 슌 군은 이소무라를 미행하다 19시 2분경 범행 현장 근처

를 배회하는 모습이 편의점 방범 카메라에 찍힙니다. 그리고 슌 군이 떠난 후 아야와 게이야가 나타나 범행이 발생했죠. 전체 시간표는 이런 식이었던 것 같아요. 그리고 다음 날 아야의 시체가 발견되자, 슌 군은 어머니의 부탁으로 이소무라가 아야를 살해했다고 착각하고요. 그렇게 생각하면 슌 군이 진술을 번복한 이유도 납득할 수 있겠네요.

사카토는 유카의 비밀도 폭로했다. 가족들이 집을 비운 사이 동급생 시로이시 나쓰나가 호카리 집에 드나들었다는 것을 잠복 중이던 수사관에게 들었고, 사카토는 곧바로 나쓰나를 추궁했다고 한다. 아무리 입막음을 당해도 상대가 형사라면 초등학생 아이가 저항할 수 있는 방법은 없다. 나쓰나는 유카의 부탁으로 집단 괴롭힘의 주동자가 아야라는 사실을 호카리 부부에게 털어놓았다고 고백했다.

호카리에게는 충격적인 진실이었다. 피해자라고만 생각했던 유카가 그 시점에서 복수의 화신으로 변하고 있던 것이다. 그리고 아야가 괴롭힘의 주동자로 보도된 것이 계기가 되어 게이야의 살의를 불러일으켰다. 즉 간접적으로 아야를 죽인 사람은 유카라고 볼 수도 있다.

각자의 에고와 자기 보호가 의심을 낳는 계기가 되었다. 작은 진실을 계속 숨김으로써 균열이 발생해 퍼져나갔다. 호카리에게도 두 사람을 비난할 자격이 없다. 호카리 자신도 자기 안위를 위해 움직인 경위가 적지 않았기 때문이다.

하지만 슌만은 달랐다. 슌은 어머니를 지키기 위해 고집스럽게 입을 열지 않았다.

겨우 열네 살짜리 소년이 당당하게 어른들을 제치고 맞섰던 것이다. 좁은 보호실에 갇혀 외로움과 두려움에 시달리면서도 한결같은 마음을 지켰다.

그래서 호카리는 슌에게 아무것도 묻고 싶지 않았다.

슌이 불현듯 호카리를 바라보았다.

"아빠, 왜 아무것도 안 물어요?"

"넌 사람을 죽이지 않았어. 그걸로 충분해."

슌은 잠시 침묵했다가 다시 입을 열었다.

"……저요, 그날, 하굣길에 제가 아는 두 사람이 함께 걷는 걸 봤어요."

슌은 천천히 말을 이어나갔다. 내용은 사카토가 추측했던 것과 거의 다르지 않았다. 어머니와 경찰의 만남, 게다가 비밀스러운 행동. 열네 살 소년을 불안에 떨게 하기에 충분한 조건이었다.

하지만 슌은 그 두 사람의 이름만 익명으로 남겨둔 채 설명을 이어나갔다.

"저, 그 두 사람이 아야를 살해한 줄로만 알고 있었어요. 지금 와서 하는 말인데 아빠에게는 알리고 싶지 않았고요."

슌은 잠시 말을 끊었다가 차분한 어조로 말을 이어갔다.

"두 사람 중 한 명은 집에서도 계속 혼자였어요. 가족과 함께 있었지만, 고민을 상담할 상대가 없었어요. 항상 자기만의 세계에 갇혀서 괴로워했고요. 전 조금이라도 도와주고 싶었어요."

"이제 와서 왜 털어놓고 싶어진 거지?"

"아까 사카토 형사님한테서 진범이 잡혔다고 들어서요. 그리고 저보고 가족을 믿으라고 하셨어요. 그래서 아빠한텐 더 이상 비밀로 하지 않으려고요. 제가 말을 안 해서 아빠에게 폐를 끼쳤으니까요."

"폐라고 생각 안 해."

"……두 사람이 누구였는지는 묻지 않으시나요?"

"네가 결정해. 말할 거면 말하고, 비밀로 하고 싶으면 나도 묻지 않을 거야."

"괜찮아요?"

"너와 똑같이 아빠도 가족을 믿어."

다소 교조적으로 들릴지 모르지만, 슌은 납득한 듯 고개를 끄덕였다.

집 문을 열자 사토미와 유카가 기다리고 있었다.

"어서 와. 슌."

"어서 와. 오빠."

"다녀왔습니다."

"배고프지? 바로 식사 준비할게. 뭐 먹을래?"

"오빠. 경찰서에서 어떻게 신문 받았어? 말해줘."

순은 환하게 웃으며 자신을 맞이하는 두 사람에게 양팔을 잡혀 끌려가듯 뒤쪽으로 사라졌다. 하지만 호카리는 머쓱하게 세 사람의 뒷모습을 바라보았다.

이제 원래대로 돌아간 걸까.

아니, 아니다.

자신은 사토미의 내면에 있는 채워지지 않는 공허함을 알게 되었다. 유카가 가슴에 품고 있는 악의를 알게 되었다. 아야가 죽어야만 했던 근본 원인을 알게 되었다.

숨길 수 있는 비밀은 많지 않다. 대부분 비밀은 언젠가는 드러나게 마련이다. 그때 가족은 또다시 분열될까.

호카리는 고개를 저었다. 다시는 그런 일을 겪고 싶지 않다. 또 그런 일을 겪으면 견딜 수 있을까. 네 사람 모두 상처받고 피를 흘렸다. 그 피를 결코 헛되이 하고 싶지 않다.

사건이 해결됐다고 가족의 문제가 해결된 것은 아니다. 재앙의 씨앗, 의심의 뿌리는 여전히 남아 있다.

대단원일 수는 없다. 그러나 씨앗도 뿌리도 자라기 전에 없앨 수 있다. 하지만 이후에도 가족들 사이에 불신이 생기고 의심이 생길 수 있다.

그래도 하나하나 차근차근, 정성껏 뽑는 수밖에 없다. 그것이 호카리에게 주어진 책무이자 매일의 싸움이다.

문득 정원에 나가봐야겠다는 생각이 들었다. 그동안 자신을 괴롭혔던 쐐기풀은 어디까지 자랐을까.

정원에 도착한 호카리는 그 광경을 앞에 두고 저도 모르게 탄성을 내뱉었다.

보란 듯이 번성하던 쐐기풀이 어느새 시들어 있었다.

악의라는 이름의 가시가
가슴에 박히는 사회파 미스터리

현직 중학교 교사인 자신, 파트타임으로 일하며 아이들을 돌보는 아내, 사춘기 중학생 아들과 그런 오빠와 사이가 좋은 초등학생 딸. 『가시의 집』 주인공 호카리 신이치의 가족은 여느 다른 가족과 다를 바 없이 평범해 보입니다. 그러나 이는 호카리의 착각이었을까요. 가족 내에 깊숙이 숨어 있던 재앙과 갈등의 씨앗이 어떤 사건을 계기로 싹을 틔우고 입을 펼치며 독을 품고 줄기로 자라 가시를 남깁니다.

어떤 사건이란, 바로 호카리의 딸 유카가 초등학교 건물에서 투신 자살을 시도한 일입니다. 투신의 이유는 학급 친구들로부터 집단 괴롭힘을 당했기 때문이고요. 이 사건이 첫 번째 기폭제가 되어 호카리 가족의 일상은 서서히 무너져 갑니다. 아니, 무너지기만 하는 것이 아니라 비극을 연달아 맞게 되죠. 두 번째 기폭제는 괴롭힘을 주도했던 오오와 아야가 살해당한 사건입니다. 이 사건으로 호카리 가족은 돌이킬 수 없는 강을 건너고 맙니다. 유력한 살해 용의자로 호카리 가족 구성원 전원이 용의선상에 올랐고 이로써 마치 독이 스며들 듯 가족들 사이에 의심과 불신이 서리게 된 것입니다. 이 가족의 운명은 어떻게 될까요?

『가시의 집』은 나카야마 시치리가 선보인 사회파 미스터리로, 얽히고설킨 여러 사회문제를 적나라하게 드러내고 있습니다. 시치리는 그간 수많은 사회문제를 주제로 여러 사회파 미스터리를 집필해 왔는데요, 가령 안락사 문제, 자궁경부암 백신 관련 논의, 법의 정의와 원죄 등을 다룬 작품들이 그러합니다. 작품을 읽다 보면 미스터리라는 장르 속에서 여러 사회문제의 핵심 논점을 벼리는 시치리표 사회파 미스터리만의 매력을 느낄 수 있습니다. 여러 매력 포인트 가운데 하나는 바로 각기 다른 입장의 첨예한 대립을 펼쳐보일 뿐 어떠한 가치 판단을 하지 않는 시치리의 서술 방식입니다. 시치리는 각자의 입장에서 자신을 대변하는 작중인물들을 여러 구도로 배치해 사안의 복잡함과 양면성 등을 더욱 부각합니다.

무엇보다 『가시의 집』에서는 학내 집단 괴롭힘(흔히 학폭, 왕

따로 불립니다) 문제가 주축이 됩니다. 이야기는 이를 줄기 삼아 교사의 열악한 근무환경, 지나친 취재 경쟁에 매몰된 언론사, 무책임하게 정보를 퍼뜨리는 네티즌들, 집단 괴롭힘 사건을 대하는 미온적인 학교의 대응, 교육청의 태도, 공교육과 사교육 문제, 잔혹한 입시 전쟁 등 수많은 사회문제를 곁가지로 퍼뜨립니다.

그러나 무엇보다 『가시의 집』에서 주목해야 할 점은 작품이 현대 사회에 만연한 이러한 구조적 문제를 온몸으로 떠안는 개인의 내면에 초점을 맞추고 있다는 사실입니다. 특히 개인이 겪는 고뇌와 번민 및 그 내면에서 악의가 싹트는 과정을 묘사함으로써 사회의 구조적 문제가 단칼에 해결할 수 있는 성질의 것이 아니라는 점, 다시 말해 딱 떨어지는 모범답안과 해결책은 존재하지 않는다는 점을 효과적으로 부각합니다. 가령 작품은 작품에 존재하는 여러 범주, 즉 아버지/교사, 가해자/피해자, 선의/악의 등의 이분법적 구도를 먼저 드러낸 뒤 점점 이 구도를 해체하는 방식으로 서사를 전개합니다. 그리고 이 구도에 균열을 가하는 작업은 사건을 대하는 작중인물의 감정 및 태도의 변화를 생생하게 묘사함으로써 이루어집니다.

나카야마 시치리는 독자에게 묻습니다. 공적 역할을 수행하는 개인과 사적 역할을 수행하는 개인의 태도는 일치해야 하는가? 혹은 다를 수도 있는가? 완벽한 피해자 혹은 완벽한 가해자가 있을 수 있는가? 완벽한 가해자는 없다는 논리는 가해를 합리화하는 것은 아닌가? 피해자에게도 가해자로서의 기질이 존재할 수도 있지 않은가? 제도가 정상적으로 작동한다면 이러한 비극은 미연에 방지할 수 있는가? 약자는 왜 강자에게 저항하지 않고 자신보다 더 약한 자를 괴롭히는가?

　작중인물들, 특히 호카리 가족은 각자 선의와 악의의 경계를 넘나듭니다. 자신의 내면에 도사리고 있는 악의를 의식하고 놀라기도 하며 자신을 합리화하기도 합니다. 이런 악의는 남들에게 들키지만 않으면 상관없지 않은가, 라고 생각하며 말이죠. 하지만 집안의 가장인 호카리는 이 악의를 전부 알아차리고 맙니다. 이에 좌절한 호카리에게 형사 사카토는 "호카리 씨네 가족을 이어주는 끈은 아직 끊기지 않았다"라며 아직 늦지 않았으니 노력하라는 말을 건네고요. 동시에 가족의 선의도 눈치채게 되죠. 줄곧 용의자 취급을 받던 아들 슌의 행위만큼은 어디서도 악의를 찾아볼 수 없습니다. 이렇게 가족의 내면을 파악해버린 호카리는 이 집 안에 숨은 독을 해독할 수 있을까요? 박힌 가시를 뽑아낼 수 있을까요? 가족 구성원 사이에 뿌리내린 불신과 의심을 뽑아내고 신뢰를 회복하고 재생할 수 있을까요? 뒷이야기는 전부 독자에게 맡기듯 이야기는 씁쓸한 맛을 남기며 막을 내립니다. 낙관의 시선으로 뒷이야기를 상상하든 비관의 시선으로 그러하듯 이것 역시 완벽히 구분될 순 없을 것입니다. 이 애매모호함과 혼동이 주는 효과를 만끽하며 작품을 즐겁게 읽어주시기를 기대합니다.

2023년 여름
민현주

가시의 집
棘 の 家

1판 1쇄 인쇄 2023년 7월 19일
1판 1쇄 발행 2023년 7월 27일

지은이 나카야마 시치리   **옮긴이** 민현주

편집인 민현주   **디자인** 알음알음   **제작** 송승욱   **마케터** 유인철   **발행인** 송호준
발행처 블루홀식스   **출판등록** 2016년 4월 5일 제 2016-000100호
주소 경기도 파주시 회동길 483-1   **전화** 031-955-9777   **팩스** 031-955-9779
이메일 blueholesix@naver.com

ISBN 979-11-93149-01-0 43830